JOSEFINE SOPPA

MIRMAR

aufbau

JOSEFINE SOPPA

MIRMAR

ROMAN

aufbau

FSC
www.fsc.org
MIX
Papier | Fördert
gute Waldnutzung
FSC® C083411

ISBN 978-3-351-03987-5

Aufbau ist eine Marke der
Aufbau Verlage GmbH & Co. KG

1. Auflage 2023

Einbandgestaltung Rothfos & Gabler, Hamburg
Satz Greiner & Reichel, Köln
Druck und Binden CPI books GmbH, Leck, Germany
Printed in Germany

www.aufbau-verlage.de

Bevor die Privatisierung der Privatisierung losging, bekamen meine Mutter und ich es durch die Buchungen hin. Ich verwaltete unsere beiden Buchungskalender, wir besuchten uns häufiger, als es gut für uns war, weil wir gierig wurden.

Weil wir es nicht glauben konnten, dass wir mit etwas, was wir nicht besaßen, Geld verdienen konnten. Wenn sie in meiner Stadt war, vermieteten wir ihre Wohnung, wenn ich bei ihr war, meine. Da wir beide nur Ein-Zimmer-Wohnungen hatten, konnten wir nicht vermieten, während wir selbst anwesend waren. Aber ich weiß, dass wir beide die Optionen durchgingen, dass wir am liebsten solange spazieren gegangen wären, während einer mietet, den Atem angehalten hätten, während einer mietet, nur um dann begeistert zu sein, dass wir nur unentwegt spazieren gehen mussten, nur unentwegt den Atem anhalten mussten, um Geld zu bekommen. Dass wir keinen Besitz, nur Dauer oder Zähigkeit brauchten und uns arrangieren können mussten.

Es blieben immer Dinge übrig. Kabel, Unterwäsche, Notizen, Verpackungsmüll von selten gesehenen Marken, Kerne von Obst, die eingewickelt in Taschentüchern auf dem Nachttisch lagen, eilig Weggesaugtes von einem Malheur, das wir im Inneren des Staubsaugers nachvollziehen konnten. Einmal ein kompletter Anzug, den meine Mutter sorgfältig zusammenlegte, um ihn in ihrer Stadt eine Zeit lang täglich zu tragen.

Als ihre Rente gestrichen wurde, versuchten wir es mit Messeeinsätzen. Wir machten Messe in meiner Stadt, während wir die Wohnung in ihrer Stadt vermieteten. Auf den Porträtbildern, die sie mir zur Weiterleitung an die Agentur gesendet hatte, sah sie zehn Jahre jünger aus, als hätte sie die Bilder schon länger in petto gehabt. Für die Agentur war es praktisch, dass wir im Doppelpack kamen, wir fühlten uns familiär, wenn die Einsatzleiter*innen uns selbstverständlich zusammen einteilten und die Kommunikation über mich ging. Meine Mutter musste keine hohen Schuhe tragen, wir hatten dieselbe Größe bei den T-Shirts, die entweder mit den Namen und Farben der Konzerne, für die die Agentur gebucht war oder mit den Namen und Farben der Agentur, die uns gebucht hatte, bedruckt waren. Manchmal behielten wir die Shirts im Anschluss, und es kam uns vor wie ein Scherz, wenn wir sie gleichzeitig zum Schlafen trugen. Wenn sie in einer anderen Position war als ich, machte ich mir Sorgen, dass sie nicht genügend Pause bekam oder sich nicht traute zu sagen, was sie brauchte. Meistens waren das verschwendete Sorgen, sie konnte viel besser sagen als ich, wenn ihr etwas unangenehm war, wenn sie schon wieder auf Toilette musste, wenn sie an die Kiste mit den Giveaways nicht drankam, und es war kein Problem. Ich sagte ihr Bescheid, wenn sie den Lippenstift erneuern musste, dann trank sie einen Kaffee, wischte die Mundwinkel aus, spiegelte ihren Mund in etwas Vorhandenem, zog die Lippen nach, manchmal biss sie zum Abschluss mit den Lippen auf eine Serviette, in die vorher beispielsweise ein immer gleicher Muffin gewickelt war. Manchmal tat ich es ihr nach.

Die auf kurze Zeit gebauten Stände an den Messen blieben nicht, aber ich wünschte bei jedem Abschluss eines Auftrags, sie würden. Die kleinen Kästen, die eingebauten Treppen zu den Konferenzzimmern für drei Wochen. Die nachgeahmten Büros auf Zeit bei den großen Konzernen mit den nachgeahmten architektonischen Hierarchien. Alles mit den günstigsten Materialien, aber solide verbaut von den wechselnden Teams mit den immer gleichen Vorarbeitern. War der Knick im Teppich nicht schon letztes Jahr genau an dieser Stelle? Ja, aber der Teppich hatte eine andere Farbe, der Konzern ist übernommen worden. Jede Messe brachte neues Wissen: Die besten Butterbrote, die noch nach 5 Stunden in den Rucksäcken schmeckten, die Treppe in der Sonne zum Rauchen, hinter der Box für die Aufbauhelfer*innen, wo unsere Chefin nie hinkam, die Art von Witz, die die Person beim Catering veranlasste, am Ende des Tages Reste für uns einzupacken, hier und da kleine Besorgungen anzubieten, um mal aus den Hallen rauszukommen. Das Wissen um die Nischen wurde von Messe zu Messe erweitert, verfeinert, abgeguckt und abgesichert.

Dann wollten die Messeagenturen meine Mutter nicht mehr buchen, sie verwiesen nicht verklausuliert auf Bedenken oder Regelungen der Konzerne, sie sagten geradeheraus, dass meine Mutter zu alt war. Ich setzte auch ein paar Messen aus, dann sagte meine Mutter, das sei falsch verstandene Solidarität, die ich mir vor allem nicht leisten könnte, und ich antwortete wieder auf die Ausschreibungen, die per Messenger kamen und wie Einladungen zu Junggesellinnenabschieden klangen. Und meine Mutter reiste trotzdem zur Messezeit an, um ihre Wohnung zu vermieten, um in meiner Wohnung zu sein und mir die Butterbrote zu schmieren und meine Laune zu bessern und brachte mich wie ein Rennpferd, auf das keiner setzt, morgens zur Bahn, um im Café an der Haltestelle einen Cappuccino zu trinken und leere Seiten vollzuschreiben, und abends aß sie mit mir die Reste vom Catering, erzählte ihre Beobachtungen vom Café an der Haltestelle, fragte die richtigen Fragen zu den Vorgängen in den Messehallen, bezog sich auf die Personen, die wir beide kannten, und spülte die Gläser und Behälter aus für den nächsten Tag.

Als auch die Vermietungen weniger wurden, weil wir nicht besonders wettbewerbsfähig waren, selbst als wir einen Spätsommer Marmelade einmachten, von dem, was die Sträucher auf den alten Industriebrachen hergaben, die keine Brachen, sondern Naherholungsgebiete geworden waren, die sich verliefen und in denen sich die kleinen Hunde verliefen, übernahm meine Mutter die Zwischenreinigungen und Check-ins für andere Vermieter*innen. Sie war dafür in einer täglichen Logistik, wann sich das Busticket lohnte, wann sie es sich leisten konnte, welche Wohnungen in der Nähe und zu Fuß zu erreichen waren. Sie fuhr durch ihre Stadt, wartete zu lange an den Bushaltestellen, wurde auf dem Weg nach Hause doch noch von einer spontanen Buchung überrascht, immer im Körper, dass sie es nicht rechtzeitig schaffte, dass sie einen Schlüssel verwechselte.

Das Gefühl, dass sie irgendetwas Maßgebliches vergessen hatte wegzuräumen, mitzunehmen, abzuschließen, auszumachen weitete sich von ihrer eigenen Wohnung auf viele Wohnungen im gesamten Stadtraum aus.

In unseren regelmäßigen Telefonaten ging sie die Zahlungen und Stornierungen noch einmal durch, listete auf, was nachzukaufen war, mit welchen Mitteln sie die Putzmittel billiger herstellte und umfüllte. Erwähnte im gleichen Atemzug die Bekanntschaft der Frauen, mit manchen von ihnen hatten sich ihre Wege schon einmal gekreuzt, ob ich mich erinnern könnte an die Gemeinschaftscafés und Halbtreffen in den unterschiedlichsten Hinterhöfen und Leerständen. Aber ich hörte nicht richtig zu, ich sah sie nur vor mir, wie sie ihre geregelten täglichen Wege ging, wie die Häuser so klein waren und trotzdem die Erdgeschosswohnungen höher lagen als in meiner Stadt, wie alle Parkplätze leer waren, dort auf ihren täglichen Routen, dort in meiner Vorstellung von ihren täglichen Routen, mit ihrer ziehbaren Einkaufstasche, wie sie alle grüßte und manche ihr hinterherschauten, welchen Hut sie heute trug.

Ich sah sie nur vor mir und dachte wie immer, sie muss raus aus dieser Stadt, ab von diesen täglichen Routen, die ihr diese Stadt zum Dorf machten, weg von diesem täglichen Ablauf, aufhören, jeden möglichen Auftrag, der per Pushnachricht kam, anzunehmen, oder zu denken, ihn annehmen zu müssen und mit diesem Gedanken den ganzen Tag zu verbringen und mit fortschreitendem Tag noch den Gedanken hinzuzufügen, dass der Auftrag jetzt möglicherweise schon anderweitig vergeben war, ohne noch einen Sinn dafür zu haben, ob sie ihn überhaupt schaffen würde, sie schaffte alle.

Meine Mutter hielt nie inne, sie begann immer gegenzusteuern. Es wirkte, als hätte sie immer schon vorher begonnen gegenzusteuern. Und sie hatte wahrscheinlich immer schon vorher begonnen gegenzusteuern, weil sie ihr ganzes Leben gelernt hatte gegenzusteuern, durchzukommen, Behörden zu bitten, zu arbeiten, um die Behörden nicht mehr zu bitten, um zu wissen, dass sie sie wieder würde bitten müssen.

Sie wusste, dass die Privatisierung der Privatisierung auch bedeutete, zu wissen, dass beispielsweise das eigene Versagen keine private Angelegenheit ist und sich trotzdem schuldig zu fühlen. Sie wusste um den Zusammenhang von Schuld und Schulden.

Und ich antwortete am Telefon wie ein schlecht gelaunter Teenager, weil sie nicht sehen konnte, dass ich es auch nicht schaffte, weil sie dabei war, mir diesen Zusammenhang zu vererben.

Sie erwähnte die Möglichkeit, zu mir zu ziehen, zweimal. Sie fragte nicht, sie brachte sie einigermaßen verrätselt innerhalb eines Gesprächs hervor, in dem es um etwas was ganz anderes ging. Sie öffnete mir die Möglichkeit zu fragen.. Ich ließ sie verstreichen. Beim zweiten Mal sagte ich direkt, wenn du zu mir ziehen willst, musst du mich schon fragen. Und sie antwortete zu schnell, sie würde nur rumspinnen, und mein Viertel hätte es ihr angetan, und die Cafés bei mir um die Ecke wären mal was anderes, und sie bräuchte manchmal die Vorstellung von Veränderung und Neuanfang, auch wenn jeder Schritt dahin in der aktuellen Lage unmöglich wäre, aber rumspinnen könnte man ja mal. Wir redeten über nichts anderes als Geld, und wir redeten nicht über Geld. Wir hielten die wirklichen Entbehrungen voreinander geheim, um uns nicht gegenseitig aufzuschrecken. Ich lieh ihr in der letzten Zeit vor ihrem Wegsein ein paar Mal etwas, sie zahlte es mir schneller zurück, als sie es wieder hat einnehmen können, sie hatte es wahrscheinlich woanders wiederum geliehen, und ich wusste nicht wo.

Je weniger wir uns besuchen konnten, weil keine Arbeitslogistik unser Zusammensein mehr auszahlte, umso täglicher wurden unsere Telefonate. Hektisch und zugleich schläfrig waren sie ein eingespielter Austausch von Fragen, die keine Richtung und keine Antworten nötig zu haben schienen, die pausenlos wechselten zwischen Alltäglichem und Existenziellem, bis es nicht mehr zu unterscheiden war, und ich hörte sehr viel zu, und sie redete in Sprüngen. Und ich war es gewohnt, mit diesen Assoziationen von einem Satz zum nächsten, manchmal innerhalb der Sätze, mithalten zu können, und manchmal waren es doch zu viele, und ich hielt mein Telefon dann zu fest in der Hand.

Ich überhörte, als sie zwischen den Sprüngen eine Pause machte und fast sich selbst fragte, weil ich noch nicht dort mit den Sätzen angekommen war, wo sie schon angekommen war, ob sie vorsichtiger sein sollte mit ihren Daten, mit diesen Frauen, ob sie ihnen zu viel von sich erzählt hatte. Sie fragte, ob sie überhaupt bedürftig genug sei für die Form von Hilfe, die sie ihr angeboten hatten.

Ich versuchte, die Informationen und Überlegungen zu den Frauen so wenig beim Wort zu nehmen wie Monate zuvor bei meinem letzten Besuch in ihrer Stadt die Überlegungen zu ihrer Beerdigung, die sie genauso nebenbei ausgeführt hatte. Als sie mir auf dem Weg zum Café Transatlantik zwischen zwei Bemerkungen zum Abendessen und zu einem Produktumtausch eröffnete, wie sie beerdigt werden wollte. Dass sie die Verträge von der Firma, die die anonyme Bestattung in einem Birkenwald veranlassen würde, schon zu Hause hatte und nur noch unterschreiben musste. Ich fragte nicht, was ich mich aber eigentlich fragte, ob auch ich dann nicht wissen würde, welchem Baum sie zugeordnet wäre, ob ich einen Standort mitgeteilt bekäme oder nur einen vagen Wald, wo man nie weiß, wann welcher Besitz beginnt und endet.

Ich fragte stattdessen nach dem Preis. Und sagte, dass es mir lieber wäre, wenn ich das dann bezahlen würde, und dachte, dass ich beginnen müsste, etwas zurückzulegen. Aber sie gab sich zufrieden und bewusst über ihre Entscheidung, und ich unterstellte ihr in Gedanken, dass in ihrer vermeintlichen Gewissheit ein Vorwurf lag: Dass ich mich nicht mit der Möglichkeit ihres Sterbens auseinandersetzte, dass sie darin auf sich allein gestellt war. Ich verdrängte diesen zugleich logistischen und existenziellen Einbruch zwischen zwei Kaffees und einem Produktumtausch auf der Marktstraße in der Innenstadt, die dabei war, sich selbst zu erledigen.

In unserem letzten Telefonat vor ihrem Verschwinden sprach sie allgemeiner von den Frauen. Den Frauen, die sie beobachtet hatte auf ihren Routen, hinter den Fenstern, im Einkaufszentrum und den Supermärkten. Den Frauen, die auch zum morgendlichen Kaffee im Café Transatlantik saßen. Sie verschwammen mit den Frauen, von denen sie Hilfe angeboten bekommen hatte, mit denen sie sich angeblich in der WhatsApp-Gruppe austauschte und vernetzte, sie verschwammen zu einer Erzählung von Aufbruch und der Vorstellung einer möglichen Erholung. Meine Mutter sagte, dass es etwas mit Körpern zu tun hatte, auch wenn es wenige Körper waren. Und dass diese Körper plötzlich ganz woanders waren.

Meine Mutter sitzt am Strand, ihre Stelzenbeinchen ineinander verwickelt, klein und ein bisschen zusammengesackt, mit ihrem sehr braun gebrannten Nacken, mit den dunklen Vorsprüngen am Hals, an denen ich immer ziehen will. Sie kennt nur die Strände von Nordholland. Jetzt wagt sie nicht, den Blick nach hinten zu wenden und die Palmen zu sehen. Die Landschaft, beziehungsweise alles, was hinter ihr ist, hängt auf ihren Schultern, das ist angenehm. Neben ihr keine 20 Meter das Skelett eines Strandmobils.

Sie sitzt, bis es zu sehr sackt und steif wird. Dann merkt sie, sie muss aufstehen. Niemand hat sich ihr genähert, fast niemand ist da.

Sie geht in eine der bewohnbaren Strandhütten. In einiger Entfernung stehen mehr davon, alle sind nach derselben Bauart. Es ist ruhig, alle sind für sich in ihren Hütten oder im Ozean. Sie hat ihre Veranda dezent geschmückt, mit Dingen, die sie gesammelt und zusammengesteckt hat. Sie hat ein paar Bilder, Herzbilder, die sie immer malt. Zarte Herzen, immer mehrere, immer durch Blumen oder Ranken verbunden, als würden die Blumen und Ranken zu den Herzen dazugehören, als wären sie notwendig für die Verbindung der einzelnen Herzen, als wären sie aus einem Strich. Auf hellen Farben, meist ein gelber Hintergrund; lila, silber, schwarze Striche, selten blau. Kitschige Bilder, Therapiebilder.

Sie denkt, ich verachte diese Bilder, und vordergründig hat sie damit recht. Sie sagt die Dinge zu sich selbst, die sie von anderen hören will. Sie sagt die Dinge zu sich selbst, die sie nicht von anderen hören will. Sie denkt an mich, sie weiß nichts über mich. Sie weiß nur das über mich, was mit ihr zu tun hat.

Sie bereitet sich etwas zu essen zu. Sie fühlt sich geborgen, wenn in Büchern steht, dass eine Person sich etwas Leichtes zu essen zubereitet, sich einen kleinen Imbiss zubereitet. Es schmeckt, sie schaut auf den Ozean, sie isst das Essen und denkt, dass sie gleich schlafen gehen wird, dass es noch nicht dunkel ist, sie aber trotzdem schon schlafen gehen wird, dass es sie stört, dass sie nur ein Laken hat für die Nacht, in der es genauso warm sein wird wie jetzt, dass sie schwitzen wird und dass sie das Laken nicht wird wechseln können am nächsten Tag. Sie beschließt, das Laken morgen im Wasser zu waschen, es wird trocknen bis zum Abend, viel früher noch wird es trocken sein.

Meine Mutter war bisher noch nicht schwimmen, und sie geht auch jetzt nicht. Es sind viele Faktoren, die sie noch davon abhalten. Sie ist sehr liebenswürdig. Wenn ihr Mut zurückkommt, wird sie hier einige Freundinnen machen. Etwas jüngere Frauen, die zu ihr kommen werden, zuerst für allgemeine Schwätzchen, irgendwann werden sie bemerken, dass sie einiges zu sagen hat, dass sie Ratschläge geben und zuhören kann, dass sie sich geborgen fühlen oder gut aufgehoben bei ihr. Und sie werden regelmäßig vorbeischauen, und sie wird die Regelmäßigkeit mögen, und sie wird wütend, wenn eine mal die Regelmäßigkeit unterbricht.

Meine Mutter geht spazieren. Sie weiß, rechts schräg im Rücken liegt ihre Hütte. Diese Beruhigung wird ihr irgendwann zur Drohung, je weiter sie läuft. Sie weiß, sie muss sich nicht umdrehen, die Hütte ist da, bleibt da, niemand kommt, es gibt nichts zu stehlen. Es wird ihr trotzdem zur Mutprobe, sich nicht umzudrehen, darauf zu vertrauen, dass die Hütte da ist, und die Hütte da sein wird, wenn sie wieder zurückkommt. Sie versucht, den Blick zu bezwingen, aber der Blick sucht sich den Weg in die Augenwinkel. In den Augenwinkeln hat sie es im Griff, und zugleich wird sie böse mit sich, dass sie diesen Trick macht, und ihr Blick wird dadurch so etwas wie panisch. Wie ein Pferd, das nicht nach hinten schauen kann wegen der Klappen, aber man sieht, wie es unablässig im Auge rollt. Es wird erst besser, als sie stehen bleibt und den Körper Richtung Ozean dreht und nur dahin schaut, nur in den Ozean, und dann ist alles, was im Rücken passiert, auch Ozean.

Ich kenne den Strand aus Google Maps, ich habe einen Screenshot davon auf einer Festplatte, die jetzt irgendwo ist, die ich vielleicht nicht geleert oder unlesbar gemacht habe. Ich würde ihr zuwinken, der Screen würde sich in die Tiefe zu unzähligen Screens vervielfachen, ich würde tausendfach winken und nicht wissen, wo der Ursprung ist, hinten oder vorne: Das Entfernte oder das Nahe.

Es gibt keine Knöpfe, die ich drücken könnte, es gibt nur an den Rändern geshattertes Glas. Ich wische die Oberflächen mit einem dafür vorgesehenen Mittel und Lappen, die nicht dafür vorgesehen waren. Es sind die alten, auseinandergerissenen Unterhosen vom Kind unserer Chefin. Das Mittel nennen sie Blau. Oder Spezial.

Ich bin 32. Ich lebe länger als sonst in derselben Stadt. Ich habe kein Erspartes und nie ein Wissen, wie der übernächste Monat zu finanzieren ist. Der kommende Monat ist meistens gesichert durch eine Logistik und Vorsicht, die ich von meiner Mutter gelernt habe. Ich habe niemanden, den ich finanzieren muss und niemanden, der mich finanzieren kann. Außer meiner Freundin, die mir hier und da die Ausgaben der Monatsanfänge überbrückt, wenn eine Zahlung noch nicht da ist, wenn eine unvorhersehbare Ausgabe in die Monatslogistik einbricht. Ich mache die Jobs dazwischen. Ich mache die Jobs der Studentinnen. Ich mache die Jobs der Rentnerinnen. Ich mache sie über kurz oder lang, ich mache sie, bis ich weiter muss. Ich mache die Jobs weiterhin. Es ist Saison. Es gibt immer eine Saison. Ich bin selbstständig. Ich bin wahlweise 18, wahlweise 32, wahlweise 46, wahlweise müsste ich in Rente sein. Ich kann nicht mehr. Ich habe noch gar nicht richtig angefangen. Ich bin in derselben Stadt und in denselben Jobs und auf denselben Routen jeden Tag durch die Stadt. Ich finde nichts gefährlich. Ich finde alles prekär.

Es ist die Stunde vor Feierabend und die dehnt sich und ist zugleich zu kurz, um alle Utensilien richtig zu verstauen. Ich muss den genau richtigen Moment abpassen, indem ich von einem lethargischen Wischen der Oberflächen, über die ich heute schon mehrmals drübergegangen bin, zu einem geschäftigen Verstauen übergehe, bei dem ich der Chefin berichten kann, was morgen noch zu tun ist. Die Oberflächen sind nie dreckig, sie sind neu. Es geht bei unserem Job darum, dass die Auftraggeber meiner Chefin sehen, dass die Oberflächen ununterbrochen behandelt werden, dass da ununterbrochen eine ist, die angesprochen werden kann, auf etwas aufmerksam gemacht werden kann, deren Shirt andere Farben hat, als die des Konzerns. Sie sprechen mich nicht an, sie sprechen meine Chefin an, damit sie delegieren kann. Es ist choreographiert. Selbst die Störung in dem Büro eines Vorstands, bei der ich mit einem Bein in der Videokonferenz lande, um einen Mülleimer auszuleeren, der nicht voll ist, wirkt choreographiert. Wir sind da, um Präsenz zu zeigen, wir sind da, um hin und wieder in den falschen Momenten zu stören, damit ein Vorstand kurz seine Wut beim Subunternehmen ablassen kann und nicht bei seinen eigenen Mitarbeitenden.

Meine Chefin war Wrestlerin, bevor sie sich etwas dauerhaft an ihrem Körper kaputt machte und nach einer Krise die Firma gründete. Obwohl die Krise noch andauert, hat sie sich für die Firma entschieden, und es läuft in Ordnung. Sie macht sehr billige Preise für die Auftraggeber*innen. Sie behandelt uns in Ordnung, was bedeutet, sie bezahlt uns zwar zu wenig, aber das Geld kommt pünktlich, und sie kontrolliert nicht alles, was wir tun. In Zeiten des Bargelds hätte sie mir vielleicht die Scheine am Ende der Woche auf die Hand gegeben, und wir hätten uns angeschaut wie zwei Frauen, die was leisten, die sich nichts leisten, die aber wissen, was sie sich eines Tages leisten werden. Die sicher sind, dass sie das Geld nicht verzocken, ganz im Gegensatz zu den anderen.

Die Chefin sitzt meistens in einem auf Zeit gebauten Kabuff und klappt ihren Laptop auf und plant das nächste Jahr.

Meine Freundin, die an einem Schreibtisch auch gerade die letzte Stunde vor Feierabend von der Uhr abringt, sendet mir eine ihrer Beobachtungen als Notiz, die sie macht, während sie gleichzeitig für Geld die Gedanken anderer einsortiert. In letzter Zeit werden ihre Beobachtungen zu Geschichten und Andeutungen von Geschichten über Frauen, die gehen, die im Begriff sind aufzuhören. Es kommt immer noch eine:

*Eine vermietet ihr Profil unter wie andere ihre Wohnungen. Sie untervermietet den Zugang zu Jobs auf einer Plattform, die selbst Subaufträge vergibt. Sie untervermietet ihren Standort, der einen besseren Lohn verspricht als andere Standorte. Sie untervermietet ihren Namen, der bei möglichen Auftraggeber*innen eine größere Vertraulichkeit weckt als andere Namen. Sie untervermietet ihre Erfahrung, mit der sie durch die Jahre gekommen ist. Sie weiß, dass alles eine Abzocke ist, dass sie abzockt und abgezockt wird und dass der Ursprung der Abzocke woanders liegt als vermutet. Sie geht immer wieder in die WhatsApp-Gruppe, die sie gegründet hat, um sich mit ihren Untermieterinnen abzusprechen. Die letzte Nachricht sind drei lila Herzen als Antwort auf die Freigabe eines aktualisierten Passworts. Sie geht immer wieder auf die Profile der anderen Frauen, sie schaut sich jedes Profilbild an. Sie versucht aus den Umgebungen die Länder abzuleiten, wenigstens die Kontinente. Sie sieht Schotter, sie sieht einen Kiosk mit verstreuten Plastikstühlen davor und eine wie eine Prämie ins Bild gehaltene Limonade, und sie weiß genau, wie die Limonade schmeckt auf dem staubigen Vorplatz, wo man gerne seine Füße anschaut, während man zu lange auf einem der Stühle sitzt, den man mit der Sonne verrückt. Sie sieht einen Strand-*

abschnitt, den sie meint zu kennen. Sie geht zu dem Strand, sie hat ihn in den Favoriten gespeichert. Es ist natürlich ein anderer Strand, auf einem anderen Kontinent. Sie stellt sich eine Erholung oder ein Gewerbe dort vor. Sie ist besessen von den Profilbildern der anderen Frauen, immer wieder vergrößert sie ein weiteres Profilbild. Sie kennt sie schon auswendig, aber manchmal ist plötzlich ein Profilbild ausgetauscht, und sie fragt sich dann, wie lange das neue Bild schon online war, ohne dass sie es bemerkt hat, es kann nie länger als 8 Stunden her sein. Das Öffnen der Gruppe, das Vergrößern der Profilbilder, ist eine Geste der Verbundenheit geworden, die sie braucht, um weiterhin nicht aufzuhören und sich dabei unmerklich zu entfernen.

Unser Chat ist eindimensional, er ist nur da, damit meine Freundin ihre Notizen ablegen kann. Er ist da, damit sie einen steten Anlass hat, die Notizen zu notieren, um ihnen eine Richtung zu geben. Vielleicht denkt sie, ich lese ihre Notizen gar nicht, ich lese sie immer prompt. Ich beginne, meine Beobachtungen ihren Beobachtungen anzugleichen. Je mehr Beobachtungen sie als Notizen sendet, desto mehr beginne ich, die Frauen durch ihre Augen zu sehen. Nie würde ich ihr das sagen.

Ich schaffe es, das Kabuff zum Umziehen so zu verlassen, dass ich mit keiner Kolleg*in zur Bahn laufen muss, ich schaffe heute kein Gespräch mehr. Ich folge den Pfeilen auf dem Boden in umgekehrter Richtung, Richtung Feierabend. Ich senke den Blick, als ich an welchen vorbeikomme, wie immer von einer latenten Angst angetrieben, dass mich wer anhält und wissen will, ob ich hier falsch bin. Dabei habe ich den Ausweis auf Zeit für dieses Sondergebiet in der Tasche, der mich berechtigt hier entlang Richtung Feierabend zu gehen auf den Pfeilen, die eine andere Richtung anzeigen. Der Weg ist lang, es könnten zwei Bushaltestellen sein, mein ganzer Körper ist müde, und ich schlurfe. Und bevor ich zum fünften Mal kontrollieren kann, dass ich den Anschluss verpassen werde und noch länger auf den Feierabend in meinen vier Wänden warten muss, wenn ich weiterhin so erschöpft laufe, kommt die nächste Notiz meiner Freundin, durch die ich mich aufgehoben fühle, durch die ich beginne, von jetzt auf gleich zu rennen:

break the glass, choose the prize you desire and book it

Meine Mutter steht unschlüssig im Sand. Sie hat noch nie etwas geklaut, wenn man von den unbezahlten Restaurantrechnungen und Taxifahrten absieht. Jetzt benötigt sie den Stuhl, der auf der Veranda einer anderen steht. Alle schlafen, es ist noch nicht einmal ganz hell. Meine Mutter braucht den Stuhl, um auf ihrer Veranda zu sitzen und die Seiten vollzuschreiben, wie sie seit Jahrzehnten jeden Morgen die Seiten vollschreibt, das muss sein. Sie könnte warten, bis eine aufwacht und dann liebenswürdig fragen, aber sie kann nicht warten. Kurz schwenkt sie zum Ozean, der dann ihre Füße umspült, ihr wird schwindelig, wenn sie auf das ankommende Wasser schaut, das sich sofort wieder zurückzieht. Sie hat sich einen Trotz in den Kopf gesetzt. Alle anderen Hütten haben einen Stuhl auf der Veranda, nur ihre nicht, und meine Mutter fühlt sich übergangen, und sie hat jetzt ein Recht auf ihren Stuhl auf ihrer Veranda, insbesondere, da sie ihn braucht. In einem Entschluss, der auf einmal zu schnell kommt, geht sie auf eine Hütte zu, hält den Blick unten, nimmt sich den Stuhl, da liegen Badesachen drauf, die räumt sie um, unterdrückt den Impuls, mit dem Stuhl zu ihrer Hütte zurückzurennen, geht gerade, der Stuhl ist leicht, sie sitzt, gar nichts hat sich gerührt.

Meine Mutter sitzt auf ihrer Beute mit Blick auf den Ozean. Links und rechts von ihr erstrecken sich alle weiteren Hütten mit ihren Veranden. Die Hütten wie zusammengesteckt, wie Tiny House mit einem modernen Design, das nicht mehr modern ist, aber noch lange so genannt wird. Direkt hinter den Hütten beginnt eine minimal veränderte Form von Landschaft, der Strandsand geht über in einen gröberen und grauen Sand, eine Wüstenlandschaft, die man nicht zu Ende gucken kann, wie symmetrisch voneinander versetzte Grasbüschel, es müsste Müll da sein, aber es ist kein Müll zu sehen.

Meine Mutter stutzt, als sie merkt: Hier gibt es gar keinen Vogelgesang, das ist es, hier gibt es keinen Vogelgesang. Sie hört keinen Gesang und kein Scharren von anderen Tieren am Morgen, egal wie früh sie wach ist.

Sie sitzt über ihren Notizblättern. Sie schreibt in einer Bewegung, hoch und runter, wie die gleichmäßigen Wellen, auf die sie guckt.

Wenige andere Frauen sind schon aus ihren Hütten gekommen, vereinzelt schwappen sie wie jeden Tag im Ozean oder sind auf Spaziergang in die eine oder die andere Richtung. Es gibt zwei Richtungen, links und rechts. Meine Mutter weiß schon, welche Frauen wann aufstehen, wann sie rausgehen, wer mit wem schwimmen geht. Sie ist jetzt fertig mit dem Aufschreiben, sie sitzt mit dem Körper unbeweglich und fest, ein Daumen streicht wie im Tick unablässig über die Seiten, die Augen gehen jetzt oft hoch, suchen, ob sie etwas übersehen haben, lauern auf die Person, auf deren Stuhl sie sitzt. Deren Tür öffnet sich, und meine Mutter schnellt hoch, eine Geste verrutscht. Die andere steht da mit Blick auf den Ozean, lang und groß und muskulös, in einem perfekten Badeanzug und geht, ohne den Blick irgendwo andershin als auf den Ozean zu richten, in den Ozean, am Ende rennt sie, weil es dauert, bis man eine Tiefe erreicht, und schmeißt sich rein und schwimmt sofort, aber so elegant, denkt meine Mutter, und so gelöst.

Meine Mutter hat nicht gesehen, wie die Person wieder aus dem Wasser gekommen ist, wie sie die Überreste des Strandmobils nah am Wasser untersucht.

Sie scheint ein gesteigertes Interesse an dem Mobil zu haben, als würde sie überlegen, wie sie einzelne Teile wiederherstellen und neu zusammensetzen kann. Und meine Mutter guckt sie ungehindert an und setzt auch was zusammen. Die andere schaut dann auf, winkt meiner Mutter zu, meine Mutter macht nichts, winkt dann doch im letzten Moment noch. Die andere geht in ihre Hütte. Meine Mutter hat den Stuhl ungehindert.

Meine Mutter tritt mitten in der Nacht auf die Veranda. Es ist dieselbe Temperatur wie tagsüber, es ist warm. Meine Mutter bewegt sich vorsichtig, als hätte sie Sorge, sich selbst aufzuschrecken. Sie drückt sich gegen die Tür, um nah an ihrer Hütte zu sein, um sich der Hütte zu vergewissern. Sie steht ganz ruhig, sie ist klein, die schweren Brüste ziehen sie nicht nach unten. Sie hat die unteren Zähne nicht drin, sie denkt an die Zähne, sie liegen neben dem Bett in einem Glas.

Sie guckt. Sie nimmt ihr Telefon und fotografiert an die siebzehn Mal den ungewohnten Nachthimmel im Übergang zum Ozean. Bei jedem Auslösen gibt es einen Sound, weil sie den Ton nie abschaltet, um sich der Technik zu versichern. Die Fotos werden nichts, zu dunkel und zu verwackelt. Sie kann die Fotos so oder so nirgendwohin senden. Sie aktualisiert ihr Profilbild im toten Messenger, ersetzt das Bild von uns beiden durch den verwackelten Nachthimmel und die Lichtquelle, die sie für den Mond hält. Sie geht rein, sie legt sich noch mal hin, sie denkt erst, das geht nicht, aber es ist möglich. Wenn sie wieder aufwacht, wird sie sich ein Frühstück zubereiten, ihre Notizen machen, einen Spaziergang machen. Und vielleicht, denkt sie, lege ich mich danach sogar noch einmal hin und gewöhne mich an die Geräusche von außen.

Und vielleicht, denkt sie, werde ich am Nachmittag den Ozean ausprobieren.

Es ist das Ende der Frühschicht, und wir Reinigungskräfte sind jetzt die meiste Zeit damit beschäftigt, uns diskret zurückzuziehen, während die ersten Angestellten beginnen, die Räume, Flure und Treppen und Toiletten und Teeküchen zu betreten. Ein Rhythmus von Rückzug und Eroberung, von Platz machen und Platz nehmen. Im nächtlichen Morgen gehörten die Räume sozusagen uns, jetzt geben wir sie wieder her.

Und das Team erzählt sich die Geschichte von einer, die hier am Teppich verloren gegangen war. Die an einem solcher Morgen versucht war, die Schuhe auszuziehen und barfuß auf dem Teppich zu sein in den wohltemperierten Räumen, um die Zwischenräume zwischen den Zehen mit Felligem zu füllen, dabei den Fuß anzuschauen und die eigenen Zehen grazil zu finden, ihre Füße als schöne Füße zu erkennen, eine Geschmeidigkeit wahrzunehmen, die am Körper war, die im Zusammenspiel mit diesem Interieur war. Der Bezug zu sich selbst, den sie in anderen Bezügen vergessen hatte, eine Wahrnehmung von sich selbst, die verlangte, sich um sich selbst zu kümmern, die überbrückte, dass sie sich und ihren Körper, den sie hatte, die meiste Zeit vergaß, vergessen musste, um sich überhaupt wieder aufmachen zu können, zur nächsten Schicht. Um sich überhaupt mit diesen strapazierten Beinen und der Lunge ins Bett zu legen, kaum in der Lage, das Licht noch auszuschalten. Sie konnte an einem dieser Morgen die Füße nicht mehr vom Teppich losmachen, auch nicht, als die ersten Angestellten eintrafen, auch nicht, als ihre Schicht schon mehrere Stunden zu Ende war.

Es ist meine letzte Schicht für das Subunternehmen. Die Chefin hat das Objekt verloren. Oder das Objekt hat die Chefin verloren. Meine Chefin ist weg, schon seit drei Schichten. Alle reden in Andeutungen. Ihr Kind, jünger als ich, aber schon länger erwachsen, eigentlich selbst Teil des Putzteams, hat provisorisch die Leitung übernommen. Sitzt im Kabuff und hat den Laptop aufgeklappt und immer einen eingehenden Anruf, der nicht immer beantwortet wird. Das Kind lässt sich nichts entlocken über die Chefin und stellt auch keine weitere Schicht in Aussicht.

Wie immer esse ich auf dem Weg vom einen Job zum anderen ein Croissant auf dem Platz, der keine Bänke mehr hat.

Eine hat es sich da bequem gemacht auf einem Vorsprung, ein Kissen in den Rücken geschoben, ein Kissen, das sie immer dabeihat. Das Gesicht genau zur Sonne. Sie spricht mit sich, nicht leise nicht laut, manchmal ein Schrei. Sie stellt alles vor sich. Macht ihre eigenen Gedanken im laut Sprechen anschaulich. Stellt sie da hin in den geteilten Raum, dadurch werden die Gedanken fassbar und sichtbar. Damit kann sie etwas anfangen.

Mit meiner gebrauchten Liege gebe ich Massagen in den Leerlaufzeiten von einem Auftrag zum anderen, an den Abenden oder Morgen, bevor ich durch die Stadt laufe und an jeder zweiten Ecke eine Kurzbewerbung versende. Ich mache Hausbesuche. Das Schwierigste ist, die Liege vor den Kund*innen aufzubauen. So oft ich es mache, ich kann mir einfach nicht einprägen, wie die Liege schnell und sicher aufgeklappt werden muss, welches Bein zuerst, was muss wann einrasten, was dann. Ich bemerke, wie in meinem Rücken langsam Nervosität und Reue bei meinen Kund*innen aufsteigen, mich gebucht zu haben. Fehlinvestition; aber die Bewertungen waren doch gut. Meine Bewertungen sind immer gut.

Ich hätte zu Hause den sachgerechten Aufbau der Liege üben können, aber ich will einfach nicht. Irgendetwas in mir versperrt sich dermaßen, dass ich die Liege hinter die Tür stellen muss, sobald ich nach Hause komme. Genau genommen will ich den Live-Effekt des Scheiterns. Ich genieße dieses Vorspiel, in dem ich mich als Fehlinvestition entpuppe. Den Moment, wenn den Leuten klar wird: Ich habe hier eine falsche Entscheidung getroffen. Und dann stöhnen sie später doch unter meinen Griffen, und der Gewinn erscheint noch größer durch mein vorheriges Scheitern. Eine zufriedenstellende Verkaufssituation. Eine Verkäuferin, die den Flop performt, um dann umso mehr Gewinn zu sein. Alles richtig gemacht, gerne wieder.

Meine Mutter sitzt auf ihrer Veranda und sieht die Person schon von Weitem sich nähern. Es ist die, deren Stuhl sie in einer der Morgenstunden von der Veranda gepflückt hat, die sie dann im Ozean beobachtet hat. Es dauert viel länger als geschätzt, bis die Person tatsächlich vor ihr steht. Meine Mutter hat sich schon mehrere Male geräuspert, ihren Sitz begradigt, die Mundwinkel ausgewischt, wo sich früher immer, immer, immer Lippenstift mit Kaffee vermengt und festgesetzt hat, bis es ausgewischt und überschrieben wurde mit neuem Lippenstift und neuem Kaffee. Jetzt trägt sie keinen Lippenstift, trinkt keinen Kaffee. Sie zählt durch, was sie der Person anbieten könnte, welche Rationen wie zurückzubehalten sind. Sie will schon von Weitem mit ihr befreundet sein.

Sie steht vor ihr. Sie trägt leichte Kleidung, überall flattert es. Sie sieht aus, als würde sie ununterbrochen *Unchained Melody* hören, was sie tatsächlich tut. Du hast Musik? Nein, ich habe einen ununterbrochenen Ohrwurm und kein musikalisches Talent. Die Person ist die Zukunft, denkt meine Mutter.

Und es lugen dann ihre Köpfe aus dem Ozean wie die der anderen Frauen, die meine Mutter beobachtet hat, denen sie nicht zu viel Beachtung schenken wollte, weil sie schon im System der Freundschaft und des Ozeans aufgenommen waren. Jetzt ist meine Mutter auch zur Boje geworden, und es ist wie immer, wenn man in etwas eintritt: Man vergisst, wie man draußen war. Für eine Zeit hat es die Einsamkeit nicht gegeben. Und nichts ist mehr spektakulär oder fern, sondern nur noch nah und von einer Gewöhnlichkeit. Und man muss sich konzentrieren, nichts Falsches zu sagen.

Ich mache am liebsten die Jobs, die vor allem aus Anwesenheit bestehen. Zeit abstehen an Ständen, in Tabellen, in den Terminals, im Warten auf das Passwort, in den wöchentlichen Konferenzen, für die ich den Hintergrund meiner Wohnung unkenntlich mache und ein undefinierbares Objekt auf das Regal hinter mir stelle, damit es für alle etwas zu rätseln gibt, wenn sie schweigen, weil Chefchen redet, wenn sie keine Lust mehr haben, sich selbst anzuschauen, dann können sie das Objekt anschauen, aber keine spricht mich darauf an. Ich denke beim Geldverdienen, beim Zeitabstehen daran, wie eine mir sagte, dass man den eigenen Kopf ja überall dabeihat, dass man ja überall denken kann, dass der Kopf das praktischste Werkzeug ist, das man sich denken kann, dass man ja froh sein kann, wenn man einen Job mit Denken hat, dann hat man sein Werkzeug überall, man kann demnach auch überall hin. Und sie war danach auch überall hingegangen. Und ich denke mir hier, dass es nicht stimmt. Dass man nicht einfach denken kann, wenn man beauftragt ist, die Zeit abzustehen, in diesem Outfit, in dem man hofft, keine alten Bekannten aus Studienzeiten zu treffen, an diesem Ort, der aus Spanplatten zufälligerweise hier so zusammengeschraubt wurde, zufälligerweise nach einem Plan. Dass es vielleicht eher stimmt, wenn ich die Rücken massiere, die Oberflächen wische oder die Pakete entstapele, dass dann etwas am Körper beschäftigt ist, das den Raum gibt, das Werkzeug Kopf zu benutzen. Aber auch dann bin ich bei der Sache, und meine Gedanken können nirgendwohin, sie beginnen nicht mal.

Ich mache am liebsten die Jobs, die vor allem aus Zeit abstehen bestehen, weil ich Geld dafür bekomme, Zeit abzustehen, mit dem Cursor auf einer Tabellenzeile zu verharren, obwohl meine Hände frei sind, mich hinzusetzen und Zeit abzusitzen. Ich bekomme dadurch Geld für Anwesenheit, ich bekomme dadurch Geld für Gegenwart, die einfach da ist, für die ich keinen Vorschuss leisten musste, selbst die Schuhe sind geliehen und nie zurückgegeben. Ich lerne dadurch, dass Anwesenheit Gegenwart ist, und Gegenwart ist Zeit abstehen.

Seit meine Mutter weg ist, ist meine Freundin öfter bei mir und bleibt manchmal für mehrere Tage, obwohl ihre Wohnung nicht weit entfernt ist. Sie ist meine einzige Freundin, und ich spüre, dass sie auch bald gehen wird. Sie arbeitet in meiner Wohnung, wenn ich arbeiten bin oder auf meinen Routen durch die Stadt. Sie ist schon oder noch da, als ich nach Hause komme, sie zeigt mir ihre neuesten Fundstücke. Videos von Plünderungen, die sie sammelt, nächtelang geht sie auf Suche. Es sind Snippets von unterschiedlicher Qualität, und sie sagt, die Qualität der Plünderungen hat sich auch verändert, und es werden mehr. Früher war ihr Videosammeln ein Hobby, dann war es ein Zeitvertreib neben der Arbeit mit zu vielen offenen Tabs, dann war es eine Kunstform. Jetzt ist es etwas anderes geworden.

Als sie als Kind oder Jugendliche klauen ging im Einkaufszentrum, das ein Einkaufszentrum der Superlative war, nicht zu vergleichen mit dem Einkaufszentrum, durch das ich in dieser Stadt gehe, war ich nur zwei bis drei Mal mit und ließ mir nicht anmerken, welche Ängste ich durchstand. Ich versuchte es tonlos und wie geübt durchzuziehen und bei keinem Geschäft einen Vorbehalt zu zeigen, weil ich wusste, dass es durch einen Einspruch, ein Zögern oder ein Umlenken nur schwieriger geworden wäre, beim nächsten Mal nicht mitzukommen. Ich war so ängstlich vor ihrem Urteil, und ich war ängstlich vor den Regeln und den Gesetzen in allen Räumen. Dabei hatte sie gesagt, wäre ja klar, wenn wir geschnappt würden, dann würde sie geschnappt, nicht ich. Ich konnte sie dann davon überzeugen, vom Einkaufszentrum abzusehen und mit mir zusammen auf die Marktstraße zu gehen, auf Touren, die einem absurden Plan, einer Sinnlosigkeit oder Erzählung folgten, aus denen man sich einfacher rauswinden konnte als aus der direkten Übertretung: Hähnchenschenkel, die zum Auskühlen im Fenster des Hotels standen, von draußen konnten wir danach greifen, Pfannen und Schürzen und eingeschweißte Gnocchis in den Kellern der Restaurants, wo wir vorgaben, auf Toilette zu müssen, Aschenbecher von jedem dritten Tisch vom Café Transatlantik, und einmal mussten wir mehrere Viertel vor einem der Kellner wegrennen, der nicht lockerließ; könnten wir bitte ein Glas Leitungswasser bekommen? Könnten wir bitte Pizzabrötchen bekommen, aber wir haben kein Geld, Pappaufsteller, Schirme und Mäntel aus Wartezimmern, Vordrucke und Giveaways aus der Bank.

Ich versuchte, sie von diesen Klauzügen auf der Marktstraße zu überzeugen, indem jede Beute zur Anekdote wurde, womit wir zwar nichts anfangen konnten, worüber wir aber die Geschichten der Objekte weiterspinnen konnten und die Geschichten über uns selbst, die zwei Mädchen mit Gerümpel. Mein verspielter Versuch, um den echten Diebstählen im Einkaufszentrum entgehen zu können. Und ich dachte, es hätte funktioniert, aber ich hatte nur ihre Feinfühligkeit unterschätzt. Sie hatte sofort gemerkt, dass ich zu ängstlich für das Einkaufszentrum war, und sie machte die Marktstraßenaktionen mir zuliebe und ging nebenbei ins Einkaufszentrum zu den echten Waren. Bis sie Hausverbot bekam, was sie mir nicht erzählte. Bis sie die Scheiben einschlug, bis sie in öffentlichen Aufzüge Pfefferspray sprühte, bis sie Mülleimer an den Bushaltestellen rund um die Schule anzündete, als sie rausgeschmissen wurde, bis sie weg war aus der Stadt, bis wir uns ein Jahrzehnt später wiedertrafen in einer anderen Stadt, kaum misstrauisch, in einer oberflächlichen Vertrautheit nahmen wir unsere Freundschaft wieder auf.

Im Gegensatz zu mir ist meine Freundin bei demselben Job geblieben, über mehrere Jahre. Ich weiß nicht wie viele, weil die Jahre so ähnlich waren. Zuerst war sie in wechselnden, von der Agentur auf Zeit angemieteten Büros in der Stadt verteilt, an heiß gelaufenen ununterbrochen betriebenen PCs, die in Schichten immer, immer, immer von einer Person besetzt waren. Je länger sie dabeiblieb, desto mehr wurde es ihr möglich, von zu Hause aus zu arbeiten. Sie hatte alle Parameter, mit der sie Hate Speech von No-Hate Speech unterscheiden sollte, nach einer Nacht auf dem Kasten. Am Anfang gab es noch mehr Subkategorien. Bald waren es nur noch Hate Speech oder No-Hate Speech. Den ganzen Tag verbringt sie mit der Einordnung von dem, was durchgeht, und dem, was nicht mehr durchgeht. Dem, was im juristischen Sinne Hass ist, und dem, was im juristischen Sinne kein Hass ist, und im juristischen Sinne heißt im Sinne des Konzerns. Sie verbringt den Tag mit dem, was verwechselt wurde, und dem, was übersehen wurde von den Algorithmen. Die Algorithmen können Kontext, aber er unterscheidet sich von ihrem Kontext. Der allgemeine Kontext ist der Kontext, der in den Manuals der Agentur steht, der nicht ihr eigener Kontext ist. Sie schickt mir Screenshots, wenn es besonders schlimm ist und wenn es besonders wirr ist, sie sammelt.

Ich frage sie oft, wie sie das jeden Tag durchhält, wie sie das die ganzen Jahre durchgehalten hat, denn sie ist nicht abgestumpft, sie sammelt. In den ähnlichen Jahren, in denen wir versuchten, diese Jobs zu machen und gleichzeitig andere Sachen zu machen. Sachen, die die eigentlichen Sachen sein sollten. Meistens schafften wir es aber nur, uns was Gutes zu essen zu besorgen oder eine Wohnung zu finden, die nicht nur zur Untermiete für ein paar Monate war. Ich jedenfalls. Meine Freundin arbeitete eigentlich an ihren Journals. Je länger sie in dem Job blieb, umso mehr schöpfte sie die Inhalte aus dem Job ab für das eigentliche Arbeiten an den Journals. So deutete sie es jedenfalls. Sie sagte, ich mache 2 in 1, ich nutze die Inhalte, für die ich Geld bekomme, für die Inhalte, für die ich kein Geld bekomme. Ich nutze die Zeit, in der ich Geld bekomme, zum Nachdenken und Sammeln für das, was ich eigentlich machen will, für die eigentlichen Sachen. Ich war mir nie sicher, ob das nur ein nachträgliches Konzept war, um den Job zu rechtfertigen und durchzuhalten. Ich konnte mir nicht vorstellen, wie sie beim Einsortieren von Hate Speech und No-Hate Speech in der gekrümmten Haltung vor dem PC mit dem abgestandenen Kaffeegeschmack im Mund, Raum oder Zeit hatte zum Sammeln oder Nachdenken. Durch die Regelmäßigkeit und Langfristigkeit im Job schaffte sie es aber tatsächlich besser als ich, nebenbei andere Sachen zu machen. Ihre eigentliche Arbeit an den Journals nicht ruhen zu lassen. Sie hielt fest an einem eigentlichen Ziel. Sie war sich sicher, und sie war zäh.

Die Journals häufen sich in ihrer und meiner Wohnung. Ausgedruckte Schwarz-Weiß-Stills von den Plündervideos, zusammengeschnitten mit Sätzen von Hate Speech und No-Hate Speech, die nicht mehr zu unterscheiden sind. Jedes Journal aufgemacht wie ein Wochenmagazin, mit Überschriften und jeweils aktuellem Datum, kombiniert mit einer DIY-Ästhetik und einer Nostalgie für Papier. Auf den ersten Blick finde ich die Kombination reißerisch und simpel von der Aussage. Auf den zweiten Blick bin ich tatsächlich jedes Mal mitgerissen, sind die Kombinationen, die sie macht, poetisch, durchdacht, wie von Andeutungen, wie von einer neuen Art der Einteilung, einem ungeschriebenen Algorithmus und mit zu viel Kleber genau richtig zusammengesetzt.

Meine Freundin sagt, dass ich die Beste im Verdrängen bin, die sie kennt. Sie sagt das nicht als Lob, aber ich verstehe es so. Sie sagt es, um mich in ein Gespräch zu drängen, das ich nicht führen will. Sie sagt es, weil sie weiß, dass sie mir damit schmeicheln kann. Sie sagt es, um etwas zugleich herauszufordern und für sich zu belassen.

Bevor wir anfangen können, über die Umstände zu diskutieren, merkt sie, wie schwach ich heute bin, wie ich kein tatsächliches Gespräch aushalten würde, und sie wird für sich ein bisschen böse, weil das jeden Abend so ist, weil sie mich nie konfrontieren kann, weil das Gespräch über die Umstände immer an den Umständen scheitert.

Sie gibt sich sanft, sie hat sich zurückgenommen, wir liegen im Bett, sie erzählt mir im Kompromiss eine der Geschichten, die sie bastelt aus dem, was sie gehört hat, den Fakten, die sie recherchiert hat und den Vorstellungen, die in ihr sind. Manchmal erkenne ich in den Geschichten eine der Frauen wieder, die sie mir als Notiz gesendet hat und jetzt weitererzählt. Es sind Geschichten, die die Diskussion und die Frage nach den Umständen und meiner Mutter umschiffen. Geschichten, die etwas in mir auslösen sollen, was in ihr schon ausgelöst ist:

Manche erzählen, es gibt da ein Kreuzfahrtschiff, das nicht mehr zurückgekommen ist, das den Ozean für immer ansteuert. Sie erzählen von der provisorischen Kapitänin: Eine, sie war eigentlich zu alt gewesen zum Arbeiten, aber hatte noch einmal wechseln müssen, weil ihr Rentenjob als Fernbusfahrerin nicht mehr ging. Obwohl sie es erst wirklich probiert hatte, *aber nach und nach wurden Stellen gestrichen, und am Ende musste sie navigieren und den Service sprechen und die Tickets scannen und die Taschen wiegen und Currywurst essen an den Ständen der Terminals, und das alles zugleich und überall Stau, und irgendwann verzichtete sie auf die Ansprache im Bus, und das kam nicht gut an, besonders wenn eine andere Route eingeschlagen werden musste und niemand darüber informiert wurde, wie sich das auf die Ankunftszeit auswirken würde und die Kund*innen auch keine Pushnachricht bekamen, weil sie die Route mit der Zentrale nicht geteilt hatte, und die Klos waren voll, und einmal war das Klo nicht einmal auf, und sie weigerte sich, auf die Anfragen der Reisenden zu reagieren, und es machten sich welche ein, und andere machten Bilder davon, und es gab fast einen Aufstand, und sie war ihren Job und ihre Wohnung los, und ihr Name war verlinkt.*

Sie spülte im Akkord auf dem Kreuzfahrtschiff, sie hatte ein Angebot der Zeitarbeitsagentur angenommen, denn wenn sie auf einem Schiff war, brauchte sie auch keine Wohnung. Man kann es sich vorstellen, dass sie, die in vielen Jobs auf die ein oder andere Art ein Steuer in der Hand gehalten hatte, die Kapitänin des Narrenschiffs geworden ist. Dass sie sich mit der Crew geeinigt hat, mit den Hilfsköchinnen und Reinigungskräften, den Pflegerinnen, den Masseurinnen, dem Service und den kaum sichtbaren Hilfskräften, die über dieselbe Agentur auf dem Schiff gelandet waren, für die sich die letzten Jahrzehnte wie eine saisonale Verschiffung angefühlt hatten: In den Fleischfabriken, in den Büros, auf den Feldern in benachbarten Ländern, die es sich leisten konnten. Immer in Verschickung durch die Agenturen, manchmal vergessend, wo man sich überhaupt befand, manchmal vergessend, zu welchem übergeordneten Zweck man diese Teile zusammensteckte oder zerhackte, vom Fett befreite, mit Folien umwickelte, stanzte, stapelte. Am Anfang recherchierten sie noch mit halb geschlossenen Augen vor dem Schlafengehen die Besonderheiten, die Geschichtlichkeiten, die Namen der Orte, an denen sie gerade arbeiteten. Aber die angeleuchteten Gesichter in den Stockbetten, die LED-Gesichter erloschen nach und nach. Die Frauen beendeten ihre abendlichen oder morgendlichen Recherchen. Es war egal, wo sie waren. Man konnte es sich vorstellen, dass sie beschlossen, auf Kreuzfahrt zu bleiben, nicht an den vorgesehenen Hafen zurückzukehren, keine Meldung zu machen, einen Ozean für immer anzusteuern, eine andere Gemeinschaft zu finden oder zu werden.

Und die, die sich weigerten? Die, die zu ihren Familien wollten? Und die, die bedient wurden? Die, die plötzlich nicht mehr bedient wurden? Die vormals zahlenden Gäste, die sich nicht dem Kollektiv anschließen sollten? PLATSCH! PLATSCH! PLATSCH!

Meine Freundin spinnt mir die Geschichte der Frauen auf dem Schiff von Abend zu Abend weiter. Von einer Kollektivgemeinschaft, von Harpunen, von Gesängen und langsam einsetzender Solidarität. *Forever Floating* sagt sie mir zum Einschlafen.

Die andere und meine Mutter haben sich mittlerweile schon ein paar Mal getroffen, aber immer in der Hütte meiner Mutter. Meine Mutter will die Hütte der anderen sehen, die andere will schwimmen gehen. Meine Mutter traut sich nicht, ihren Wunsch auszusprechen, die andere schon. Sie trägt einen wunderbaren Badeanzug unter ihrer Kleidung, und alles schmiegt sich. Wie ein Schmetterling, denkt meine Mutter, hat sich der gelbe Badeanzug auf ihren Körper gesetzt und das perfekte Schlüsselbein freigegeben. Alles, was die andere trägt, ist wie Schichten an ihrem Körper in Elastizität. Die andere sagt, wir gehen schwimmen, und dann mache ich uns etwas zu essen bei mir. Meine Mutter erwischt sich dabei, alles an der anderen zu bewundern. Sie merkt, wie sie sich kleinmacht, indem sie alles an der anderen herausheben und zugleich abschwächen will; dass sie diese Figur schon einmal woanders anders gesehen hätte und darüber auch schon einmal nachgedacht hätte. Und alles, was sie weiß, erzählt sie so, dass es anknüpft an das, was sie vermutet, was die andere beschäftigt und interessiert. Aber so offensichtlich oder plump, denkt sie. Und dann fällt ihr plötzlich gar nicht mehr ein, was sie je gemacht oder gedacht hat, sie weiß nicht einmal mehr, welchen Beruf sie gelernt hat, ob sie überhaupt einen gelernt hat. Sie hat einen gelernt, aber sehr viel mehr ausgeübt.

Es gibt etwas Leichtes zu essen. Ich liebe Fisch, sagt meine Mutter und gibt sich alle Mühe, nicht zu schnell zu essen, gibt es dann auf und sagt, ich esse halt schnell. Die andere sagt nichts dazu, sie schmunzelt auf eine angenehme Art und Weise, als hätte sie diese Art von widersprüchlicher Anwesenheit vermisst. Meine Mutter spricht plötzlich nicht mehr viel, nickt mit rot werdendem Gesicht, scheint zu schwitzen, drückt nur Worte zwischen den Lippen hervor.

Alles wird kurz unangenehm, aber die andere fragt nicht, ob alles ok oder etwas nicht ok ist. Sie lässt meine Mutter so sein, und meine Mutter verabschiedet sich, nächstes Mal würde sie abspülen etc. Sie geht nach Hause, geht ins Bad, nimmt das Gebiss heraus und pult die störende Gräte hervor. Schaut die Gräte an, sie ist sehr biegsam und trotzdem stark wie ein kleiner Knochen aus Elastan in ewiger Umdrehung. Sie säubert damit die restlichen Zwischenräume des Gebisses, pikst sich mit der Gräte in den Handrücken, pikst sich in die Backen, wäscht die Gräte ab, will sie aufbewahren. Zur Zahnreinigung? Zur Erinnerung? Eh der Grund klar ist, ist ihr die Gräte in den Abfluss entglitten.

Dann die Scham. Der übereilte und holprige Aufbruch, der Schweiß. Die ganzen Substantive brechen sich Bahn. Ich muss in Ketten denken, denkt sie. Aber in Erinnerung an den Ausbruch zieht sich alles nur zu Punkten, zu Namenworten zusammen. Keine Abläufe mehr, nur: Fisch, Schweiß, Gräte, Aufbruch, Abwasch, Gebiss.

Es scheint, die andere ist eingetreten, bevor sie geklopft hat. Steht einfach in der Hütte, schließt nicht einmal die Tür, und meine Mutter ist hochgeschreckt, überkreuzte Beine, überkreuzte Arme vor den Brüsten, dazwischen Laken. Das Gebiss neben sich im Glas, wie man es sich vorstellt. Ihr kleiner Mund steht offen: Blubb ich Fisch. Die andere geht auf sie zu. Das Bett steht in der Hütte direkt am Doppelfenster vor der Veranda. Der Geruch ist im Ganzen wunderbar hier drin.

Manche Menschen tragen wunderbare Gerüche an sich, ihr Leben lang und statten damit alles aus, was sie bewohnen und benutzen. Wie lange wird der Geruch danach noch da sein? Die andere setzt sich mit aufs Bett.

Mit ihren langen Gliedern berührt sie alles kurz. Ich wollte dich zum morgendlichen Schwimmen abholen. Meine Mutter ganz überrumpelt von diesem Eindringen, tut was sie gar nicht weiß, lupft ihr Laken und bedeutet der anderen, drunterzuschlüpfen. Ich muss noch etwas schlafen. Und die andere kommt drunter und legt einen Arm um sie. Meine Mutter, die Augen weit geöffnet, zur Seite gedreht mit Kopf zum Fenster, aber wegen der anderen zu nah an der Bettkante, um rausschauen zu können, starrt an die Wand, starrt an den Übergang von Fensterrahmen zur Wand und weiß, dass die Tür offen steht und schläft trotzdem ein. Und sie schlafen noch einmal 3 bis 4 Stunden, denn es ist möglich, und neben aller Panik der Nähe ist es sehr wohltuend.

Ich habe etwas für den Übergang, Nachtschichten und Wochenendschichten, was mir mittlerweile egal ist, es hat sich etwas in den Einteilungen von Zeit umgestellt, seit die Jobs und ihre Zeiten und ihre Ansprüche schneller wechseln. Es kommt mir gelegen, so kann ich weiter unter der Woche meine Hausbesuche mit der Massageliege machen.

In den nächtlichen Schulungen zu Sicherheit und Transport sind alle Beispiele und Negativbeispiele anhand von Lebend-Küken.

Wie die Küken während des Transports aus den Eiern schlüpften, weil sie fälschlicherweise zusammen mit schon geschlüpften Küken übereinandergestapelt worden waren, und die Körperwärme der schon geschlüpften Küken das Schlüpfen der anderen aus den Eiern beschleunigte. Und dann rannte eine unzählige Schar von Küken durch die unermessliche Halle, alles viel größer als man sich es überhaupt vorstellen kann, wenn man an 100 Küken denkt, muss man sie mindestens mit 10 multiplizieren.

Wie überall tote Küken in den Paketen steckten, wie sie nur annahmen, dass alle tot waren, und sie schauten in jedes Paket, und überall war alles nur aus den feinen Federn, und alles roch talgig, und sie begannen, die Pakete mit den totgeglaubten Küken in die dafür vorgesehenen Container zu entleeren. Aber die Küken waren nur in Schockstarre gewesen, weil sie zu fest geschüttelt worden waren, und dann hüpften sie aus den geöffneten Paketen, und es schien, als würden sie sich gegenseitig zum Leben erwecken, und es rannten zig Küken über den Flughafen, in der Nacht, in dem Scheinwerferlicht stoben sie auseinander auf dem Rollfeld.

Wie eine Nacht lang die Halle voll war mit Eintagsküken, die nicht weiterfliegen konnten. Ihre Flüge und der Umstieg waren genauso geplant, dass sie fast minutengenau innerhalb ihres Zeitfensters von 72 Stunden, die sie nach dem Schlüpfen auskommen konnten, in ihrer neuen Farm ankommen sollten. Aber dann gab es eine Verzögerung, und es war klar, dass sie nicht mehr rechtzeitig ankommen würden, und der Besitzer verweigerte die Annahme der Küken, die einen Tag hatten, der in der Rechnung der Logistik 72 Stunden hatte. Und die Küken waren gestrandet, und die Arbeiter*innen betrachteten sie für eine Nacht wie Haustiere und fütterten manche heimlich mit Krümeln, bevor am Morgen das Signal kam, dass alle entsorgt werden sollten. Und der Vorarbeiter machte drei Kreuze, dass keine Krankheit ausgebrochen war.

Wie das komplette Flugzeug auf dem Rollfeld ausgebrannt ist, das nichts anderes als Küken zur Fracht hatte.

Kein einziges Küken begegnet mir während der Schichten. Mir schmerzen die Arme erst nach der zweiten Nacht, in der dritten Nacht beginne ich die Kameras auszuspähen und Pläne zu entwickeln, in welchem Winkel ich die vielversprechenderen Pakete öffnen könnte, um ein Device zu entnehmen, an welchem Posten ich gestoppt werden würde, in welche Öffnung ich die Devices schieben müsste. Ich denke weniger an Bereicherung als an Sabotage. Schon die Gedanken an Sabotage wirken als kleine Unterwanderung der perfektionierten Logistik, die mir keinen Raum gibt, die mir wirklich nur das gibt, was im Vertrag steht. Nichts, was mir einfällt, könnte nicht auf mich zurückgeführt werden. Ich muss selbst aufpassen, dass nichts auf mich zurückgeführt wird, was ich mir gar nicht ausgedacht habe. Die Nächte werden nicht kontinuierlich anstrengender oder länger, es gibt immer mal wieder ein paar fitte Nächte, dann einige Schichten lang nichts als Erschöpfung. Am nächsten Wochenende lerne ich welche kennen. Sie zeigen mir in der übernächsten Schicht, wie man sich 1,5 Stunden vor offiziellem Schichtende in den entlegensten Pausenraum schleichen kann, um dort den bröseligen süßen Tee aus dem Automaten zu trinken, bevor man sich aus dem System ausloggt, und wie das System nicht erkennt, dass man in diesen 1,5 Stunden nicht am Posten war. Man darf nur nicht den Vorarbeiter*innen begegnen, die davon ausgehen, dass man schon in den Feierabend gegangen ist. Und sie sitzen im Pausenraum, und immer mal wieder steht eine auf, um in den Flur zu gucken, und ich muss mich sehr beherrschen, nicht andauernd in den Flur zu gucken, und ich trinke unendlich viele Tees, und wir sitzen die 1,5 Stunden im Geheimen ab und sprechen fast nicht. Ich bin mir nicht sicher, ob es nicht einfacher wäre, die letzten 1,5 Stunden tatsächlich arbeitend zu verbringen. Mir geht es nicht unbedingt besser im Pausenraum. Ich bin zu ängstlich für die Verschwörung im Pausenraum. Die Sabotage hebt sich am Gefühl auf. Die weiteren Nächte verbringe ich bis zum offiziellen Schichtende, ohne den anderen noch einmal zu begegnen.

Könnte ich meiner Mutter von dem Job erzählen, es würde ein heikles Gespräch werden. Sie würde mich bemitleiden wegen der Nachtschichten, mit einem Kommentar oder Blick, der mich zum Kind machen würde, so dass ich abwinken müsste: Alles halb so schlimm, ich bin zäher, als du denkst usw … Und ich würde in dieser Beschwichtigung zum Kumpel werden, der es leicht nimmt und insgeheim die Krisen unter Tage verarbeitet.

Es wäre derselbe Blick, den ich manchmal spürte, wenn wir Messe machten und ich innehielt im Sortieren der Geräte und bemerkte, dass sie mich musterte, wie gewissenhaft oder versunken oder langsam oder schnell, schlecht oder gut ich die Arbeit erledigte. Derselbe Blick, wenn ich genauso früh ins Bett ging wie sie, wenn sie zu Besuch war, ein kurzer Seitenblick neben mir im Bett, eine Art Enttäuschung, dass ich auch schon schlafen ging, dass auch für mich der Abend nichts weiter bereithielt, gekoppelt an eine Beruhigung, dass sie nicht alleine einschlafen und sich sorgen musste, wo ich blieb. Derselbe Blick, noch früher, als ich Studentin war, wenn ich ihr die Namen und Inhalte meiner gewählten Kurse vorlas und ihr Stolz, dass ich verstand, worum es in den Kursen ging, und die richtigen gewählt hatte, war genauso groß wie ihre Angst, dass ich es eigentlich doch nicht verstand, und die falschen gewählt hatte. Ihre Angst, dass andere bevorzugt wurden, ihre Angst, dass andere nicht bevorzugt wurden, sondern besser waren. Ihr Schimpfen, wenn ich etwas nicht bekam, nie war ich schuld. Das Schimpfen auf die anderen, auf eine Ungerechtigkeit, war wie ein Reflex, damit nicht rauskam, dass ich vielleicht doch schuld war, dass sie dadurch vielleicht doch schuld war. Der Blick, nachdem ich die Stelle nicht bekommen hatte, die eine feste Stelle gewesen wäre, eine richtige Stelle, kein Job. Der Blick, nachdem ich mich entschieden hatte, das Angebot der Professorin auszuschlagen, das gar kein richtiges Angebot, sondern nur eine Andeutung gewesen war, aber ich hatte es meiner Mutter als Angebot präsentiert. Der Blick, nachdem ich es doch noch einmal versuchte, wenige Zeit später, aber die Professorin war nicht mehr auf ihrem Posten.

Dieser Blick auf mich war mit dem latenten Gefühl verbunden, dass sie insgeheim froh war, dass ich Arbeiterin war, dass die eigentlichen Sachen, von denen ich mit meiner Freundin schwärmte, die wir versuchten herauszufinden, die wir uns nicht trauten, die wir aufschoben, die meine Freundin dann in ihren Journals fand, doch besser nur als Hobby betrachtet werden mussten. Dass es nicht reichte für die eigentlichen Sachen. Dass sie verunmöglicht waren. Dieser Blick war nicht ihr Blick, es ist mein Blick.

Und ich träume wieder, wie wir in perfekter Symmetrie die Schaufeln in die Erde stechen und das Gegrabene hinter uns schaufeln und wie ich penibel darauf achte, nicht mehr Erde rauszuschaufeln, immer dieselbe Menge an herausgeschaufelter Erde hinter mir zu wissen wie sie, und zu bemerken, dass sie das bemerkt. Ihr Stolz auf mich als zähe Person war größer als der auf meine zarte Person, denke ich wenigstens. Genaugenommen bin ich die Einzige, die diese Unterscheidung aufrechterhält und damit mir und allen anderen Arbeiterinnen Unrecht tut.

Stehaufmännchen nannte sie mich, meinte sich selbst, wollte das an mich weitergeben. Wollte, dass ich etwas von ihr hatte, wollte, dass ich nicht zu viel von ihr hatte. Die Mutter meiner Mutter konnte zeichnen, zart, und meine Mutter wünschte sich, sie hätte ihre Mutter Künstlerin nennen können, die Striche wären fest gewesen. Und dann immer die Erzählung drübergeschrieben: Es wurde verunmöglicht. Verunmöglichung oder Verschwendung von Talenten war die unterschwellige Erzählung, es nicht schaffen zu können in dieser Gesellschaft als Entschuldigung und es nicht schaffen zu können in dieser Gesellschaft als Selbstanklage. Nicht derart leben zu können und nicht derart leben zu können, derselbe Satz mit zwei unterschiedlichen Betonungen, die gleich klingen. Die eine Betonung resultiert aus der anderen, eine abstrakte Mischung aus Systemkritik und Systemaffirmation. Wir wollen es schaffen, wir können es schaffen, wir können es nicht schaffen, aber wir wollen es schaffen, wir wollen es nicht schaffen, weil wir es nicht schaffen können.

Aber, welches wir, denke ich.

Und wenn ich ihren Blick spürte, wollte ich ihr sagen: Auf keinen Fall möchte ich weinerlich sein, auf keinen Fall möchte ich mich beklagen. Dieses ständige Springen zwischen Analyse und Entschuldigung, zwischen Feststellen von Unvermögen und Anklage dieses Unvermögens, mal von da, mal von da. Dieses Springen sind theoretische Übersprunghandlungen, um diese Arbeit nicht zu tun und zugleich diese Arbeit doch zu tun. Ich will mich jetzt zusammenreißen. Noch einmal aufraffen, noch einmal dran glauben, du Wrestler. Aber der Wrestler weiß, wie zu wrestlen ist. Aber ihm sprang die Kniescheibe raus. Der Wrestler war eine Frau. Es gibt immer noch andere Möglichkeiten, es gibt nur die Möglichkeiten, weil etwas anderes verunmöglicht wird.

Aber ich spreche nicht zu ihr, sie hat sich diesen Ansprüchen entzogen, ich spreche zu mir selbst. Meine Mutter hat nicht durchgehalten. Ich bin jetzt der Wrestler.

Die andere ist Künstlerin, meine Mutter ist sich sicher. Meine Mutter ist Lebenskünstlerin; Selbstbezeichnung. Sie sitzen abends nach dem Essen auf der Veranda, und meine Mutter kehrt ihre Handrücken nach unten und bietet sie der anderen an. Sie weiß nicht, woher das kommt, aber sie liebt die Übergänge von Hand zu Arm, und sie will sie zeigen, und sie will, dass die andere da lang streichelt und sie das sehr lange macht. Meine Mutter will gestreichelt werden, sie will etwas haben, Formen von Berührungen, die ihr gelten, stundenlang könnte sie diese Berührungen gebrauchen. Die andere nimmt kurz die Übergänge und dreht die Hände meiner Mutter mal nach oben, mal nach unten, aber sie streichelt nicht. Sie hält inne und fragt, ob sie regelmäßiger schwimmen und tauchen und baden gehen wollen. Jeden Morgen einmal für 1–2 Stunden. Meine Mutter denkt, 1–2 Stunden Streicheln am Morgen wäre mir lieber. Meine Mutter wagt nicht zu sagen, dass sie in letzter Zeit sehr oft im Ozean war und wägt kurz ab, ob es zu viel Wasser für sie werden könnte, ob das irgendeinen Nachteil für die Gesundheit haben könnte, zu erschöpfend sein könnte etc ... Und da tauchen ihr Bilder auf, wie von Kalendern aus den Buchhandlungen, in denen sie auch gearbeitet hat, kitschige Bilder, exotisierende Bilder. Bilder von Fischern, sonnenverbrannt und mit fehlenden Zähnen lächelnd und mit gegerbten Händen die Netze entwirrend. Bilder von Frauen mit nackten Brüsten und unbekanntem Schmuck, unverständlich und nicht mehr unverständlich, wenn die Bilder sich häuften, verständlich für eine Interpretation des Schauens, die Konsum ist. Und sie denkt, dass diese Bilder von Personen am Wasser, die es für 5 Euro schon ab Mitte Januar zu kaufen gab, sie überzeugen, dass man nicht zu viel im Wasser sein kann. Dass sie jetzt hier ist und sich dem Element annimmt oder sich dem Element hingibt. Der Ozean umarmt gleichmäßig, sagt die andere.

Meine Mutter willigt ein zum regelmäßigen Schwimmen und Tauchen. Sie hängt an Umarmungen fest. Sie hängt an dem Bild der anderen fest, wie sie fest vorausgehen wird in den Ozean und meine Mutter keine Zeit haben wird, sie genauer von hinten anzuschauen, weil ihr Blick auf ihre eigenen Füße gerichtet sein wird. Sie braucht immer sehr lange, bis sie sich traut, den gesamten Körper ins Wasser zu geben, und wenn sie allein ist, dann merkt sie nicht, wie zaghaft sie ist, aber wenn die andere schon halb untergetaucht ist und sie immer noch am Rand steht, dann wird ihre zögerliche Haltung offensichtlich. Aber dann könnte es sein, dass die andere zurückkommt, sich noch einmal aus dem Wasser hebt und meine Mutter abholt, ihren Arm ausstreckt und sie Hand in Hand ins Wasser gehen. Nicht so langsam wie meine Mutter, nicht so schnell wie die andere, sondern in einem Kompromiss, der ihnen beiden guttun würde.

Und auch jetzt nimmt die andere ihre Hand noch einmal auf und streichelt sie tatsächlich. Streichelt die Übergänge und schaut sich diese kleine, fleckige, robuste, durchgearbeitete und durchgepflegte Hand mit den vom täglichen Ozean gesäuberten Fingernägeln genau an. Schaut auf die Hand und nicht in die Augen meiner Mutter, vielleicht, weil sie aufgeregt ist, vielleicht, weil sie weiß, was meine Mutter sich wünscht und weil sie sich das selbst wünscht, es aber an ihr zu liegen scheint, zu entscheiden, den Impulsen nachzugehen. Aus der Unbeholfenheit, die in diesen Situationen immer da ist, die da sein muss, damit es diese Situationen überhaupt sind, ergibt es sich, dass sie die Übergänge von Hand zu Arm und dann den gesamten Unterarm meiner Mutter sehr lange streichelt, fast zu lange, beide werden ungeduldig, dann küsst sie meine Mutter, der Kuss landet an ihrem Ohr, lass uns reingehen, sagt diesmal meine Mutter, die die andere an die Hand nimmt.

Ein Bein klappt links ein, ein Bein rechts. Ein Knie knackt. Sie wissen beide nicht von wem. Wie ein Ablauf sein könnte. Meine Mutter erwischt sich, wie sie immer wieder in den Schritt der anderen schaut. Aber eigentlich schaut sie kein einziges Mal hin, weil ihr das im ethischen Sinne unanständig vorkommt, es kommt ihr selbst nur so vor, als würde sie andauernd mit ihrem Blick hängen bleiben, aber der Blick sucht sich den Weg zum Fenster, zum Fenstergriff und wie fest er geschlossen sein muss, und alles geht in Anspannung.

Meine Mutter hat sich vorgestellt, dass die andere zuvor verheiratet war, eine Ehefrau oder Ehemann gehabt hat und eine Eigentumswohnung und so weiter. Aber das stimmt nicht. Die andere war immer Künstlerin, immer ledig, ledig, ledig, aber nicht viele Geschichten, vor allem viel allein und sonst vor allem viel geredet in Gruppen, und immer wieder Hände, die durch den Raum schwirrten und etwas unterstrichen und aufwiegelten und dabei immer elegant die Zigaretten durch den Raum führten.

Wie es möglich sein kann, dass man mit einer Person, mit der man vorher das Protokoll von Nähe und Distanz durchgegangen ist, Name-Vorname, Handschlag, später Umarmung, Spiel um Gesprächsmacht, hier eine kleine biographische Bemerkung, da eine Bemerkung über die Zubereitung des Essens, erste Gespräche über andere Personen, über eigene Wünsche und nicht mehr Wünsche, ein Blick, noch einer, eine Aufregung, ob man alles zufriedenstellend und interessant absolviert hat, nicht die Blöße geben und wünschen, sich doch ein bisschen die Blöße zu geben, ein bisschen daneben, drüber, etwas herausfordern. Wie es möglich sein kann, dass man mit diesem anderen in sich selbst abgeschlossenen Kanister, Berührungen austauscht und einen Körper so nah hat. Wie sich die Teile des anderen Körpers, in diesem Fall diese langen Arme, diese abgeknickten Beine so nah zeigen. Wie von da nach hier gekommen? Und es gibt kein Skript für die Vorgänge, und es gibt ein Skript für die Vorgänge. Und die Bewegungen sind ein Ausloten zwischen den Skripts, die es nicht gibt und denen, die es gibt. Zwischen gewohnten Sensationen und diesem einen Streicheln an dieser Stelle, und ja, es ist eine Menge Zeit da.

Meine Mutter hat die perfekten Abläufe gefunden. Sie steht auf, es ist es noch dunkel, sie geht in den Ozean und streichelt Oberflächen, sie stellt eine Schale für Tiere heraus, die nie geleert wird. Sie säubert sich nach dem Bad, ihre Sachen sind immer frisch. Sie setzt sich an den Tisch, an den sie stößt, wenn sie ihre Beine übereinanderschlägt, so dass sie ihre Beine unter der Tischplatte festhaken kann. Sie nimmt Zettel und beschreibt sie für 1 bis 2 Stunden. Dann isst sie das immer gleiche Frühstück. Dann muss sie aufs Klo. Danach legt sie sich auf das gemachte Bett und wartet, bis die andere kommt. Die andere kommt fast jeden Morgen. Es kommt vorerst nicht zu weiteren Annäherungen, aber meine Mutter macht sich keine Sorgen, dass etwas schon vorüber ist, oder gar nicht erst richtig da war, dass es ein Irrtum war, oder ein Versehen, das sie jetzt übergehen müssen. Aber dann wird sie doch ungeduldig. Sie will etwas aus der Hand geben und im gleichen Moment in der Hand behalten. Sie ist alt und jung, sie ist ungestüm und reserviert. Sie reden ein wenig, wirklich nur über Kleinigkeiten, Abläufe, Geräusche von draußen am Morgen, dann gehen sie tauchen. Danach erzählen sie sich ihre Träume aus der Nacht, sie haben nicht oft welche.

Ich habe einen neuen Auftrag. Mein Job besteht darin, auf einen unendlichen Pool von Videos zuzugreifen, ein Video zu nehmen und es den richtigen Rubriken von Schlagworten zuzuordnen. Ich denke zuerst, dass alle anderen, die gleichzeitig oder versetzt mit mir ebenfalls diesen Auftrag haben, jeweils einen eigenen Pool haben, der sich mit fortschreitendem Abarbeiten und Einsortieren der Videos gemäß der Schlagworte leeren wird, so dass sichtbar wird, wie viel Arbeit man schon erledigt hat, so dass der Pool irgendwann leer ist, so dass sich etwas einlöst. Dann merke ich, dass es sich um einen unendlichen Pool handelt, einen einzigen, auf den alle zugleich Zugriff haben, der gar nicht geleert wird, der ununterbrochen nachfließt. Mir reicht das Angebot an Schlagworten und Rubriken von Schlagworten nicht aus. Bei jedem Video denke ich, dass es auch unter ganz anderen Worten eingeordnet werden könnte, dass es auch in einer ganz anderen Rubrik Platz finden könnte, dass es auf die Perspektive ankommt, mit der man das Video jetzt hier anschaut, dass ich jedem Video Unrecht tue.

Für das erste Video brauche ich zu lange. Ich schaue es mir mehrere Male an, bevor ich überhaupt daran denke, es in Kategorien einzuteilen. In diesem Video ist die rettende Person nicht zu sehen, die Kamera ist nur auf dem Hund, es ist wie die Art von Pornos, deren Kameraführung ich nicht mag. Der Hund ist eine Hündin und eine Streunerin und lieb. Alles wird in Untertiteln beschrieben, was sich in den Augen der rettenden Person, oder der Person, die das Video für die Veröffentlichung bearbeitet hat, abspielt. Es ist Beschreibung und Interpretation. Die rettende Person gibt ihr Leckerlies und stellt fest, dass die Hündin gerade trächtig gewesen sein muss. Die Zitzen sind dick, und die rettende Person drückt drauf, und es kommt ein bisschen Milch raus. Sie lässt die Hündin suchen, wo sind deine Puppies? Die Hündin führt sie, führt also die Kamera, uns, zu einem alten Truck auf einer Müllhalde und legt sich hin, aber da sind keine Puppies. Die rettende Person spielt den Sound von schreienden Puppies auf ihrem Device ab, die Hündin wird unruhig. Wo sind deine Puppies? Ich denke, dass die Hündin ihre Puppies vielleicht nicht will, dass sie sie extra zurückgelassen hat, vielleicht, weil sie sie nicht durchbringen konnte, vielleicht weil sie keine Lust auf die Puppies hat. Und mir kommt diese ganze Rettungsmaßnahme gewaltvoll vor. Wie die Milch aus den Zitzen läuft, wenn das Heulen von Puppies abgespielt wird, wie die Hündin anfangen muss zu suchen, wie sie eigentlich gar nicht unterernährt aussieht, die Hündin, wie die Puppies gefunden werden und alles ein großer Erfolg sein soll, und jetzt kommt die ganze Familie zum Tierarzt. Die Hündin wurde ausgetrickst, und die Puppies hängen an ihren Zitzen.

Im Akkord kommen die Videos, immer wieder ähnliche Videos in leicht veränderten Ausführungen: Immer wieder Rettung von kleinen Puppies. Verschüttet unter Erdbebenzusammenbrüchen, verschüttet unter dammgebrochenem Wasser, Erdrutsch, Geröll, Müll, die Hündinnen rufen die Retter und können die Rettungsaktion nicht aushalten, es dauert zu lange, ihr Menschen, ihr wühlt zu lange, die Puppies sterben in der Zeit, wieso filmt einer, wieso helfen nicht beide. Manchmal ein Faultier, das an Starkstromleitungen hängt, ein Gepard in einem Brunnen, den ich tiefer noch nicht gesehen habe, ein ausgebrochenes Pferd, das sich der Kreuzung nähert, ein Adler, der mit dem Kopf in einer Motorhaube steckt, ein Wal, der in einem ewigen Fischernetz verfangen ist, ein depressiver Koala, der nicht zu viel auf einmal trinken darf.

Das Video, wie die ganzen Regale zusammenstürzen und alle gelagerte Ware darin in sich zusammenbricht, man wünscht sich fast, jedes Regal in jedem Lager wäre derart lose an der Wand.

Ich habe nicht über eine Vorsorge nachgedacht in dem Sinne. Ich mache die Jobs, wie sie kommen, ich mache sie nebeneinander. Ich mache weiter meine Hausbesuche mit der Liege. Ich klicke mich durch 27 weitere Videos auf dem Weg dorthin:

Ein Baby, ein Toddler im Video, auf der Autobahn, krabbelt über die Autobahn, die LKW Fahrer*in, oder wer auch immer den LKW steuert, wir können es nicht wissen, weil die Kamera fest installiert auf die Straße gerichtet ist, für die Versicherung, wird langsam langsamer, hält an. Es dauert eine recht lange Zeitspanne, und das Baby krabbelt von rechts nach links im Bild, unbeirrt, und es scheint die entgegengesetzte Spur erreichen zu wollen. Eine Person kommt ins Bild, ebenfalls von rechts, und fängt den Toddler ein, wir wissen nicht, wohin das Baby gehört, woher es kommt, was nun damit passiert, warum es über die Autobahn gekrabbelt ist. Der LKW fährt langsam wieder an, die Kamera ist unbeweglich auf die Straße gerichtet.

Ein Video, das zeigt, wie kurz das Leben einer Legehenne ist, und ich scrolle schnell weiter, doch das Video ist schneller vorbei.

Ein Video in unzähligen Varianten, wie ein Brei aus Grieß gekocht wird, der zu Kuchen weiterverarbeitet wird, und es geht darum, diese perfekte Textur aus gummiartig wackelnd und schnittfest hinzubekommen, und der Honig und das Zuckerwasser, das am Ende drübergegossen wird, zieht ein wie in einen Schwamm, und es wird üppig, und in den unzähligen Parodievideos wird es noch üppiger.

Mir rutscht der Teufel den Rücken runter, arbeitet sich vor durch Muskeln, Gestänge, Knorpel, macht Verhärtungen und Stränge, und es wird wieder mal Zeit, den Kopf nach hinten in den Nacken zu werfen, knacks, und eine körperliche Arbeit für eine Zeit zu finden. Sind die Äuglein blind geworden? Nein, alles in bester Ordnung, etwas Abnutzung auf der Retina.

Zwischen 58 weiteren Videos verabrede ich mich zum Kauf eines gebrauchten Betts, nur um herauszufinden, warum ein Bein länger ist als die drei anderen, wie in der Anzeige beschrieben. Ich spreche mit dem Besitzer. Er hat keine Zeit. Er weiß nicht, wieso eins der Beine länger ist als die drei anderen, er hatte das Bett im Schuppen stehen, er will, dass ich schnell wieder verschwinde, das Bett ist kostenlos. Ich will das Bett nicht mehr, ich weiß nicht, warum ich gedacht hatte, es wäre derart wichtig, dieses Gespräch zu führen, diese Anomalie der Bettbeine zu verfolgen und zu interpretieren. Welche Geschichte ich da hören wollte. Vom Ausgleich eines Schnarchens, von einem, dem die Flüssigkeit in der Nacht ablaufen musste, von einem Schlaf, den ich noch nicht kannte. Einen Hinweis, vielleicht. Ich habe keine Transportmöglichkeit, das hat der Besitzer noch nicht bemerkt. Wir stehen da an seinem Wochenendhäuschen, und ich sehe, dass er angefangen hat, den Grill vorzubereiten, dass er sein Versagen nicht gut verkraften würde, würde er das Bett heute doch nicht los. Ich frage, ob ich die Toilette benutzen kann, was soll er tun, er lässt mich, ich bin schon drinnen, es ist dunkel und gedrungen und doch größer als angenommen in dieser Gartenlaube, ich bewege mich selbstverständlich, ich stocke, weil eine liegt im Bett und schaut mich nicht an, schaut nur an die Decke, und die Augen so schön von alten Menschen, wenn immer etwas Wässeriges darin ist. Sie ist verbunden mit zwei Arten von Schläuchen und Beuteln, und sie liegt gebettet, und ich bin betreten, weil ich etwas falsch eingeschätzt habe, und dann entscheide ich mich, dass dieser Anblick und diese Wendung in der Geschichte meinen geraden entdeckten Übermut nicht durchstreichen werden, ich sorge nicht für diese alte Frau, ich renne an der anderen Seite raus, renne zum ersten Mal seit Monaten mehrere Kilometer am Stück. Ich lese seine aufgeregten Nachrichten zu Hause angekommen mit Genuss, ich lösche mein Profil erst drei Tage später.

Wir sind über 20k in einem Kurs, für den ich den gratis Link von meiner Freundin bekommen habe. Ich will den Kurs nebenbei laufen lassen. Ich bin neugierig, weil ich so lange nichts mehr gelernt habe, und wenigstens die Schlagworte hören und einprägen will. Ich habe gleichzeitig Angst, nichts zu verstehen, meine Fähigkeit, Theorie zu verstehen über das letzte Jahrzehnt verloren zu haben, deswegen soll es nebenbei laufen, so dass ich jederzeit ein paar Videos einsortieren kann, so dass ich mir jederzeit sagen kann, dass ich nichts verstehen muss, dass ich eigentlich arbeiten muss.

Ich schaue in die Zimmer der anderen. Manche ohne Fenster, manche mit kompletter Fensterfront, überall kann man Deko kaufen. Das Einzige, was sich verbessert hat, sind die Direktverlinkungen. Die Veranstalterin nimmt die Funktion, über die wir uns gegenseitig sehen können, heraus. Ich bin allein. Diese Einheit ist nur für mich, obwohl ich weiß, dass da immer noch 20k andere Zuhörende sind. Eine Gelehrte spricht zu mir im Flüsterton, ich weiß nicht, ob es vertraulich ist, ob die Professorin schüchtern ist, oder ob es ein Trick zur Aufmerksamkeitssteigerung ist: Wir seien in einer

Zeit der abgeschwächten Erwartungen. Es sei die Zeit der abgeschwächten Erwartungen, oder es war die Zeit der abgeschwächten Erwartungen. Ich schreibe mit, aber ich weiß nicht, ob sie eine Epoche definiert, oder eine Motivationsansprache hält. Die Devise sei: Besser als nichts. Jede Entscheidung, jedes Arbeiten, jedes Einrichten in etwas sei geprägt von der Formel: Besser als nichts. Dieses Besser als nichts sei natürlich nicht auf die Lebensqualität bezogen, denn die wäre um einiges, um vieles besser als nichts. Besser als nichts sei zugleich eine Falle und ein Analyseinstrument: Es käme da zum Einsatz, wo unsere Vorstellungskraft ermatte, wo wir trotzdem fertig werden wollten und müssten, es sei Teil unserer Produktivität, es sei unsere Produktivität. Es sei nicht das Gegenteil von *Ich würde lieber nicht*, es sei seine Fortschreibung. *Ich würde lieber nicht* sei eine von vielen Varianten von Besser als Nichts. Ich zeige der Professorin meine Nippel. Sie sagt nicht: Besser als nichts, wie ich es mir vorgestellt hatte, sondern schmeißt mich aus dem Kurs.

Die andere hat das Mobil, das sie seit Tagen fit macht. Meine Mutter liebt es, auf der Veranda zu sitzen, in einer Mischung aus Grandma und Highschool Dropout. Sie trinkt Limonade und schaut ihrer Freundin zu, wie sie werkelt. Das Mobil war für den Strand gemacht, soweit meine Mutter laufen konnte, hat sie solche Mobile in der Gegend gesehen. Manche nur Skelette, manche schienen Tiere zu beherbergen, manche fast fahrbereit zu sein. Es wirkt, als wäre einmal jeder Strandhütte ein Mobil zugeordnet gewesen. Meine Mutter findet diese Symmetrie beruhigend und fragt sich, welcher Gegenstand oder welcher Ablauf vielleicht noch dazugehört hat, für den perfekten Aufbau, in dem alle dieselbe Urlaubserfahrung haben konnten. Sie denkt an Fruchtpralinen auf den Kissen, einen Schnorchelgang pro Urlauber*in, ein romantisches Dinner, das genau zur selben Zeit mit genau denselben Zutaten an jeder Veranda serviert wurde, es hätte so ausgesehen, als wären alle Kellner*innen gleichzeitig mit den Tellern dem Ozean entstiegen und im gleichmäßigen Tempo, mit schwingenden Hüften auf die Hütten zugelaufen, um dort die Kerzen zu entzünden und den Wein einzuschenken. Sie denkt an die Kellner*innen, die Animateur*innen, an die Servicekräfte, das Putzteam, die Tourguides, die Fischer*innen gewesen waren, sie denkt an deren Kinder, sie denkt, dass schon viele Generationen hier gelebt haben müssen, sie denkt, wo sind sie jetzt? Das ist die erste reale Frage, die sie sich stellt. Wurden sie evakuiert, wurden sie unter dem Vorwand der

Rettung ihres Ortes beraubt? Waren sie von selbst gegangen, als der Ozean näher kam und zugleich leerer wurde, mehr und zugleich weniger wurde? Hatten sie schon über die Jahre einen neuen Plan gemacht und ein neues Ziel verzeichnet? Genauso wie sie einmal schon alles neu machen mussten, sich neu ausrichten mussten, als die Bauherren kamen, als die Tourist*innen kamen. Wussten sie, dass sie und die anderen Frauen jetzt hier waren?

Als das Mobil wieder startet, will ihre Freundin sofort einen Ausflug machen. Sie fährt ein paar Mal am Strand auf und ab, macht einen übermütigen Trick und stellt das Mobil auf die Hinterbeine und winkt, und meine Mutter hüpft als Antwort auf vor Sorge, zieht die Schultern hoch, sieht, wie die anderen Frauen, ganz weit weg auf ihrem Spaziergang oder aus dem Ozean, kurz aufschauen, und sie hat das Gefühl, nicht aufschauen wegen des Stunts, sondern wegen ihres Aufspringens, als wäre meine Mutter die Messlatte der Gefahr. Und die andere lacht und winkt weiter, und meine Mutter fühlt sich genötigt, auch kurz zu lächeln und einmal in die Hände zu klatschen. Als sie sich wieder setzt, kommt ihr das unendlich schwerfällig vor. Sie will nicht, dass das Mobil funktioniert, sie will nicht den Radius erweitern, sie will nicht wissen, wo man hingelangen könnte, was man sehen könnte. Sie will, dass alles erst mal so bleibt, wie es ist, dass sie diesen Strand und diesen Ozean erkunden und weiter Gespräche führen. Sie wünscht insgeheim, die andere hätte es nicht geschafft, das Gefährt fit zu machen, hätte mehrere Tage gewerkelt und hätte es dann eingesehen, und meine Mutter hätte sie trösten können. Jetzt muss sie reagieren, muss sie sich entscheiden mitzumachen. Wenn sie nicht mitkäme, könnte es sein, dass die andere nicht mehr zurückkommt, oder eine Erfahrung hat, von der meine Mutter für immer ausgeschlossen bleiben würde. Meine Mutter ist wütend, dass die Optionen sich erweitern, sie ist noch nicht bereit.

Es zeichnet sich etwas ab, das ihr unbehaglich ist: Dass ihre Freundin über den abgesteckten Bereich hinausgehen will. Dass ihr das Gehege nicht ausreicht, sie mehr Erfahrungen, Erlebnisse, Eindrücke, Begegnungen braucht, als es diese verhangene, angegraute Bildschirmschonerwelt zulässt. Dieser Strand, der Abläufe und Beruhigung ist. Und meine Mutter kann nicht anders, als das als Verrat an ihrer eigenen Person zu verstehen, dass das, was sie bietet, nicht ausreicht. Einfache Rechnung: Es ist ihr persönliches Versagen. Jede Abweichung von der Routine ist ein Angriff auf sie und das, was sie bietet. Meine Mutter beginnt sich schon auf Gegenangriff einzustellen. Die andere stellt das Mobil ab, in einer Entfernung, als wären sie in einem nordamerikanischen Viertel, und sie hätte ihr zu großes Auto in der Garage geparkt. Meine Mutter bemerkt, dass ihre Freundin einen Sinn für Bilder hat. Sie kommt auf sie zu, ganz aufgeregt, dass sie es geschafft hat, aber es ist schon von Weitem zu erkennen, dass meine Mutter in ganz anderer Aufregung ist.

Ihre Freundin bleibt stehen, guckt meine Mutter an, sortiert ihre Haltung neu, und in wenigen Schritten mit ihren sehr langen Beinen hat sie etwas unter Kontrolle gebracht, nimmt meine Mutter in die Arme. Und meine Mutter ist erstaunt. Sie halten sich fest auf der Veranda, und ihre Freundin fragt, ob sie Abendessen wollen und sich früh hinlegen.

Und meine Mutter ist erleichtert, und zugleich bringt diese Gelassenheit der anderen meiner Mutter weitere Sorge: Der Erfolg der anderen ist nicht von der Anteilnahme meiner Mutter abhängig. Die andere ist unabhängig von ihr. Kann ihre Aufregung aufschieben, später einlösen. Und das entspannt meine Mutter in dieser Umarmung erst einmal, aber ist genauso eine weitere Quelle der Beunruhigung.

Ich liege auf meinem Bett über den Laken in meiner Kleidung, auch die Schuhe noch an, so liege ich gerne auf dem Bett, so habe ich das Gefühl, ich bin allein, und ich bin bereit.

Ich versuche, meiner Freundin von meinen Erlebnissen mit dem Bett mit den drei kurzen und einem langen Bein zu erzählen, ohne die alte Frau im Bett zu erwähnen, ich schließe mit meinem Nippelscherz mit der Professorin im Stream. Ich setze an, als hätte ich eine wirklich gute Geschichte und verliere sofort den Mut, weil ich merke, dass das gar keine guten Geschichten sind, dass das fade Erzählungen aus einem Alltag sind, die ich für sie gestalten will, die sie nicht hören will. Sie wartet auf etwas anderes von mir. Und ich stolpere mutlos in die Erzählungen hinein und komme fahrig zu Ende, und sie wartet nur, bis ich fertig bin. Nach einer Pause, in der sie sicherlich über etwas anderes nachdenkt oder wütend auf meine Erzählung ist und ich nicht weiß, wie ich sitzen soll, und ich wünsche mir jetzt, ich wäre doch unter der Decke, um meinen Körper und seine Unruhe zu verbergen, fragt sie abwesend und mir zuliebe, ob ich wenigstens herausgefunden habe, warum ein Bein länger war als die anderen drei. Eigentlich liebt sie meine Theorien in Kombination mit meinen Anekdoten, jedenfalls, als es noch nichts Wichtigeres gab als einen Alltag. Sie fragt, ob ich sicher bin, dass die Professorin meine Nippel bei 20k Teilnehmenden überhaupt gesehen hat und ich nicht eher automatisch zensiert wurde. Sie antwortet auf meine Geschichten, die ich schon gar nicht mehr erzählen wollte, nur um abfällig zu antworten. Ich gehe nicht weiter darauf ein, ihr zuliebe, um ihr zu zeigen, dass ich verstanden habe, dass es unnötig ist, um ihr zu verschweigen, wie viel Spaß mir das unsinnige Rennen durch die gut geteerten Straßen und der Witz meines Entkommens durch die Hintertür getan hat. Für mich war das ein Ausbruch, für sie ist das nicht einmal eine alberne Spielerei.

Sie geht plötzlich zu meiner Mutter über, obwohl sie weiß, dass ich versuche, jedes Gespräch über ihr Verschwinden zu vermeiden. Obwohl sie weiß, dass ich dadurch nur abweisender werde. Sie redet von ihrem Verschwinden wie von einem Aufbruch. Sie macht in ihrer Erzählung zu ihren Nachforschungen meine Mutter zu einer Figur für eine Verweigerung im Verschwinden. Sie macht sie zu einer Figur, mit der sie sich verbünden kann, in der sie und meine Mutter in einer Bewegung sind, und ich stecken geblieben. Sie ist bei einer Konsequenz, ich bei einer Lächerlichkeit.

Ich will aufstehen, sie steht auf. Ich mache meinen Körper jetzt doch unter die Decke. In der Hoffnung, dass ich dadurch Erschöpfung signalisiere und sie mild mit mir umgeht, ziehe ich die Decke halb über den Hals und halte die Decke fest wie eine Greisin. Ich weiß, dass du erschöpft bist, sagt sie.

Die Erschöpfung ist also nicht auf meiner Seite, sie ist nur die Einleitung zu ihrer Ansage. Die Erschöpfung ist keine Entschuldigung, sagt sie, die Erschöpfung ist das Problem. Sie sagt: Gar nichts haben wir ausgeschöpft, wir haben artig abgewartet und die Jobs gemacht und keine Zeit gehabt zu warten, dass die Möglichkeiten sich einlösen. Wir haben uns vorgemacht, dass die Sorge allein schon die Vorsorge ist. Du hast dich, verletzt von der Wirklichkeit, in deinen penibel aufgebauten Alltag und dein Erschrecken, wenn kein nächster Job da ist, verkrochen.

Ah, da kommt alles raus, denke ich. Sie sagt: Du hast dich auf die Biographie zurückgezogen. Du bist erschöpft, aber es ist nichts da, was du erschöpfen könntest. Vielleicht ist es jetzt mal an der Zeit für andere Mittel. Vielleicht hast du den Ernst der Lage noch nicht begriffen.

Ich bleibe ruhig, weil meine Freundin mit dem Ernst der Lage immer recht gehabt hat. Immer wenn ich sicher war, dabei bleibt es, schlimmer kann es nicht werden, sagte sie mir, dass es schlimmer werden würde und behielt recht. Und innerlich wehrte ich mich immer, wenn sie die Szenarien ausmalte, nur das eine Szenario, also das Schlimmste, und ich beschwichtigte alles und war überzeugend, an der Oberfläche. Meine Freundin wollte mir glauben, oder gab es vor, um nicht zu viel Energie darauf zu verschwenden, mich von dem zu überzeugen, was sie schon wusste, was wahr war. Und dann traf immer das Schlimmste ein, und ich bekam unrecht. Dann hatte ihre Mutter den Job verloren, und meine Freundin arbeitete für beide, dann machte ihre Mutter einen Unfall, bei dem eine andere Person verletzt wurde und ein Prozess sich anschloss, dann erkrankte ihre Mutter, dann wurde ein Zuschuss gestrichen, dann pflegte sie ihre Mutter, dann starb ihre Mutter, dann durfte ihr Leichnam nicht in ihr Land zurücküberführt werden, dann doch, aber sie durfte nicht mit, dann war es noch nicht vorbei, dann arbeitete sie die Schulden der Mutter ab. Und sie lernte: Die Privatisierung der Privatisierung wartete auf ihre nächste Privatisierung, ohne je einen Kampf kämpfen zu müssen.

Sie sagt in mein Nichtssagen: Alles, alles, alles, was ich sagen muss, klingt plakativ, und das hat vielleicht damit zu tun, dass das, was ich sage, protestiert gegen das, was da ist. Es wendet sich gegen das, wogegen die Sätze ankommen müssen, gegen Wirklichkeiten. Meine Sätze müssen deswegen einfacher und fester ausfallen, als ich sie eigentlich denke.

Und das Schlimmste ist, wenn es sich auch bei dir so anfühlt, als müsste ich die Sätze fester und kürzer machen, um bei dir anzukommen und dich zu bewegen. Als würde ich auch gegen Dich protestieren. Du fragst dich, warum ich so lange in einem Job durchgehalten habe, wo ich Sätze sortiere, die ich auch höre, wenn ich nicht arbeite, und du fragst dich, warum ich widerstandsfähiger und wütender bin als du. Weil ich muss. Und genau deswegen kann ich auch einfacher aufhören. Wenn man lernt, dass einem nichts zusteht, dann hat man auch nicht viel zu verlieren. Wieder so ein Satz, der kürzer und einfacher kommen muss, als ich ihn sagen will.

Ich denke an die vielen Petitionen, die sie mir gesendet hat, zu oft habe ich den Link zur Verifizierung des Protestaktes im Spamordner übersehen. Ich denke an die Frau, die sie bei sich aufgenommen hat und wie ich beeindruckt war, dass sie kein einziges Mal über den Verlust ihrer Privatsphäre in ihrer Einzimmerwohnung gejammert hat, dass sie ihn vielleicht nicht einmal als Verlust wahrgenommen hat. Ich denke daran, wie sie einmal mitbekam, dass ich meine Überstunden nicht in Rechnung stellte und mir etwas klarmachte, wie meine Mutter ihr zustimmte, die auch kurz davor war, ihre Überstunden nicht in Rechnung zu stellen und ich plötzlich in einer verqueren Rechenschaft vor beiden entblößt war. Ich denke an die Male, die ich nicht zu den Demonstrationen mit ihr gegangen bin, weil ich erschöpft war und entweder vorgab, zu arbeiten oder vorgab, Angst zu haben. Ich denke an unsere Pläne über die eigentlichen Sachen und meine Aktualisierungen der Pläne und wie ich immer nur über die Pläne über die eigentlichen Sachen sprechen wollte, in denen sich das einlösen sollte, wofür wir die ganze Zeit arbeiteten, und wie sie sich einmal, als ich mich im nächsten Plan verlor, im Bett zur Seite rollte und etwas vor der Kamera ausprobierte und gar nicht bemerkte, dass ich aufgehört hatte zu sprechen, und dann hörte ich wirklich auf, von den Plänen zu sprechen. Ich denke daran, wie oft ich ihr gesagt habe: Noch nicht.

Ich frage sie, ob sie ihren Job verloren hat.

Sie verlässt daraufhin meine Wohnung.

Meine Mutter und ihre Freundin finden Ambra. Erst mehrere kleine Brocken, dann ein paar riesige. Sie bringen sie zur Hütte. Sie sind wohl alle aus einem Wal, mutmaßen sie, ohne sich groß auszukennen. Der Geruch ist sonderlich. Sie haben so etwas noch nicht gerochen, und so zusammengehäuft strömen die Brocken etwas aus, machen den Geruch, seine Dichte, fast sichtbar. Meine Mutter hat sofort Angst, dass die Brocken irgendwann zu Ende Duft verströmt hätten, dass alles ausgeströmt sein könnte. Irgendwann müsste man die Nase ganz nah dranhalten, und vielleicht würden sie sich dann nur noch einbilden, dass sie noch riechen würden, weil sie sich so lange mit dem Geruch umgeben hatten, würden den Geruch herausfordern und wüssten eigentlich, dass er nicht mehr da ist. Der Geruch müsste irgendwie festgehalten werden. Einen Brocken wirft meine Mutter unbeobachtet zurück in den Ozean. Vielleicht denkt sie an eine Nachwelt, die dadurch die Chance bekäme, den Geruch zu riechen, vielleicht denkt sie an sich, dass auf diese Weise sichergestellt wäre, dass nicht der gesamte Duft verströmen könnte, dass etwas konserviert wird und die Befriedigung darüber größer sein wird, als das vorhandene Ambra leer zu riechen.

Ihre Freundin sieht in ihrem Fund die Möglichkeit, einem Ausflug und einer Erkundung einen Sinn zu geben. Sie hat Bilder im Kopf von staubigen Straßen und halb gefüllten Lokalen mit Parkflächen aus Schotter davor und Pick-ups, auf deren Flächen die Hunde warten. In die Lokale würden sie gehen und einen scharfen Schnaps nehmen und in Gespräche kommen und vielleicht tanzen. Und sie würden kauzige Gestalten kennenlernen und vielleicht eine Auseinandersetzung überstehen, das Heikle abwenden. Eine Situation würde aufgeladen und wieder vergehen, und am Ende hätten sie einen streunenden Hund im Schlepptau, der jede Routine der beiden flankieren würde, beginnen würde, auch den Ozean zu lieben, und sie würden sagen, er sei ein richtiger Seehund, während sie seinen triefenden Kopf in die Hände nehmen und ihm in die Augen schauen würden. Oder er würde immer am Strand warten und den Ozean fürchten und jeden Morgen bibbern, dass sie wieder rauskämen, und wenn sie rauskämen, wäre es ein großer Erfolg, jedes Mal eine große Reunion für den kleinen Hund, und sie würden sich darüber kaputtlachen und würden sich geschmeichelt fühlen über seine Freude, sie wiederzusehen, und wenn sie Streit hätten, würde der Hund verwirrt sein, bei wem er vor der Hütte schlafen soll, und er würde alles dransetzen, dass sie sich bald wieder vertrugen.

Sie verladen das Ambra, erst einmal wenige Brocken, zum Abschätzen. Sie haben Limonade dabei. Für sich als Proviant, und weil sie sich vorstellen, potenziell Interessierte dazu einzuladen, mit ihnen zusammen einen Schluck selbst gemachte Limonade zu nehmen. Sie finden das pittoresk und aufgeräumt und denken, sie könnten so als liebenswürdig herausstechen. Sie haben eine Vorstellung von einem Marktplatz. Als würde sich hinter dieser Strandwelt etwas verbergen. Abläufe, Geschäfte, Gesellschaften, Wohnungen oder Häuser und Gesten und Sitten und ein Lachen. Etwas, das sie erwartet.

Die Straße, die sie erreichen nach vielen Kilometern Strand, die sich auftut wie ein Zugang zum Strand, ist keine Straße, es ist ein schmaler Weg, gerade groß genug für das Mobil. Sie reden nicht darüber, ob sie diesen Weg einschlagen sollen. Meine Mutter starrt nur die ganze Zeit raus, als wäre es ihr Auftrag, den Weg zu suchen, und sagt mit Druck: Da!, als sich der Weg zeigt und schiebt noch kurz hinterher: Oder ist es zu eng? Da ist ihre Freundin schon eingebogen, sie weiß schon, dass der Weg hier ist, sie hat ihn schon einmal gesucht. Mehr weiß sie noch nicht.

Sie fahren und ruckeln und wackeln. Es gibt nichts zu sehen. Es ist dieser Weg, und die Landschaft ist dröge, wie Wüste würde man sagen. Kaum ein Strauch bietet sich an oder wechselt sich ab. Es gibt hier und da Müll, der sich schon halb aufgelöst hat über Jahre hinweg oder Jahrzehnte. Es sieht so aus, als wäre der Müll vom Wind hergetragen worden, nicht von Hand.

Sie fahren und malen sich etwas aus. Wer als Erstes jemanden ansprechen würde, was sie gleich für ein Sandwich geben würden, an einem Stand, wenn sie an eine befahrene Straße kämen, ob sie jetzt noch mal pinkeln sollten, aber sie mussten noch nicht und welche Tiere gäb's hier wohl? Was sollten sie tun, wenn sie nicht willkommen wären? Meine Mutter will darüber nicht reden, sie sagt, das braucht sie jetzt nicht, das macht sie zu nervös. Sie rechnet vor, was sie noch waschen müsste, wenn sie wieder an ihren Hütten wären, dass es nicht schlimm wäre, wenn sie das heute nicht mehr schaffen würde, aber morgen wäre es dann wirklich fällig. Es beruhigt sie, sich an die notwendigen Vorgänge zu erinnern, sie durchzugehen, in diesem Alltag dort zu sein. Sie vermisst schon den Strand und wie sie die Anwesenheit des Ozeans wahrnimmt wie ein Haustier, das die meiste Zeit für sich selbst sorgt.

Die Gleichmäßigkeit der Landschaft gibt ihr Raum, im Gucken etwas zu verarbeiten, an etwas zu denken, es vor sich auszubreiten, was sonst zu nah ist. Die Landschaft will nichts, und so kann sie sie als Grundlage für etwas nutzen, und sie wünscht kurz, es möge so weitergehen, und es geht so weiter.

Sie fahren schon eine Zeit, es scheint, als wechselten sich Sträucher und Senkungen und Löcher im Boden ab, als wiederholten sie sich. Es gibt keine Abzweigung, keine Kreuzung, keinen anderen Weg, keine Straße, keine Leitplanke, kein Haus, kein Tier, kein Schild, keinen Baum, keinen Fluss, keinen Bachlauf, keinen Imbiss, keine Bank, kein religiöses Item, keine Devotionalien, keine Bretter, keinen Hügel, keine Brücke, nichts Liegengelassenes, keine Stromleitung, keine Leichen, keine Skelette, keine Pfützen, keinen Mast, keine Haltestelle, keinen Schuppen, kein Gebäude, keine Spuren, niemand Ausgesetztes, niemand Zurückgelassenes, keine Ortschaft, keinen Bauer, keinen Kriegsschauplatz, kein Versprechen.

Sie halten Ausschau und gucken und gucken. Die andere fährt viel langsamer als zu Beginn, im Schritttempo, um besser Ausschau zu halten, weil die Szenerie, die sich nur durch Abwesenheiten beschreiben lässt, unheimlich wird, weil sie nicht wird, weil sie sich nicht entfaltet, nur da ist. Vielleicht, weil sie erwartet, dass gleich etwas sich unmittelbar zeigen würde, und sie könnte besser auf den Schrecken reagieren, wenn sie nicht schnell fährt, vielleicht, weil sie den Ausflug und das Abenteuer schon langsam auslaufen lässt, tucker tucker, das wird nichts. Sie beginnen, darauf zu achten, ob sich Dinge exakt wiederholen, ob diese Art der Biegung in 5 oder 15 Minuten wiederkommt, mit genau diesem Strauch und genau diesem Loch im Weg und diesem Geröll am Rand, und dann wissen sie nicht mehr, ob sich der Grad einer Biegung ähnelt, ob das Loch genauso tief war, ob wirklich ein Strauch dagewesen war, ob das Geröll derart an den Rand geschoben aussah, und sie nehmen einen neuen Anhaltspunkt und versuchen trotzdem die alten Anhaltspunkte nicht zu vergessen, und es vermischen sich alle Anhaltspunkte, und alles ist ein bisschen gleich und ein bisschen anders.

Sie reden nicht viel, lassen eher Fetzen von Mutmaßungen aus den Mündern, Beobachtungen, Wertungen, die sie nur leise vorbringen und wieder zurücknehmen, gar nicht zurücknehmen müssen, weil die andere es jeweils gar nicht wahrgenommen hat. So starren sie in die Landschaft, und man hört die meiste Zeit »ach doch nicht«. Aber sie hören noch nicht auf zu fahren. So geht es, und sie müssen einsehen, dass nichts kommt, dass alles, was kommt, dieser Weg und diese Umgebung ist, die sich endlos wiederholt. Aber weiß man's? Es könnte in Kürze auch anders sein. Oder vielleicht nicht in Kürze, sondern nach einer sehr langen Fahrt, die vielleicht auch mehrere Jahre dauern könnte. Oder vielleicht auch nach einem Tag Weiterfahrt. Es könnte so sein.

Sie können noch nicht anhalten, noch nicht aufgeben, jede Kurve ist eine kurze Möglichkeit, und beide vermeiden so lange wie möglich zu schauen, ob sich etwas anderes dahinter zeigt. Es zeigt sich aber nichts. Und noch einmal. Meine Mutter bringt an, vielleicht ist es Zeit für ein wenig Humor, dass sie immerhin niemals den Weg zurück zu ihrem Strand, zu ihren Hütten und ihrem Ozean verlieren würden, dass sie sich auf nur einem einzigen Weg niemals verfahren können.

Die andere hält den Wagen an, es ist keine Zeit für Humor. Sie sagt: Wenn ich den Wagen hier so schnell und so oft um die eigene Achse kreisen lasse, dass uns schwindelig wird, dass wir ganz kurz die Augen schließen müssen und noch etwas länger, und dann kommen wir zum Stehen, dann will ich aber sehen, wie du dann noch weißt, in welcher Richtung unser Ozean liegt. Meine Mutter jankt kurz auf, aus Angst, die andere würde es tatsächlich tun, und durch die ungewohnte Aggression.

Ihre Freundin zuckt auch zusammen, über sich selbst und ist trotzdem noch ärgerlich. Über die Situation oder das Setting und darüber, dass sie das Gefühl hat, dass meiner Mutter die Situation oder das Setting eigentlich gelegen kommen, dass es sie zwingt, zurückzukehren und friedlich zu sein. Und so stehen sie eine Weile. Die Freundin entschuldigt sich mehrere Male, sagt, es sei eine Überreaktion gewesen vom ganzen Fahren und Starren und darüber, wie die Situation ist und dass sie selbst ein bisschen schockiert sei, aber immerhin wenigstens nicht auch noch tatsächlich im Kreis gedriftet sei. Das sagt sie erst beim dritten Mal Entschuldigen und mit einem kleinen Schmunzeln, wie zum Test. Und meine Mutter muss auch ein bisschen schmunzeln und spürt, dass es Zeit ist für Erleichterung, und gleichzeitig kämpft sie gegen den nachwirkenden Trotz und das Verlangen, das aufkommt, nachdem ihr eine Ungerechtigkeit widerfahren ist, dass ihr immer wieder gesagt werden muss, dass ihr eine Ungerechtigkeit widerfahren ist und nichts anderes. Bis es sich abgenutzt hat.

Und so verzeihen sie sich oberflächlich und reiben ihre Hände aneinander, aber es ist noch etwas da. Und es scheint sofort wieder aufzubrechen, als ihre Freundin, kurz nachdem sie beschlossen haben, den Wagen zu drehen und zurückzufahren und sich dieselbe Landschaft in spiegelverkehrter Richtung aufzurollen beginnt, sagt, dass es noch eine weitere Möglichkeit geben könnte, und zwar vom Weg abkommen. Dass nichts käme, solange sie auf dem Weg blieben, das hätten sie jetzt, wenigstens für eine bestimmte Zeit/ Strecke lang verifiziert, aber vielleicht wäre es etwas anderes, wenn sie eine ganz andere Richtung als die vorgegebene einschlagen würden.

Und meine Mutter hat das vorher schon gedacht, aber die Möglichkeit nicht ausgesprochen, und jetzt kämpft sie wiederum, ob sie beweisen soll, dass sie das schon zuerst gedacht hat, oder es insgesamt ruhen lassen. Sie ist müde, und das signalisiert sie, und sie ist böse, dass ihre Freundin diese Möglichkeit jetzt anbringt, wo sie sich gerade beruhigt zu haben scheinen. Und die andere lenkt ein und sagt, dass sie das gar nicht jetzt und vielleicht auch überhaupt nicht ausprobieren wollte, aber dass sie sagen wollte, dass diese Möglichkeit bestünde und dass sie ja eine Plan machen könnten zu Hause, irgendwann, für ein anderes Mal.

Und meine Mutter gibt sich ein wenig kühl und denkt zugleich ans Essen und spricht vom Essen und bekommt Panik, ihre Freundin zu verlieren, wenn sie jetzt weiter übers Essen redet, aber sie kann nicht anders, und die andere macht auch ein paar Kommentare zur Beilage, und sie fahren mehrere Stunden zurück und wundern sich gemeinsam, dass sie so weit, also so lange gefahren sind. Ihr Mobil springt fast auf den Sand, als sie den Weg verlassen, wäre da eine Spaziergängerin gewesen, sie hätte sich erschreckt, wie das Mobil rausgeschossen kommt, obwohl es gar nicht schnell ist.

Meine Mutter inspiziert nach der Rückkehr ihre Veranda und dann die Veranda ihrer Freundin. Unsichtbar für die andere berührt sie jeden Gegenstand mit ihren Augen, sagt ihnen sozusagen hallo, wandert herum mit ihrem Blick und ist verzückt und beruhigt, dass alles da ist und in welchen guten Abständen die Dinge zueinander stehen.

Sie versucht, sich den Standort der unscheinbaren Abzweigung, die sie in dem schweigsamen Moment vor dem Streit auf ihrer vergeblichen Fahrt erkannt hat, genau einzuprägen und zugleich zu vergessen. Zu vergessen, dass sie ihn ihrer Freundin vorenthalten hat.

Dann setzt sie sich hin und schaut auf den Ozean, der noch da ist und nimmt sich vor, später zu erzählen, zu beschreiben, wie sich der Blick auf den Ozean anfühlt. So, glaubt sie, wäre es, wenn man ein Haus gekauft hätte, und man würde in seinem Haus sitzen und die Umgebung anschauen.

Mein neues Chefchen ist eigentlich Schriftsteller. Er koordiniert die Einsätze an Flughäfen, Einkaufszentren, Lobbys der Konzerne und Hotels, allen Orten, die an Bedeutung verlieren. Wir sehen uns nur in einer Videokonferenz, zusammen mit weiteren Bewerber*innen für die unterschiedlichsten Einsatzorte. Er betont, dass er die Koordination nebenbei macht, aber er klingt, als wäre er darüber nicht sicher.

Ich habe einmal gelernt, die Chefs Chefchen zu nennen, von einer Bekannten, die im Supermarkt mit Panik arbeitete. Sie wurde von der Behörde zugeteilt, in der Filiale zu arbeiten, die am weitesten entfernt war von ihrem Zuhause. Das Zuhause, das mehr oder weniger sicher war. Sie konnte nicht mit der Bahn fahren, wegen der Panik, aber sie hatte ein Bike, wie ein BMX-Bike. Mit dem Bike fuhr sie die vielen Kilometer Tag für Tag, nie war sie zu spät, nie hielt ein Wetter sie auf. Sie war derart abgehärtet von der Panik und derart eingerichtet in Ausnahmesituationen, dass sie die beste Strategin war, die ich kannte. Sie war die robusteste Person, die ich kannte. Und der Chef war natürlich aufgelegt dazu, diese neue Arbeiterin in seiner Filiale an diesen Ausläufern der Stadt zu testen. Und zu testen hieß, zu schauen, wie viel sie aushielt. Aushielt an kleinen Bemerkungen, von der ersten Begegnung an. An ungefragten Spitznamen, die über die Zeit variiert und vom Team übernommen wurden. Von der Selbstverständlichkeit, mit der er davon ausging, dass sie als Neue und vom Jobcenter Zugeteilte natürlich mehr und schneller zu leisten hatte, unter der in Gesten und Kommunikationsabläufen mit dem Team gefestigten Prämisse oder Erzählung, dass das doch alle erst mal so durchlaufen mussten. Und sie nannte ihn Chefchen, wenn sie über ihn redete, nannte ihn Chefchen vor mir und ich lachte, nannte ihn Chefchen in Gedanken immerzu. Wart's ab, Chefchen. Meine Bekannte hat mir ein Instrument gegeben für alle Chefchen-Situationen, die ich jetzt gar nicht mehr anders bezeichnen kann. Chefchen ist Chefchen und ist zugleich nicht dieses Chefchen, aber zugleich ein anderes Chefchen.

Mein Chefchen teilt mich für den Flughafen ein und gibt mir schon zu verstehen, dass es danach erst mal keine weiteren Aufträge geben wird, dass ich versuchen soll, so lange wie möglich durchzuhalten.

Er bittet mich, bei Ankunft ein Bild vom mir per Messenger zu senden, das beweist, dass ich pünktlich und anständig genug gekleidet vor Ort bin, das er wiederum weiterleiten kann. Er bittet mich, als wäre es ihm unangenehm, er ist nur wenige Jahre älter als ich, ich sende es ohne darauf einzugehen, ich bin schon länger in diesen Jobs als er.

Auf dem Bild halte ich die Gutscheine, die es zu verteilen gilt, wie einen Fächer in der Hand. Im Hintergrund ist meine Kollegin zu sehen, die von anderen Auftraggeber*innen beauftragt ist und in der Hierarchie höher steht. Sie muss die Abos verkaufen für den Wein, und ich bringe ihr dafür die potenziellen Abonennt*innen. Ich locke sie mit den Gutscheinen an den Stand, dort tauschen sie die Gutscheine gegen ein Glas Sekt ein. So stehen sie am Tresen, und meine Kollegin weiß schon, wenn sie sich von Weitem dem Stand nähern, ob es sich lohnt, ihnen die Abo-Möglichkeiten zu erzählen. Nur selten vertut sie sich. Nur einmal sagt sie, ich soll ein wenig drauf achten, wem ich die Gutscheine überhaupt in die Hand drücke. Auf dem Bild lächelt sie in die Kamera, wie ich hält sie ihre Arbeitsutensilien als Beweisstücke in der Hand, die Weinflaschen, dabei, geöffnet zu werden. Wir stehen am Stand, der innerhalb eines Tages aufgebaut wurde. Der Stand wird jeden Tag des Jahres geöffnet haben.

Unsere Kund*innen sind die, die ihren Urlaub als Geschäftsreise tarnen. Aber wer kann das schon unterscheiden, fragt auch meine Kollegin, während sie eine Flasche entkorkt, drei Gläser mit ihrem schwindelerregenden Atem anhaucht und viel zu kurz poliert und eine Person an den Stand ruft, die vorbeischlendert und unauffällig rüberlugt.

Zum Feierabend trinken wir im Kabuff die Reste aus den Flaschen, und ich sehe, wie sie mehr Verkäufe einträgt, als sie in Wirklichkeit abgeschlossen hat, und sie sieht, wie ich mehr Stunden eintrage, als ich in Wirklichkeit abgestanden habe.

Eine hat sich verkleidet für das Terminal. In unauffälliger und sauberer Sportkleidung klappert sie die Mülleimer ab, lässt die enormen Mengen Pfandflaschen in enormer Schnelligkeit und Unauffälligkeit in ihre ziehbare Sporttasche gleiten, hält jeden Tag die Uhrzeiten ein. Sie wird nie geschnappt und nie verwiesen.

Meine Kollegin bekommt über die Wochen, die ich da bin, mehrere Nervenzusammenbrüche und einen wirklich kritischen. Sie trinkt plötzlich nicht mehr, was alles nur verschlimmert. Sie hat einen riesigen Rettich zur Arbeit mitgebracht. Kurz bevor sie flatterig wird, zu schwitzen beginnt, sich setzen muss, rot und blass wird, spricht sie über gesunde Ernährung und Entgiftung. Sie setzt sich, ich soll ihr den Rettich waschen gehen und in mundgerechte Stücke schneiden. Sie sagt: Pass auf mich auf. Dann springt sie auf, bevor ich beginnen kann, ihrer Anordnung zu folgen, rennt nach vorne an den Tresen, verspricht laut und schwitzend allen, allen, allen heute einen auszugeben. Manche nähern sich dem Stand, sie schüttet was in Gläser, schüttet es nur in die Gläser, um auch sich selbst etwas ins Glas schütten zu können. Manche trinken mit ihr, manche stehen in einiger Entfernung, unsicher, ob sie sich ein Glas nehmen sollen, sie wollen nicht gierig wirken. Sie möchten gerne dafür bezahlen, und das ist auch der einzige Grund, warum dieses abgehalfterte Verkaufssystem funktioniert. Die Runde trinkt, manche unterschreiben die Kaufverträge, die von ihr schwitzend ausgeteilt werden. Sie verkauft in ihrem Zusammenbruch mehr als an anderen Tagen.

Ich lasse sie, ich packe ihren Rettich, sie kommt nach hinten, schenkt sich etwas Härteres aus ihrer privaten Flasche ein, rennt wieder nach vorne: Wer hat auf mich gewartet? Wer hat noch nicht von dem Angebot, das ich mir gerade ausgedacht habe, gehört? Ich gehe in den Waschraum, wasche ihr Gemüse, schneide es in Stücke, gehe mit dem Rohkostteller, auf dem alles eine blasse Farbe hat, zurück durchs Terminal, der Rohkostteller ist der unpassendste Gegenstand, den man sich hier vorstellen kann. Ich ziehe meine Kollegin vom Tresen weg, hier ist mittlerweile richtig was los. Sie hat selbst mehrere Kaufverträge unterschrieben. Ich schließe den Tresen, zwinge sie, zu essen und Wasser zu trinken. Dann sitzen wir zwei Stunden rum, bis die Bahn in die Stadt kommt und fahren nach Hause. Diesmal steht sie erschüttert und nicht betrunken auf dem Skywalk. Sie kommt drei Tage nicht zur Arbeit, so dass ich auch keine Arbeit habe. Dann kommt sie wieder, kein Gemüse, aber auch kein Zusammenbruch bis zum Rest des Einsatzes. Der Stand wird es nicht mehr lange machen. Das hat nicht nur mit den Zusammenbrüchen zu tun, das hat mit der Umnutzung des Terminals zu tun. Aber der Verkauf wird weitergehen, wird noch mobiler werden. Vorstellungen von Urlaub lassen sich sehr einfach ersetzen und verlagern. Denn Urlaub ist Besitz, ist nicht Bewegung. Vielleicht wird meine Kollegin eine Vertreterin im alten Sinn, von Tür zu Tür, vielleicht würde ihr das sogar guttun. Vielleicht rettet sie sich mit dem Rettich. Vielleicht wird sie eine von denen sein, die sich auf den Weg machen.

Meine Mutter und ihre Freundin spazieren, wie sie jeden Nachmittag spazieren. Ihre Freundin, die am Anfang mit ihren langen Beinen immer viel schneller war als meine Mutter, die trippelt, ist jetzt langsamer geworden, muss sich nicht mehr zurückhalten, ihre Geschwindigkeiten haben sich angeglichen. Sie gehen bis zu dem Weg, der in die Wüstenlandschaft führt, sie legen dort fast immer einen Stein ab. Sie häufen hier etwas Mystisches an, das zugleich ein Abzählen ist, vielleicht ist Mystisches immer mit oder gegen Zahlen.

Die Sensationen werden nicht weniger, nur geringer. Meine Mutter setzt sich nach dem Spaziergang in den Sand, beide Beine nach vorne gestreckt, sie schafft es immer noch, in dieser Haltung einigermaßen gerade zu sitzen. Links und rechts ihre Arme mit Händen dran, die sich durch den Sand haken, 2 Straßen, links und rechts vom Körper bezeichnen. Und ihre Freundin geht in Sichtweite herum und grüßt die anderen Frauen und macht hier und da ein Gespräch. Meine Mutter beobachtet sie und hat kein Interesse, was sie reden. Die anderen schauen zu ihr, meine Mutter hat keine Lust zu grüßen, sie lässt es. Es könnte sein, dass sie es sonderbar finden und unfreundlich, aber, sie grüßen ja auch nicht, warum sollte sie sich verpflichtet fühlen, und sie fühlt sich trotzdem verpflichtet und senkt den Blick und steuert ihn auf ihre Hände und den rieselnden Sand und sagt sich, das muss sie jetzt ganz für sich selbst aushalten, dass die anderen sie für sonderbar und unfreundlich halten, da muss sie jetzt durch. Und dann weiß sie nicht, warum sie sich diese Aufgabe stellt, welche Änderungen in der Persönlichkeit bezweckt werden sollen.

Sie ist es nicht gewöhnt, ihren Alltag zu teilen, sie ist es vor allem nicht gewöhnt, nicht denken zu müssen, etwas zu leisten. Wenn sie beispielsweise in einem Moment zögert, die andere zu berühren, wenn sie ihr an einem Morgen nicht gelassen die Arme um die Schulter schlingen kann, oder einen nebensächlichen, aber sehr pointierten Wortwitz machen kann, oder jetzt den Arm nicht heben kann, um zu grüßen, dann ist sie plötzlich im Außen, nicht bei der Sache, dann ist sie bei mir, ihrem Verschwinden und dem an sich selbst gerichteten Vorwurf, dass sie hätte durchhalten müssen. Dass alle Menschen durchhalten müssen, mit dem, was ihnen gegeben ist, dass man keine Sonderwünsche stellen, keinen Strand beanspruchen darf, erst recht nicht, wenn man nicht genügend geleistet hat. In diesen Momenten ist sie ganz beim Staat, ganz bei den Wünschen und Wirkungen des Apparats, ganz bei dem Ort, der eigentlich für sie vorgesehen ist oder sein müsste, der nicht der Strand zusammen mit anderen liebenswürdigen Frauen sein kann, an dem sie zu wechselwarmen Tierchen werden, die sich zu allen Tageszeiten auf der Veranda niederlassen und das Bäuchlein wärmen.

Meine Mutter schaut zerknirscht auf, und die anderen Frauen sind schon längst verstreut und weitergelaufen und sie ist irritiert zurückgelassen. Ich muss etwas starten, denkt meine Mutter, sonst werde ich unzufrieden.

Meine Mutter und ihre Freundin reden. Sie reden leise miteinander, sie bewegen sich langsam umeinander herum. Sie umarmen sich. Es ist uneindeutig, ob ein Abschied zwischen ihnen liegt, sich an sie und ihre Berührungen gelegt hat. Ob da ein Verhängnis ist, oder eine ganz normale Entwicklung der Dinge. Ihre Freundin macht sich mit dem Mobil auf den Weg, sie hat Proviant dabei, die beiden umarmen und küssen sich, es wirkt nicht wie ein großer Abschied, eher wie ein Mini-Abschied von Verliebten, die sich erst am Abend wiedersehen werden, und es kann alles Mögliche dazwischenkommen. Meine Mutter wirkt ruhig, sie hat etwas in den Griff bekommen, sie geht schwimmen. Sie räumt auf. Sie kratzt etwas ab, sie macht sich Mahlzeiten, am Abend lässt sie eine gute Portion übrig, unübersehbar in den Pfannen auf der Herdplatte. Sie legt sich hin in die Hütte ihrer Freundin, sehr wahrscheinlich schläft sie nicht, sehr wahrscheinlich wartet sie auf die Rückkehr, aber sie ist viel ruhiger als gedacht.

Ich habe meine Freundin nicht gesehen, seit ich bei ihrem letzten Besuch nicht auf ihre Konfrontation eingegangen bin. Sie hat kein einziges Mal zu Hause auf mich und meine Geschichten vom Terminal gewartet oder mir einen Snack am Morgen gegeben, wie ich es gebraucht hätte.

Sie hat auch nicht angerufen, aber dafür unzählige Notizen im Chat hinterlassen. Sie will, dass ich die Nachrichten sehe. Sie will mich darüber auffordern, darüber will sie mit mir kommunizieren. Es sind Links, die ich alle verfolge: Aufrufe, Erfahrungsberichte, Berichte von weiteren Frauen, die aufbrechen. Reportagen von Umsiedlungen, vom Wasser, das alles Brauchbare und alles Menschliche aus seiner Umgebung pflückt, ein Ozean als Hospiz für alle, die es nicht geschafft haben, vereitelte Petitionen, eine Rente oder wenigstens eine Sicherung wiedereinzuführen. Da wird ein Staat angebettelt, da wird ein Staat angefleht, da wird ein Staat bedroht, da wird ein Staat aufgegeben, dazwischen ein Gedanke: Es gibt triftige Gründe und weniger triftige Gründe, es gibt vielleicht ein gesteigertes Begehren, untriftig zu werden, dann wieder Statistiken und Bewegungsdaten von Frauen, von alten Frauen, eine Rede von einer revolutionären Frau, die vor soundsoviel Jahren schon einmal gehalten wurde, ein Bericht von einer, sie ist fast hundert Jahre und sie ist mit ihrer 30 Jahren jüngeren Freundin und Pflegerin aufgebrochen.

Ich werde meine Freundin schon noch drauf ansprechen. Ich halte meinen Alltag weiter aufrecht.

Ich betrete den Supermarkt und fühle mich gesichert. Der Grund meines Hierseins ist klar. Ich darf hier drin sein, ich darf auch länger hier drin sein als nötig. Ich bin eine Kundin, die etwas kauft, ein Abendessen zum Beispiel und eine besondere Frucht. Hier sieht mich keine und macht sich keine eine Geschichte über mich.

Eine ist im Supermarkt, schleicht an der Kasse herum, sie reiht sich nicht in die Schlange ein, sie steht immer kurz daneben. Manche werden nervös, dass sie eine Lücke in der Schlange nutzen wird, um sich vorzudrängeln. Aber so weit kommt es nie, sobald die Anspannung zu groß wird, bewegt sie sich wieder ein bisschen durch die Gänge. Sie hat keine Artikel in der Hand, sie braucht sich nicht anzustellen. Sie schaut, was die Leute für Produkte kaufen, sie will ein bisschen hier drin sein.

Im Park, der kein Park ist, sondern nur eine Überbrückung vom einen Straßenzug zum nächsten, etwas Busch für Dinge, etwas Wiese für die kleinen Hunde, schnell zu erreichen für die verschlafenen Hundebesitzer*innen. Ich sitze auf keiner Bank, weil es keine mehr gibt, ich folge den Wegen Runde um Runde, der Beutel mit den abgezählten Einkäufen schneidet in die Schulter, ich kann nicht aufhören, eine weitere Runde zu nehmen, ich versuche, mir den Job am Terminal auszutreiben und mich auf meinen nächsten Auftrag vorzubereiten, den ich an meinem Schreibtisch verbringen werde.

Ich habe ein Headset und ein Briefing, das ich in den Dokumenten nachlese. Ein Schema, wie die Anrufe geführt werden, ein Schema, wie die Daten in die Tabellen einzutragen sind. Man kann nicht viel falsch machen, außer den Namen des Konzerns zu oft oder zu selten zu sagen. Ich habe Login-Daten für die geteilte Tabelle. Die Tabelle wirkt immens, sie ist gegen unendlich programmiert, sie ist eine Architektur, die zugleich unerschütterlich feststeht und ununterbrochen in Bewegung ist. Ich kann nicht überblicken, wie viele zugleich an dieser Tabelle arbeiten, die maximal anzeigbare Zahl ist überschritten. Ich beginne mit meiner Liste und telefoniere Personen ab, um Daten in Zeilen einzutragen, um die Tabelle in Bewegung zu halten und dadurch ihre Statik abzusichern. Eine Liste ist ein Datensatz, die gewonnenen Datensätze werden gebündelt abverkauft, ohne dass eine weiß, welche Informationen daraus entstehen. Ich ringe die Daten den Personen ab, während ich so tue, als würde es darum gehen, etwas zu verkaufen, daran sind alle gewöhnt. Per Anruf, per Messenger, per Mail. Manche rufen sogar zurück. Ich bin Subunternehmer*innen des Start-ups, das wiederum Subunternehmen des Konzerns ist, ich agiere im Namen des Konzerns. Ich werde von Anruf zu Anruf besser, aber jeder Anruf ist eine neue Überwindung.

Meine Mutter schreibt ihre morgendlichen Notizen. Die Unleserlichkeit ihrer Schrift bekommt hier am Wasser einen Sinn. Sie schreibt den Ozean. Versenkt die Technik im Wasser und bringt das Wasser zum Papier. Es gibt die leeren Blätter und den Stift mit dem Logo einer ehemaligen Hotelkette, in billiger, vielfältiger Ausführung. Sie denkt nicht daran, dass die Blätter oder Stifte irgendwann komplett voll und komplett leer sein könnten. Sie setzt sich an den wackeligen Tisch, manchmal thront sie im Bett, später auf der Veranda. Ihr Schreiben, das immer eine unleserliche Bewegung war, hat hier einen Ort gefunden.

Es ist keine Schrift, die etwas verschlüsseln oder anders darstellen soll. Es ist kein System, es ist eine Bewegung. Krickel krackel, hoch und runter. Es orientiert sich noch an Abständen von Worten, die immer mehr zusammengezogen werden, orientiert sich an Seiten, am gelernten links-rechts, an Zeilenabständen. Diese minimalen Orientierungen scheinen wie ein Rahmen, der dankenswerterweise einfach da ist, der nicht neu gedacht werden muss. Innerhalb dieses Rahmens kann der Rückzug der Lesbarkeit passieren. Innerhalb des Rahmens von Seitenkonventionen kann die Bewegung als Bewegung passieren. Der Arm schiebt die Hand, die den Stift hält, über das Papier, dabei gehen die Gedanken. Wenn der Arm mit der Hand mit den Fingern, mit dem Daumen und dem Ellbogen die Bewegung der Gedanken überträgt, kommen sie in einen Rhythmus, werden sie automatisch langsam, so dass die Gedanken denkbar sind. Die Hand überträgt nicht die Gedanken, sie vollzieht sie in der Bewegung auf dem Papier. Die Bedeutung ist nur in der Bewegung. Die Schrift, die meine Mutter erfunden hat, ist eine Bewegung der Entfernung und der Annäherung zugleich.

Als ihre Freundin die Schrift mitbekommt, will sie meiner Mutter beim Schreiben zuschauen, und meine Mutter erlaubt es ihr. Ist dann aufgeregt und versucht, kerzengerade zu sitzen und den Anschein tiefer Gedanken zu machen. Die Freundin sitzt ihr im Rücken, liegt auf dem Bett, manchmal schläft sie wieder ein. Am liebsten mag sie es, wenn sie in der Hütte meiner Mutter übernachtet und zufällig wach wird, während meine Mutter schreibt und ihr heimlich zuschaut und halb dösend abwartet, bis meine Mutter fertig ist.

Ihre Freundin sagt, dass ihre Schrift ein Kunstwerk ist. Dass das ein Gesamtkonzept ist, über das man sehr lange reden kann. Meine Mutter lacht sich kaputt, dass ihre Freundin so viel an ihrer Schrift findet. Sie fühlt sich geschmeichelt und bloßgestellt, ahnt die Möglichkeit einer Bloßstellung. Sie sagt, dass sie noch nie so über ihre Schrift und ihr Schreiben am Morgen nachgedacht hätte, dass es einfach dagewesen sei, dass sie durch dieses Schreiben überlebt hätte, dass das Schreiben von selbst gekommen sei, als die Gedanken übervoll waren und die Hände sich nicht zu Fäusten ballen ließen, da war das Schreiben der Gedanken da und sonst nichts, und dann war es übergegangen in etwas, das sie einfach jeden Morgen tat.

Meine Freundin kommt zum ersten Mal seit unserer Auseinandersetzung vorbei. Sie steht im Raum, und meine Wohnung kommt mir unmittelbar klein vor. Sie macht keine Umschweife, wie sie sie noch nie gemacht hat, sie fragt, ob ich die Links und Berichte gesehen hätte, die sie im Notizchat abgelegt hat. Ich sage ertappt, dass ich noch nicht dazu gekommen sei, dass ich immer nur kurz auf die Vorschau geguckt hätte, aber nicht gewusst hätte, ob ich die Sachen, die sie in ihrem Notizchat ablegt, überhaupt lesen soll oder darf.

Dabei habe ich die ganzen letzten Abende damit verbracht, allen Links zu folgen. Sie mustert mich, sie durchschaut mich. Sie weiß, dass ich immer alle Notizen lese, alle Gedanken und Geschichten von weiteren Frauen, die sie dort ablegt. Oder aber sie glaubt mir, weil es ihre Annahme von mir bestärkt, dass ich allen Umständen ausweichen und möglichst vermeiden will zu wissen, was vor sich geht, um mich nicht dazu verhalten zu müssen.

Es ist jetzt Zeit zu entscheiden, sagt sie.

Das sagen wir schon seit 10 Jahren, sage ich.

Sie sagt, sie packt das Durchhalten nicht mehr alleine.

Ich denke, ich bin doch da.

Sie sagt: Es geht nicht mehr. Das ist alles. Das ist mein Satz. Dieser Satz reicht als Grund. Das habe ich von den Frauen gelernt. Die Frauen, die ich beobachtet habe und die Frauen, die ich kennengelernt habe, als du arbeiten warst.

Und du warst nicht arbeiten, frage ich.

Ich war nicht mehr arbeiten, sagt sie.

Es bricht bald eine kleine Gruppe von hier aus auf, und ich gehe mit, sagt sie.

Was für eine Gruppe, sage ich.

Sie sagt: Die Geschichten, die ich dir zum Einschlafen erzählt habe, sind wahr gewesen. Die Links, die ich dir gesendet habe, sind nicht zur Unterhaltung, sie sind eine Aufforderung. Das Schiff, das sich in allen Erzählungen herumtreibt, ist eine Metapher und keine Metapher. Es bringt die Frauen an Orte, die nichts wollen und die keinen Beweis brauchen. Abgestellte und abgeschaltete Orte, Orte ohne Potenzialität. Orte mit anderen Formen von Potenzialität.

Sie sagt, dass sie sicher ist, dass auch meine Mutter an einem dieser Orte, an denen sich kein Immobilienspekulant und kein Urlaubsanbieter mehr versucht, untergebracht ist. Dass sie sich für einen Lebensabschnitt entschieden hat, der jetzt von einem Strandabschnitt beschrieben wird.

Unausgesprochen regt sich etwas in mir auf, dass meine Freundin meine Mutter als Beispiel nimmt, dass sie sich mit ihr beschäftigt und mir damit etwas zeigt. Mir kommt es intim vor. Sie soll sich eine andere Frau als Ausgangspunkt für ihre Nachforschungen und Halbphantasien nehmen. Es scheint ja genügend zu geben, die sich auf den Weg gemacht haben.

Ich meine, sagt sie, wie lange hätte deine Mutter das noch durchgehalten? Wie lange hätte sie sich über Wasser halten können? Wie lange hätte der erschöpfte Körper mitgemacht? Wie lange hätte sie das aufrechterhalten können, sich von Monat zu Monat durchzuschlagen? Es geht immer nur so lange gut, solange das Geld kommt. Es geht nur so lange gut, bis das Geld nicht mehr kommt. Wann wäre sie wieder krank geworden? Was wäre dann gewesen?

Ich wäre ja noch da gewesen, sage ich.

Und dann hättet ihr hier zu zweit gewohnt, und du hättest

noch ein paar Massagen mehr nebenbei gemacht, und deine Mutter wäre dann die eigentlichen Sachen geworden, die du versuchst, dir seit 10 Jahren freizuschaufeln? Dann hättest du sie gepflegt, bis du noch mehr erschöpft gewesen wärst und vergessen hättest, was du eigentlich machen wolltest.

Ich habe mir das noch nicht ins Detail überlegt, sage ich kleinlaut.

Deine Mutter ist auch für dich gegangen, sagt sie.

Ich sage, dass ich auch ein wenig recherchiert habe, dass ich die Hinterhöfe und Leerstände aufgesucht habe, von denen meine Mutter am Telefon erzählt hat und dort eine Kampfsportgruppe nach der anderen vorgefunden habe, aber dass da sicher keine Frauen trainierten. Dass ich die Frauen aus den Frauengruppen aufgesucht habe, die ich von klein auf kannte, zwei von ihnen hatten mir die Brust gegeben, wenn meine Mutter arbeiten war. Aber dass diese Frauengruppe keine subversive Bewegung geworden war, sondern fein säuberliche Reihenhäuser oder Großstadtwohnungen, dass da Ehen waren und der ganze bourgeoise Ballast, Unglücke, drogensüchtige Kinder und Managerkinder, Schriftstellerkinder, Erben, Erben und nochmals Erben. Und dass sie schon ein schlechtes Gewissen hatten, diese Frauen, sobald sie erkannten, wer ich war. Ganz tief liegendes schlechtes Gewissen, dass sie fast gar nicht nach meiner Mutter fragten, weil sie dachten, ich würde ihnen einen Vorwurf machen, oder etwas wollen, was für sie auch ein Vorwurf gewesen wäre. Eine hat mir sogar ein paar Scheine in die Hand gedrückt, wie man sie gar nicht mehr in die Hand gedrückt bekommt, ich habe sie dann allein im Hausflur zurück in ihren Briefkasten gedrückt, wie meine Mutter es gemacht hätte, und es drei Straßen weiter schon bereut.

Ich sage, dass ich die Wohnung meiner Mutter aufgelöst habe wie in einem Zustand der Selbstverständlichkeit. Dass ich nach Prospekten oder Verträgen Ausschau gehalten habe, aber nur an der Oberfläche, dass ich nichts gefunden habe, dass ich nur einen Bruchteil der vollgeschriebenen Notizbücher und der losen Zettel, die ich nach dem Datum ordnen konnte, mitgenommen habe.

Meine Freundin sagt, dass es ganz sicher keine Verträge oder Prospekte gibt, dass es für diesen Aufbruch nichts Geschriebenes gibt, dass es von Mund zu Mund geht, von Ohr zu Ohr, und dass die Fäuste schon in den Taschen geballt sind. Dass sie auch nicht weiß, wie meine Mutter an die Frauen gekommen ist, dass das keine alten Bekannten waren, vielleicht durch die Vermietungen und die gemeinsamen WhatsApp-Gruppen.

Sie sagt: Das sind keine luxuriösen Entscheidungen, aber es sind immerhin Entscheidungen. Es ist eine prekäre Bewegung, eine verstreute Bewegung. Es sind viele kleine Bewegungen. Bewegungen ohne gemeinsame Verabredung. Es ist nicht mal sicher, ob sie zusammengehören, ob es eine Bewegung ist. Aber man kann sie so verstehen. Und vielleicht ist es wichtig, sie so zu verstehen, sonst geht keine los. Es sind Bewegungsdaten und Standorte. Hier und da wird abgebrochen, und dort ziehen welche los. Sie wissen um ihre Schwäche, aber machen nicht mehr bei ihrer Verletzlichkeit halt. Es hat auch mit Gewalt zu tun: Maschinen, Gefährte müssen angeeignet werden, müssen sich genommen werden. Müssen Teile neu zusammengesetzt werden, wird einiges gekapert. Aber wir wissen ja seit unseren jugendlichen Klautouren, dass Gewalt gegen Dinge keine Gewalt ist.

Fast mache ich den Fehler, ihr zu sagen, dass sie schon immer impulsiv war, schon immer unvernünftig. Es liegt mir auf der Zunge wie eine faule Wahrheit. Ich sage dann nichts. Ich sage sehr lange nichts. Ich schiebe die Gedanken in meinem Kopf hin und her, versuche nach einem Argument zu greifen, versuche, etwas zu finden, was sie beschwichtigen könnte, mir Aufschub geben könnte, ohne sie zu verprellen. Die Gedanken in meinem Kopf sind keine Sätze, es sind Ängstlichkeiten, es sind Unwahrheiten. Es geht nicht um Glauben, und es geht nur um Glauben, Gedanken sind nie wahr, Sätze schon, Sätze sind bröckelig, Absätze sind stark. Ich suche nach den Sätzen in Absätzen, die sagen, dass ihre Ausführungen sich reichlich lächerlich anhören, ohne zu klingen, als hätte ich einfach nur Angst.

Sie soll es mir einfach sagen: Lass uns zusammen gehen. Lass uns etwas abbrechen. Hör auf, die Jobs zu machen und die Menschen zu meiden, hör auf, diese Gedanken über dich selbst zu verschwenden.

Ich würde mitkommen, ich würde nur drei Tage so tun, als wäre das gemeinsame Aufbrechen keine Option, dann würde ich mich an sie hängen. Sie weiß gar nicht, wie sehr ich ihr vertraue, wie abhängig ich sein kann.

Ich fühle mich wie vor meinem Sportlehrer in der Schule, als ich nicht über die Hochsprunglatte springen konnte, sondern immer wieder dran vorbeigerannt bin, und er nicht sehen konnte, dass ich das nicht extra machte, dass ich mich genauso gerne hätte drüber springen sehen wie er. Beim ersten Mal Verweigern war es ein kurzes Nachdenken, das irgendwoher dazwischenkam, keine Angst, nur ein Gedanke von woanders, der etwas anderes war, als einen Anlaufschritt nach dem nächsten zu nehmen und zuletzt mit dem richtigen Absprungbein aufzukommen, um sich über die Latte zu hieven.

Da war da ein Gedanke, und ich rannte einfach vorbei. Und ich sagte, huch, und mein Lehrer sagte, huch, und noch einmal. Und dann rannte ich wieder dran vorbei, kein Absprung. Und das ging noch ein paar Mal, und ich war gar nicht aufgeregt, ich war eher so, als würde ich mich verflüchtigen. Und mein Lehrer wurde sauer, er dachte, ich machte mir einen Scherz, aber ich machte mir keinen Scherz, ich hatte eine Möglichkeit verpasst, und ich rannte immer wieder dran vorbei, bis ich nicht mehr durfte. Und er hielt mich für schlecht greifbar, clownesk, und in Wirklichkeit war ich nur maximal gehemmt. Die Hochsprungszene ist nicht der Auslöser, es ist nur meine erste Erinnerung an dieses Missverständnis von meiner Persönlichkeit, das ich aufrechterhalte und das ich nicht unterwandern kann.

Diese Hemmung macht mich aus. Diese Hemmung versteht meine Freundin als Unangreifbarkeit. Vielleicht hat auch meine Mutter mich so verstanden. Ich warte in dieser Hemmung ab, bis sich etwas einstellt. Ich warte auf eine Legitimation, die meine Hemmung hemmt.

Ich müsste ihr jetzt sagen, dass ich sie wirklich brauche. Dass ich kaum das Verschwinden meiner Mutter verkraftet habe. Dass ich seitdem jeden Tag das Gefühl habe, ich schaffe die Tage gerade so. Dass sich ein immer kindlicher werdendes Gefühl der Verlorenheit einstellt. Dass ich die Tage jeden Tag schaffe, aber nicht weiß, was passiert, wenn sie auch nicht mehr da ist.

Ich sage stattdessen: Du musst nicht nach meiner Mutter suchen, nur weil du keine mehr hast.

Sie verlässt daraufhin meine Wohnung und wenig später die Stadt. Selbst der Notizchat bleibt verwaist.

Meine Mutter sitzt auf der Veranda. Ihre Freundin ist schwimmen, die meisten sind schwimmen. Meine Mutter hat mit einer den Tisch getauscht, der stabiler ist, es wurden schon einige Dinge hin und her getauscht, so wurde Individualität hergestellt, unscheinbare Abweichungen von den vorgegebenen Einrichtungen, dieser Tisch ist etwas eleganter dort hinten am Fenster, dieser eignet sich besser, um Dekorationen herzustellen, diese Dekorationen kann die eine nicht mehr sehen, gibt sie einer anderen, dieser Tisch wurde mit Blumenranken angemalt. An ihrem neuen soliden Tisch probiert meine Mutter etwas mit ihren Schriftstücken und Fundstücken vom Strand in Kombination.

Sie ist konzentriert und irgendwie auch nicht. Sie beschäftigt sich und tut vor sich selbst so, als würde es ihr guttun, etwas zu tun, das die Hände braucht, aber kein Ziel. Sie will eine Ruhe performen, sie will sich beweisen, dass eine Lebenskünstlerin immer etwas zu denken hat, immer mit etwas beschäftigt ist, immer mit dem Vorhandenen auskommt. Und dann hat sie doch keine Lust, sich selbst zu beschäftigen mit dem gefundenen Gerümpel. Im Grunde ist ihr etwas langweilig. Im Grunde weiß sie nicht, ob ihr langweilig ist.

Was soll das hier, denkt sie, als sie auf die Schriftstücke guckt und da ein bisschen Muschel und da ein bisschen Netz und eine zerfledderte Koralle und ein paar Cents, die sie in ihrer Tasche gefunden hat. Fast angewidert guckt sie auf diese ganze selbstgeschaffene Beschäftigungsindustrie, und im nächsten Moment schiebt sie einen Cent in einen Zwischenraum in die Koralle, und er passt perfekt rein. Und sie erinnert sich, wie sie sich in ihrer Stadt, die ihr jetzt so weit weg vorkommt, vor allen Cafés und allen Cafégästen gebückt hat, um weitere Cents aufzuheben, und wie die Cafégäste die Hälse reckten, um zu sehen, welchen Schatz sie da mit baumelnden Oberkörper barg und wie sie mit ihrem kleinen Tick, sich unbedingt für jeden Cent bücken zu müssen, die Straßen unter Kontrolle hatte. Wie ihr der ganze öffentliche Raum in diesen Momenten gehörte, dreimal auf jeden Cent gespuckt, und weiter ging es. Jetzt will sie einen Cappuccino und eine Zigarette und eine Marktstraße oder ein Gewusel an einer Haltestelle beobachten.

Meine Mutter sitzt so konzentriert über ihren Vorstellungen auf ihrem Platz auf der Veranda, dass sie nicht bemerkt, wie die anderen Frauen zusammenlaufen, wie sich ein aufgeregtes Grüppchen bildet, manche Arme in Hüften gestemmt, wie zwei der schnellsten Frauen ihre Freundin auf den Sand ziehen, wie sie vielleicht ohnmächtig geworden ist im Wasser, jetzt ist sie schon wieder da, aber liegt schwach im Sand und schaut in die Gesichter über sich, hört die Sätze: Da hast du uns aber einen Schreck eingejagt, sollen wir dich rübertragen, willst du dich erst einmal aufsetzen, Wasser, passiert das öfter? Und sie wendet im Liegen ihren Kopf nach hinten, weil sie noch nicht bereit ist, sich aufzurichten und sucht mit dem nach hinten geklappten Kopf, kopfüber die Hütte meiner Mutter und sieht meine Mutter, die immer noch vertieft, nichts von dem Vorfall mitbekommen, auf der Veranda sitzt. In dem Moment spürt meine Mutter was und schaut auf und schaut ihrer umgefallenen Freundin in die Augen aus 30 Metern Entfernung. Meine Mutter springt nicht schnell auf, wie man es erwartet hätte. Ohne den Blickkontakt aufzugeben, legt sie ruhig zur Seite, was sie gerade in der Hand hält, nimmt eine Flasche Wasser und geht auf die Gruppe zu.

Nachdem sie wieder ein bisschen mehr bei sich ist, die halbe Flasche Wasser ausgetrunken hat, noch einmal mit den Füßen in den Ozean und auf Anweisung meiner Mutter mehrmals Wasser über die Übergänge von Hand zu Arm hat laufen lassen, nach einer langen Umarmung, gehen sie ein bisschen spazieren, aber es bringt nicht das Gefühl, das sie dachten, das es bringt, wenn man zu zweit nach einem kleinen Schock am Strand entlangschlendert, so dass man sich nicht direkt in die Augen schauen muss, um Wichtiges zu besprechen, so dass das Gesprochene nach vorne geht und nicht in das Gesicht der anderen Person, so dass die Körper sich jederzeit neu sortieren und abgrenzen können im Gehen und Reden.

Sie setzen sich in das Mobil und fühlen sich augenblicklich wie Jugendliche. Meine Mutter würde gerne eine rauchen, ihre Freundin auch. Eine kommt vorbei und gibt ihnen Zigaretten. Sie können es gar nicht glauben, wo hast du die Zigaretten her? Wird nicht beantwortet, ein Feuerzeug wird noch auf die Ablage vom Mobil gelegt. Meine Mutter und ihre Freundin sitzen nebeneinander in dem abgestellten Mobil, das ein bisschen schief steht, rauchen und schauen nach vorne. Und ihre Freundin erzählt, wie sie als Kind im abgestellten Auto immer Autofahren gespielt hat und an guten Tagen den Schlüssel im Zündschloss haben durfte, um dabei Radio zu hören, bis die Batterie runter war.

Und meine Mutter hört nur halb zu, weil ihre Freundin in letzter Zeit fast alle Erinnerungen, die ihr plötzlich kamen, teilte und es viele Erinnerungen waren, und meine Mutter spürte, dass das keine Gespräche waren, sondern etwas raus musste und sie antwortet wie geistesabwesend, dass sie auch ein Radio bräuchten, und sieht, wie ihre Freundin sich die Oberschenkel massiert, als wären es Phantome.

Es fällt mir immer schwerer, die Wohnung zu verlassen. Ich habe die vier Wände kaum verlassen, seit meine Freundin gegangen ist. Sie schreibt nicht, sie hinterlässt auch keine Notizen. Ich sitze die meiste Zeit, ich gehe umher und drehe Dinge um. Ich sitze ein paar Stunden in den Tabellen ab, ich drücke mich vor den letzten Anrufen des Tages. Ich schaue die Tabelle an wie ein Insekt, das ich nicht verstehe. Es fällt mir immer schwerer, mich zu einem weiteren Anruf durchzuringen. Ich mache sie dann doch. Ich würde gerne mit jemandem sprechen.

Ich stehe am Fenster, ich schiebe den kleinen Küchentisch ans Fenster, ich sitze und gucke, mein Nacken gebeugt. An meinem Küchentisch sitzend, unter den meine Beine genauso geklemmt sind, wie die meiner Mutter geklemmt waren, sehe ich die Frauen unter meinem Fenster:

Eine, sie ist wie für den Sommer gemacht, ihre Kleidung ist eng und locker zugleich, die Haare sind lang und seidig und strubbelig zugleich. Sie hält sich zu lange auf. Sie macht die Dinge, die man macht, draußen. Sie stoppt, sie sucht den Weg auf ihrem Device, gleicht ihn ab, mit dem, was sich zeigt, liest den Straßennamen, auch ich versuche den Straßennamen zu erkennen, obwohl ich weiß, wie er ist, aber sie gleicht immer wieder ab, als stünde auf ihrem Device ein anderer Name und sie müsste herausfinden, welcher stimmt. Sie macht das zu lange. Sie übertreibt. Ich sehe sie wieder, sie hat den Beutel einer Drogerie um ihr Handgelenk, sie geht die Straße ent-

lang, als wüsste sie alles über diese Straße, nicht zu nah an den Hauswänden, nicht zu weit entfernt. Sie bleibt abrupt stehen und beginnt in ihrer Tasche zu wühlen, sie überprüft, ob sie das und das, den und den Gebrauchsgegenstand, den man so schnell vergessen kann, wie er benötigt wird, vergessen hat, sie scheint ihn vergessen zu haben. Es müsste jetzt klar sein, dass sie ihn vergessen hat, aber sie wühlt weiter, sie muss bis hierhin herausgefunden haben, dass das, was sie vorgibt zu suchen, nicht im Beutel ist, aber sie beginnt von Neuem. Sie wühlt sich an den Grund des Beutels und wühlt sich wieder hoch. Sie kann alle Gesten, die zu diesem Event des plötzlichen Einfalls und Nachschauens und Ärgerns und Nichtglaubenwollens dazugehören. Wäre das Fenster geöffnet, würde ich vielleicht ein kleines ärgerliches Stöhnen hören. Ich schaue gebührend lange zu, sie übertreibt. Sie hat gar nichts vergessen, sie schafft sich eine Legitimation für den Raum, sie nimmt sich den Raum, indem sie die alltäglichen Gebrauchszeitvertreibe, mit denen man das Stehen an der Ecke, das Warten, das Alleinsein legitimiert, bis zum Maximalen und darüber hinaus ausschöpft, parodiert, in etwas Brennendes und etwas Brenzliges überträgt.

Keine sonst guckt aus ihrem Fenster, keine guckt in mein Fenster. Sie sind alle arbeiten, oder etwas zu essen besorgen oder stehen in einer Schlange an, um Formulare abzugeben, die nichts bewirken werden. Vielleicht sind einige auch schon zurückgelassen und die kleinen Hunde verkümmert. Die ganzen einsamen Menschen, sagte meine Mutter, wenn sie hier aus dem Fenster schaute, die ganzen alten Menschen. Und ich schaute sie an, überrascht über so eine einfache Feststellung, von der ich nicht wusste, ob sie sie in dem Moment fühlte, oder ob es einer ihrer wiederholbaren, beruhigenden, weil kollektiv bestätigten Wahrheitssätze war, die man vor sich hin sagen kann, wenn man aus einem Fenster in einer

Großstadt guckt. Ich hatte da nicht verstanden, dass sie sich selbst meinte. Und das war eine Verwirrung, weil meine ganzen Sorgen um sie darum kreisten, dass sie einsam und alt war und ich sie zugleich nie einsam und nie alt wahrnahm. Sie war doch eine Jugendliche, wenn sie den dritten Lachanfall nicht unter Kontrolle bekam und ein Kind, wenn sie verletzt einen Streit anfing. Sie war doch eine Professorin, wenn sie mir beibrachte, mich selbst aus den Umständen heraus zu verstehen. Sie war doch eine Grande Dame, wenn sie die Markstraße entlangging und von allen gegrüßt wurde und ihr dann im Café Transatlantik der Cappuccino auf diese zuvorkommende Weise serviert wurde. Sie war doch ein Punk, wenn sie mit den Frauen Demonstrationen organisierte.

Obwohl ich dachte, für all ihre Sorgen Sorge zu tragen, hatte ich die Gefühle übersehen und die Wahrheitssätze: Die ganzen einsamen Menschen, die ganzen alten Menschen.

Was ich von meiner Mutter gelernt habe: Dass das Bedrängende immer zusammen da ist mit dem Offenen. Dass das, was existenziell ist, zugleich ist mit dem, was gewöhnlich ist. Dass das Leben in die Fläche geht. Dass das Nahe gleichzeitig zum Fernen ist. Dass es möglich ist, in der Wohnung zu sein und niemanden zu haben und trotzdem ein sauberes Oberteil anzuziehen und die Arbeit zu tun. Was ich nicht von ihr gelernt habe: Es nicht zu tun.

Ich habe das Weitermachen gelernt. Ich kann immer weitermachen, und ich kann immer nichts anderes als weitermachen. Ich kann arbeiten. Ich habe diesen Zustand gelernt. Durch die Ausbildung zur Gleichzeitigkeit. Durch die Ausbildung zur Sorge. Durch die Ausbildung, die keinen Erfolg verspricht. Durch die Ausbildung, artig zu sein. Durch die Ausbildung, sich zufriedenzugeben. Durch die Ausbildung zum Durchhalten. Durch die Ausbildung, die kein Versprechen gibt und dadurch das Versprechen auf das Danach unendlich verspricht. Durch die Ausbildung zum Schuldenmachen und Schuldentilgen. Durch die Ausbildung, dass die Möglichkeit in Gedanken genügt. Durch die Ausbildung zur Schuld, an der Zeit, die verrinnt. Durch die Ausbildung zur Zeitwahrnehmung als Verrinnen. Durch die Ausbildung zur Gegenwart als Zeitabstehen.

Ich bin gut ausgebildet, besser als meine Mutter.

Die Tabelle ist in Bewegung, mehrere sind dabei, eine Nachricht an alle zu schreiben. Ich könnte alle Inhalte aus den Tabellen löschen. Nur noch ein Gerüst aus Zeilen und Spalten, die gegen unendlich programmiert sind, bliebe übrig, und alle anderen Arbeiter*innen würden in diesen geleerten Raum schauen, der leer plötzlich eine andere Dimensionalität hätte, nach hinten, nicht in die Breite. Wie in ein eiligst verlassenes Büro würden sie schauen, in dem alle an einem Morgen in die Privatinsolvenz geflohen sind, und mindestens zwei Gehaltszahlungen stehen noch aus. Nur noch die Bürostühle, Ablagen, die alten Devices und Kabel wären da und hingen an manchen Stellen lose. Ich könnte die Inhalte und Datensätze, die wir in den letzten Wochen nach einfachstem Schema zusammengetragen haben, auf einen Schlag löschen. Es könnte genauso einfach wiederhergestellt werden, es würde vielleicht für ein Versehen gehalten, ein technischer Aussetzer, es hätte wahrscheinlich nicht einmal irgendwelche Konsequenzen. Aber es wäre ein Schock, ein Anschlag, ein Bild für wenige Sekunden. Gleich gehe ich verloren an der Tabelle.

Ich schreibe *ich kann nicht mehr* in eine Zeile, wie ein anonymer Witz. Wie lange wird es dauern, bis die Zeile auffällt. Wer wird sie lesen, welche Koordinatorin wird sie vielleicht unauffällig löschen, um kein Aufsehen zu machen. Bevor ich die Zeile rückgängig machen kann, melde ich mich ab. Ich lösche meine Anmeldedaten. Ich habe gar nichts, was ich aufgeben muss, wenn ich aufgebe.

Ich müsste jetzt wie einem neuen Impuls folgend aufstehen. Ich sitze nach wie vor wie in einem wiederkehrenden Aufschub, als wäre ich aufgestanden und hätte etwas beschlossen, nur ohne aufgestanden zu sein. Noch einen Moment. Die Straße vor dem Fenster ist da, und die Frauen sind da. Und ich sehe die Frauen unweigerlich immer durch meine Augen und immer auch durch die revolutionären Augen meiner Freundin und die liebevollen Augen meiner Mutter:

Eine trägt den transparenten Eimer des Konzerns durch die Straßen. Er ist sehr schwer. Sie scheint Zeit zu haben, ihr Blick geht alle Fassaden der Häuser hoch, abwechselnd zu beiden Seiten der Straße. Vielleicht schaut sie, ob eine Wohnung frei steht. Vielleicht geht sie verschiedene Identitäten durch: Wie wäre es, in diesem Haus zu wohnen, in der Erkerwohnung, wie würde sie diese Lampe abnehmen und durch welche andere ersetzen, wie würde sie sich entscheiden, diesen Busch zu beschneiden oder ihn den Spatzen komplett zu überlassen, wie wäre es, wenn sie den Rollstuhl täglich brauchen wird, welche Hausgemeinschaft, die sie schon so viele Jahre kennt, würde sich gemeinsam darauf einigen, ihr im wechselnden Turnus mit den Treppen zu helfen, oder die Erdgeschosswohnung frei machen, wie oft wäre sie im Hinterhof, was würde sie hier verbieten. Und auf diese Weise schaut sie sich die Möglichkeiten an und trägt den schweren transparenten Eimer des Konzerns, der für die täglichen Bedarfe der Mitarbeitenden ist, der die Hygiene und die Transparenz dessen, was rein- und rausgeht in den Konzern, garantiert. In ihrem Eimer sind aber keine Bedarfe, in ihrem Eimer sind Steine.

Solange ihre Freundin liegen muss, bringt meine Mutter die Steine, die sie nach und nach zusammen auf ihren Spaziergängen an die Abzweigung zur Wüstenlandschaft getragen haben, wieder zurück, um sie auf dem Boden der Hütte aufzuhäufen.

Sie braucht die Steine als Markierung, sie zählt die Steine auf dem Haufen in der Mitte der Hütte nicht, sie schaut den Haufen gerne an. Sie befühlt die einzelnen Steine gerne in ihrer Tasche, wenn sie sie zur ihrer Freundin trägt. Sie wird nervös, wenn sie am nächsten Tag bemerkt, dass sich einer der Steine unbemerkt tief in die Tasche gebohrt hat, und sie ihn übersehen, beziehungsweise überfühlt hat und nicht weiß, an welchem Tag das passiert ist, sie nicht weiß, wie viele Tage der Stein da schon unbemerkt der Anhäufung entgangen ist. Und gleichzeitig fühlt sie sich diesem Stein dann im Besonderen verbunden und weigert sich noch ein paar weitere Tage, ihn dem Haufen zu übergeben, bis sie fast ein schlechtes Gewissen hat und viel an diesen Stein denkt, und dann entscheidet sie sich, sich doch von diesem durch Zufall ganz wichtig gewordenen Stein zu trennen, wie in einem Impuls. Und ein unauffälliger weiterer Stein fällt auf den Haufen Steine und kullert in einen Spalt zwischen die anderen, und ist jetzt nicht mehr von ihnen zu unterscheiden. Und wenn sie abends in der Dämmerung hintereinander im Bett liegen, schauen sie beide auf den Haufen Steine, und er gibt ihnen unterschiedliche Gefühle von Zufriedenheit.

Solange ihre Freundin liegen muss, massiert meine Mutter sie täglich. Sie erinnert sich an alle Griffe. Wo hat sie sie gelernt? Es sind dieselben Massagegriffe, die ich von ihr gelernt habe. Ich weiß, dass meine Mutter sie nicht von ihrer Mutter gelernt hat. Ich habe alle Umarmungen von meiner Mutter bekommen, die ihre Mutter ihr vorenthalten hat.

Der Rücken ihrer Freundin ist lang und zugleich knochig und muskulös. Meine Mutter hat sich abgewöhnt, Kommentare zum Körper ihrer Freundin zu machen, aber wenn der Rücken unter ihr liegt, macht sie in Gedanken Kommentare, komplexere und liebevollere Kommentare, als sie sie aussprechen könnte.

Und sie fährt mit den Händen an den Nacken und tastet sich um den Hals herum und an das Schlüsselbein heran, das fühlt sie so gerne, und da sitzt immer eine Verspannung.

Sie erzählt dem Rücken ihrer Freundin von meinem Rücken, dass sie Veränderungen und auch schon mein Altern an meinem Rücken nachvollziehen konnte. Dass mein Rücken muskulöser geworden war, mal mehr Fett, mal weniger Fett an den Seiten. Dass mein Rücken der Rücken einer erwachsenen Frau war. Dass sie meinen Rücken so angeschaut hat, als wäre das zum Teil ihr Rücken, auf die Differenzen geachtet hat, wenn sie feststellte, dass ihr eigener Nacken länger war als meiner, wenn sie meine Haut weicher fand als ihre, wenn sie meine Arme so schön lang fand.

Sie erzählt dem Rücken ihrer Freundin, wie es gewechselt hat, als nicht mehr sie mich massierte, sondern ich sie. Als ich bemerkte, dass sie Berührungen brauchte. Als ich bemerkte, wie wenig selbstverständlich Berührungen für sie waren, dass sie wie ein Schatz für meine Mutter waren. Da haben wir die Rücken gewechselt. Und sie war erstaunt, dass ich alle Griffe konnte, dass ich mir ihre Griffe, die sie mir im Massieren beigebracht hatte, eingeprägt hatte, und wie sie sich anfühlten.

Meine Mutter hört abrupt auf, über mich zu sprechen, als würde dadurch etwas durcheinandergeraten. Ihre Freundin, mit dem Gesicht tief ins Kissen gedrückt, hat keine Chance nachzufragen, meine Mutter macht jetzt die Arme, sie greift rein, zwiebelt die Unter- und die Oberarme entlang, dann jeden einzelnen Finger, die werden in die Länge gezogen, das Wort anatomisch denkt meine Mutter, und dann den Daumen, der kleine Hühnchenschenkel, da wird feste gedrückt und zugleich gekreist.

Im Flur ein Berg mit alten Devices und Kabeln, die ich aus den Schubladen genommen und aufgetürmt habe. Sonst lasse ich die Wohnung, wie sie ist. Manche Schreiben sind geöffnet, manche ungeöffnet. Persönliche und unpersönliche Dinge werden sich finden lassen. Ich führe jeden Handgriff ruhig aus, als würde ich einem Protokoll folgen, obwohl sich jede Bewegung hektisch und unkontrolliert anfühlt, als wüsste ich gar nicht, was ich mache, und ich weiß auch nicht, was ich mache. Ich habe nur einen Rucksack. Ich lasse den Schlüssel in der Wohnung. Ich ziehe die Tür hinter mir zu. Auch die vollgeschriebenen Zettel meiner Mutter, die ich aus ihrer Wohnung gefischt habe, bleiben in meiner Wohnung. Ich überlasse sie jetzt sich selbst. Überlasse sie den Entrümplern, die, von zuständigen Behörden beauftragt, in die Wohnung kommen werden.

Die Menschen, die an mir vorbeikommen, gehen nicht, sie traben wie kleine Pferdchen durch die Straßen. Trab, trab, trab, verstauchen sich andauernd etwas, knicken ein in die Bordsteine. Lassen sich trotz der ganzen Verletzungen und Verrenkungen, die manchmal ziemlich lange anhalten, nicht davon abbringen, weiterzutraben, durch die Straßen, auf den Straßen, an jeder Kreuzung traben sie sich entgegen.

Macht Platz! So schlängelt sich eine durch eine nicht vorhandene Menge.

Ich nehme die Routen der Industrie, um nicht über ein Ausweichen nachzudenken, um eine Weite vor Augen zu haben, um mich zu sammeln, um in einen Zustand zu kommen, in dem ich entscheiden kann, wie es jetzt weitergeht, ohne jemandem ins Gesicht schauen zu müssen. Ich bin auf den Plätzen des Gewerbes, und hier passiert eigentlich nichts. Es sind keine Arbeiter*innen da, es sind keine Fußgänger*innen da, kein Wachpersonal. Geräusche schon, in der Ferne, gleichmäßig und beruhigend, es wird was abgerissen, es wird was abtransportiert, es wird ein Hotel aus Kapseln gebaut.

Da hocken welche in Autos auf dem überdimensionierten Parkplatz. Paarweise und in gebührenden Abständen zu den anderen Autos nehmen sie diesen Ort, sobald die Firmenautos verschwunden sind. Es sind Jugendliche, die etwas miteinander ausmachen, was über sie selbst hinausgeht. In jedem Auto wird Macht verhandelt und Unwissen. Ich bleibe wie gesteuert stehen und starre, und ich sehe mich selbst dort in diesem Auto als Jugendliche, die kichert und versucht, Entblößungen in ihrem Nichtwissen zuvorzukommen. Die kichert, um nicht fragwürdig zu werden und trotzdem infrage zu kommen. Eine Jugendliche steigt aus und kotzt abrupt in das Gebüsch neben dem Auto, die Hand noch an der Tür. Ich starre sie an, sie steigt ein, das Auto fährt direkt los, nah an mir vorbei, ich muss weitergehen.

Eine geht die Straße entlang und sagt ins Telefon, ja, ich sitze jetzt im Auto. Sie sitzt aber in keinem Auto, sie geht die Straße entlang.

Ich gehe ins Einkaufszentrum, da, wo öffentliche Steckdosen sind, bin ich gesichert.

Ich drücke mich um die Ecken, ich rechne aus, was ich konsumieren könnte, um mich noch weiter um die Ecken zu drücken, um geradeaus zu gehen in einer unauffälligen Geschwindigkeit.

Ich imaginiere mir Begegnungen mit Streunerinnen, aber versuche, mich nicht wie eine zu verhalten. Ich gehe gerade, gehe scheinbar ohne etwas wahrnehmen zu wollen, alles ist im Augenwinkel. Mein Affekt ist so zu gehen, als hätte ich ein Ziel, wobei mein Begehren ist, so zu gehen, als wäre ein Ziel nicht von Bedeutung.

Ich kann mich schlecht alleine herumtreiben. In einer Gruppe könnte man streunern und auf Parkplätzen sein, ein Gebüsch als Wald betrachten, dieses Ding hier als Liegefläche oder als Unterstand, diesen erbärmlichen Gedanken als revolutionären Gedanken, alles Mögliche dort im Raum ist zur Umnutzung freigegeben, wenn man in einer Gruppe ist.

Ich lasse eine vor an der schweren Schwingtür, ganz liebenswürdig lächle ich sie an, mein Gesicht ist gar keine Grimasse, die sich zwischen artigem Lächeln und gespielter Abwesenheit entscheiden muss, sie lächelt ganz liebenswürdig zurück, da schlüpft die nächste durch die Tür, ohne Blickkontakt und die nächste ebenso mit dankbarem Blickkontakt, während ich die schwere Schwingtür immer noch in der Hand halte, und ich überlege kurz, mich zu verbeugen, ich überlege kurz, den ganzen Tag so zu verbringen, ich überlege kurz, ob mir eine Servicehaltung in den Körper eingeschrieben ist, da lasse ich die Türe zufallen, direkt vor dem Gesicht von einem.

Eine, sie spricht Verschwörungstheorien ins Telefon, sie hält ihre Hand zum Schutz der Worte über ihren Mund, keine sonst soll es hören, aber alle dürfen sehen, dass etwas vor sich geht.

Die zusammengewürfelten Frauen am Ozean besuchen einander öfter. Sie verlassen ihre Hütten und den Ozean, um sich in kleinen oder großen Runden zu treffen. Die Treffen werden regelmäßiger. Das Stillhalten, in dem sich alle in dieser Umgebung an sich selbst gewöhnen mussten, wurde abgelöst durch eine Neugier oder einen Wunsch nach Gemeinschaft. Alle müssen sich neu verorten, und das ist nicht einfach ohne Anhaltspunkte.

Die Freundin meiner Mutter ist wieder auf den Beinen. Sie gehen wieder regelmäßig schwimmen, aber nie sehr lange. Danach sitzen sie mit den anderen Frauen in der Runde. Sie essen gemeinsam und erzählen sich nur zögerlich Sachen aus ihren Vergangenheiten, sie reden mehr von diesem Ort. Den Temperaturschwankungen des Wassers, die immer gleiche Temperatur an Land, worauf sie Appetit haben, die Ausflüge, die Rhythmen, wie manche zu Nachtmenschen geworden sind, das nächtliche Sitzen und Schauen auf der Veranda, und meine Mutter wirft ein, oh, sie schlafe immer tief und fest durch, wie die Luft guttut, aber der Wind fehlt, wie Langeweile keine Kategorie ist, wie sie vielleicht noch nie eine war, wie sie manche Fähigkeiten vergessen und andere an sich entdecken.

Dann steht eine plötzlich von der Runde auf und läuft die Hütten ab und deutet auf den nicht sichtbaren Horizont hinter den angedeuteten Wegen und sagt: Das und das und das sind unsere Grenzen, mehr gibt es nicht, ist euch das eigentlich klar? Und es ist ihnen klar und irgendwie auch nicht.

Haben wir uns das so ausgesucht, fragt eine. Ja und nein, denken die meisten. So wie man sich alles im Leben aussucht und nicht aussucht.

Manche sehen sich durch die neue Gemeinschaftlichkeit und die Treffen in ihrer Individualität bedroht, wollen sofort auf ihre Hütten gehen und dort im Bett liegen, bis ein anderer Tag oder eine andere Woche käme und sie entdecken würden, dass da ein anderer Schaum auf den Wellen ist, dass da eine neue Sorte Wurm im Boden ist, dass da ein Wal gestrandet ist, und dann würde es erst einmal darum gehen. Da hat eine direkt das Gefühl, dass der Wal jetzt schon gestrandet ist, und erhebt sich aus ihrer etwas gekrümmten Sitzhaltung, die ihr vor allem lästig geworden ist, und geht nachsehen, kommt ohne Nachricht, aber in besserer Laune zurück, während die anderen weiterdiskutieren.

Eine hat sich vor Kurzem das erste Mal in den Ozean gewagt. Erst für sich, dann hat sie an der Hütte einer anderen geklopft und sie gebeten, ihr das Schwimmen beizubringen.

Mehrere haben einen Ausflug probiert und sind nicht weitergekommen. Und zum Sterben gehen wir dann zu den Büscheln an die Wegesränder, fragt eine beiläufig. Und sie stellen es sich vor, wie nach und nach die Frauen dort niedersinken, sich hinlegen, mit einem Ohr am Boden, ganz fest gedrückt an diese staubige Erde, keinen Sinn aufbringend für hinter sich, die Arme fest am Körper und dann schauend und je nachdem, wie schnell es mit den Krankheiten oder Vorräten geht, die anderen hingelegten Frauen im Blick, verteilt über die lange und weite Landschaft wie die Büschel, in gebührenden Abständen, manchmal Blicke, die sich kreuzen, manchmal Blicke auf schon geschlossene Augen, aber niemals ein Blick nach hinten, niemals ein Umschließen des eigenen Körpers mit Arm oder Bein, niemals ein nochmaliges Aufstehen und Hingehen zu einer der anderen, da wäre keine Angst, dass sich ein Tier nähert, ein Orkan oder ein Jeep, keine Angst um eine Regung. So würden sie in ungewöhnlicher Haltung Teil der Landschaft werden, wenn es so weit wäre. Warum nicht in den Ozean, fragt keine. Warum nicht in den Ozean, der ihnen viel mehr gastlich ist als die unwirkliche Landschaft hinter ihren Hütten. Vielleicht ist der Ozean für das Leben und die Wüstenlandschaft für das Sterben, und das kann man nur wissen, wenn man bei diesen Elementen ist, vielleicht ist ihnen aber auch bewusst, dass es nicht mehr lange wäre, bis der Ozean bei der Sterbenslandschaft wäre, ihre Körper abholen würde, an sie schwappen und mal mitreißen, mal mit der Zeit holen, nach und nach aus dem Staubigen pflücken und bergen würde, den Staub selbst in etwas anderes verwandeln.

Und meine Mutter knabbert und lutscht ein bisschen am bereitgestellten Zwieback und schaut in die Runde. Sie denkt über ihren Körper nach. Dass sie ihren Körper bis in die Details mehr beachten will. Sie mustert sich selbst, sie ist ruhig, sie will nichts anführen und sich gar nicht in etwas hineinsteigern, sie mustert diesen Zustand anerkennend, vielleicht bringt sie dabei ein kleines, für sich gemurmeltes *gut gut* hervor, worauf sich ein paar Krümel von den Lippen absetzen und im Dekolleté verfangen, und das dezente Kratzen oder Kitzeln zwischen den Brüsten wird ihr die Zeit vertreiben, und vielleicht würde ihre Freundin später die Krümel dort finden, und sie könnten dann einen Scherz über die anderen Frauen, die Diskussion und den ganzen Zustand machen.

Ohne Ziel gehe ich durch die Stadt und finde Rückzug auf Zeit, wenn ich nicht mehr durch die Straßen gehen kann. Ich bin dann im Café, wo ich mir vorstelle, dass es Refill gibt, gibt es aber nicht. Ich bin den Kellner*innen egal, das Café ist groß genug, ich besetze nichts, ich kann trotzdem nicht zu lange bleiben. Ich bin in der Bahn, ich bin in allen Lounges der Hotels, es könnte immer sein, dass ich arbeite. Ich bin in den Shoppingcentern, ich trinke dort das Kranwasser leer. Ich bin auf dem Skywalk, hin und her geht es. Ich bin in den Vorhallen der Museen und Galerien. Ich benutze jede Toilette, die möglich ist, ich habe heute noch Weg zu machen. Ich bin in den Vorführhallen der Konzerne, es gibt hier viel mehr Sitzmöglichkeiten als Menschen, und es könnte immer sein, dass ich arbeite. Ich trinke auch dort das Kranwasser leer. Ich bin allen Mitarbeitenden immer ziemlich egal. Sie haben kein Interesse, ihren Atem, ihre Konzentration, ihre Sätze, wovon sie nicht zu viel am Tag zur Verfügung haben, an eine Person zu verschwenden, die da jetzt sitzt und alle halbe Stunde auf Toilette verschwindet.

Ich bin an den Bushaltestellen. Ich bin auf den Stufen der Universitäten und den Stufen der Justiz. Ich bin unbehelligt durch den gesamten Tag und die Stadt gekommen. Es ist wie das Gefühl, wenn mir meine Mutter die vielen kleinen in Portionen abgepackten Nutellas, Marmeladen, Honigs, Streichkäsen, Margarinen und Teebeutel von ihren Aufenthalten aus der Klinik mitgebracht hatte: Mitnehmen, was geht, die

Räume auskosten, zu wissen: Das, was gratis ist, bringt am Ende mehr Spaß als das, was man teuer bezahlt hat.

Ich gerate in eine Demonstration, es wird hektisch, ich bin das nicht gewöhnt. Ich hefte meine Augen an eine, um mich in dem Andrang zu beruhigen. Ich sehe sie auf dem Screen ihres Gesprächspartners, der neben mir in der Demonstration steht: *Sie liegt im Bett. Sie liegt in aller Gemütlichkeit, es macht sich ein Doppelkinn breit, es scheinen die Arme schon müde vom Halten des Devices. Ihr Gegenüber neben mir zeigt ihr live die Demonstration, zeigt ihr die ganzen Körper auf der Straße und wie sie tanzen und wie viele es sind und welche Transparente sie tragen, und die Frau da auf dem Bildschirm guckt sich das alles in ihrer Gemütlichkeit und Privatheit an. Und sie guckt und guckt, und ihre Augen wandern von der Übertragung des anderen zu ihrem Live-Bild, und sie spannt das ein oder andere Mal ihren Hals an, um zu sehen, was das mit ihrem Kinn und dem Fett darunter macht. Und sie fährt sich das ein oder andere Mal mit dem kleinen Finger und festem Druck über die Augenbrauen, das ist wohltuend. Sie redet gar nichts, sie liegt im Bett und schaut.*

Sie wird zu einer Figur in dieser Überlappung der privaten und öffentlichen Orte, zu einem Symbol, ohne es zu wissen, für alle, die einen Blick auf das Smartphone werfen, für mich. Sie gibt mir einen Moment Ruhe.

Die Frauen verabreden sich zur Werkstatt. Meine Mutter wird geschäftig, sie widmet sich den Geschichten der anderen Frauen, zu denen sie zuvor noch nicht bereit war. Sie geht umher, sie hat überall etwas zu reden, es löst sich der Wunsch, zusammen etwas zu tun, über die gemeinsame Anwesenheit am Ozean hinauszugehen. Ihre Freundin ist auf der Veranda geblieben, jetzt sitzt sie auch dort nicht, vielleicht hat sie sich ins Bett gelegt, vielleicht ist sie noch einmal aufgebrochen, aber das Mobil steht an Ort und Stelle. Es ist zum Besitz der beiden geworden, die anderen Frauen leihen es selten.

Die Gruppe probiert verschiedene Ausdrucksmöglichkeiten aus, manchmal treffen sie sich tagelang nicht, dann denkt sich eine wieder ein Angebot aus, dann gibt es wieder eine Idee, und das Schwimmen wird unterbrochen, die Nickerchen werden aufgeschoben. Sie machen ein Journal. Füreinander, vielleicht denken sie, dass es auch irgendwann für andere sein kann, ein Beweis, eine Chronik. Sie machen eine Redaktion ohne Druck. Verzeichnen Routen und Geheimnisse, verbreiten Witze und Thesen, es schließen sich Diskussionsrunden und Techniken und Formate für Weitergabe von Wissen an:

Der Fluss heißt Darling, der Mond heißt Chronik, der Ozean ist der Ozean, die Hütten stehen in Schaum, der Ast bricht, die Weggabelung konnten wir uns nicht ausdenken. Der Fluss heißt Darling, die Nachricht heißt Öffnung, das Brot ist aus, der Ozean ist der Ozean, auf der Mauer liegt ein Papier, für den Sturm gab es keine Bedeutung. Der Fluss heißt Darling, der Meerbusen heißt Schrott, der Ozean ist der Ozean, niemand heißt uns willkommen, es kommt zu einer Körnung, dort ist ein Zettel. Der Fluss heißt Darling, die Straße heißt Joachim, die Füße verweigern sich nicht, die Algen ziehen sich zurück, der Ozean ist der Ozean.

Dann finden sie, in einer falltürähnlichen Schublade eingelassen in die Veranda, ein Boulespiel, ein Federballset, einen Volleyball, aber ohne Netz, und eine Spielesammlung, und sie stellen fest, dass diese Falltür mit demselben Spieleensemble mit exakt denselben Maßen in jede Veranda eingelassen ist. Das meiste ist noch in Plastik verschweißt, so als hätten die Hersteller vergessen, den Urlaubsanbietern dieses platzsparende Gimmick mitzuteilen, so dass nie eine Urlauber*in damit gespielt hat. Und dann wird gespielt, und meine Mutter liebt Boule sofort, Federball erinnert sie an die Kliniken, hin und her, und Zeit vergeht, und man guckt so viel in den Himmel, wie man zu keiner anderen Gelegenheit in den Himmel guckt, und im Anschluss tut der Nacken weh, Volleyball ist ihr zu schnell, bei den Kartenspielen ist sie Königin.

Ich gehe weiter durch die Stadt, als wären Zeitvergehen und Streckemachen dasselbe. Ich habe keinen Plan. Noch ein Schritt. Ich weiß nicht, ob es dabei um die Anzahl der Schritte oder um das Tempo der Abwechslung der Schritte oder um etwas anderes geht. Und ich möchte immer noch einen Schritt machen, und ich möchte immer schlafen, ich kann nicht mehr.

Ich kann nicht aufhören, und ich kann nicht anfangen. Wenn eine Straße zu Ende ist, ist schon eine neue da. Ich verwechsle Atmen mit Laufen, beides sind Bewegungen in die Fläche. Ich tue an dieser Ecke so, als würde ich etwas in der Tasche suchen. Ich nehme an der nächsten Ecke mein Device, um so zu tun, als würde ich eine Route suchen, um eine Legitimation zu haben, auf diesen Straßen zu sein. Ich aktualisiere Posteingang, ich aktualisiere Spam, da ist nichts. Nur Videos sind da und wechseln sich von selbst ab, und ich will sie nicht anschauen, und ich schaue sie doch, als wären sie ein Auftrag:

Eine in den Videos sitzt in ihrem Auto, um zu zeigen, wie sie darin lebt, und keine Wohnung und kein Büro nötig hat, wie sie keine Mietzahlung nötig hat. Sie präsentiert alle Abläufe und Logistik. Jeder Raum mit seinen Alltagsnotwendigkeiten ist in einer Box untergebracht: Badutensilien, Schlafutensilien, Unterhaltung und Medien, Küchenutensilien, Sportutensilien, raumübergreifende Technik, eine Box für ununterscheidbaren Krams. Die Boxen nebeneinander in perfekter Abmessung im

Kofferraum. Alles passt sehr gut ineinander, es gibt keine unnötigen Zwischenräume. Sie präsentiert die Umklappvarianten der Sitze: Fahrsituation, Arbeits- und Unterhaltungssituation, Dinnersituation, Schlafsituation. Sie zeigt, wie sie alle Fenster von innen verdunkeln und abschirmen kann. Wie sie die kostenlosen Parkplätze in der App findet und ihre Umgebung kennenlernt. Wie ihre Umgebung wechseln kann. Man ist nicht sicher, wofür sie Werbung macht, es sind mehrere Konzerne verlinkt. Wie sie Licht macht mit den Lampen, die Strom bekommen von den Solarpanels, die sich den Tag über auf dem Dach sonnen, wie sie sogar eine Lichterkette hat.

Ich kann die Frauen weniger gut beobachten, weil ich ihnen ähnlicher werde. Weil ich aus keinem Fenster gucken kann. Weil mein Körper auch in diesem Raum ist. Ich konzentriere mich jetzt ganz auf die Frauen in den Straßen. Sie sind mein einziger Anhaltspunkt in der Stadt. Ich gehe ihnen hinterher, ich nehme sie als Vorbild für meine Routen. Ich nehme eine als Anlass, meiner Freundin zu schreiben, wie sie mir geschrieben hat und nicht mehr schreibt:

Eine geht nachsehen, was da draußen los ist. Es ist auf den ersten Blick nichts los, aber sie hatte so ein Gefühl, sie wohnt im Erdgeschoss. Und dann guckt sie nur die Straße hoch und die Straße runter, aber es ist tatsächlich nichts Besonderes los. Sie beginnt zu gehen. Sie hat ihr Portemonnaie dabei, ein paar Zigaretten, ihre Schuhe an, die sie eigentlich schon aussortiert hatte. Sie geht und sucht, was sie rausgetrieben hat. Ihre Kinder sind zu Hause und gucken etwas, sie weiß es schon nicht mehr ganz genau. Sie läuft weiter, hat das Gefühl, an Ecken und Orte zu kommen, an denen sie noch nie war, obwohl sie schon mindestens 12 Jahre hier lebt. Sie grüßt wen, weil er so guckt, und läuft weiter. Trifft eine Katze, darum ging es nicht, sie geht weiter. Sie beginnt ihr Gehen wahrzunehmen, sich auf ihre Schritte zu konzentrieren. Jeder Schritt ist eine Hinzufü-

gung, sie häuft an, es gibt eine Schwelle zwischen Schritt und noch nicht Schritt, sie konzentriert sich auf die Schwelle, die Schwelle verbindet die Schritte wie die Sätze in ihrem Kopf. Sie will die Schwelle für immer halten, sie will weiterkommen. Sie wird auch zum Ozean kommen, so viel ist sicher, ob sie da willkommen sein wird, ist noch unsicher.

Die wollen hier sterben, sagt die Freundin meiner Mutter, als sie von einem Tagesausflug wiederkommt. Sie wirkt erholt. Sie war mit zwei anderen Frauen, die meine Mutter nicht gut kennt, eine Weile gelaufen und hatte mit ihnen gemeinsam Mittag gegessen. Sie sagt: Die sind zufrieden und sind hier, um zu sterben. Die wollen sich nicht ausruhen, das ist kein Urlaub und keine Kur. Die bringen sich ins Reine, so kommt es mir vor. Sie verstehen den Strand nicht als Station, die machen sich ein Hospiz daraus.

Meine Mutter will sie sofort beschwichtigen, will sofort die knappen Definitionen des Zustands in etwas anderes verwandeln, langsamer machen, mit mehr Möglichkeiten ausstaffieren. Sie denkt, so kommt das, man ist mit einer Person, und dadurch ist man in einer gemeinsamen Interpretation der Lage, man muss sich immer auf etwas gemeinsam beziehen und etwas entscheiden, was man allein sehr lange aufschieben kann, bis etwas passiert. Und alleine könnte man die Lage vielleicht auch ganz anders betrachten und bewerten. Meine Mutter spricht vom Journal, wie eine der Frauen gerade eine neue Idee für das Journal hatte, wie sie über die Haltbarmachung und Verbreitung des Journals spekulierten, dass das ein Zeichen für die Zukunft sei. Die Freundin sagt, dass sich das mit dem Vorhaben vom Hospiz nicht ausschließe, dass eine Zukunft auch da sein würde, wenn sie es nicht mehr sind, dass sie das Journal vielleicht für ein Zeugnis hielten.

Meine Mutter brät wie verrückt Spiegeleier. Sie versucht zu überlegen, was sie sagen soll. Die Freundin im Rücken gibt Ruhe, massiert sich die Beine und guckt auf ihre Beine, und meine Mutter brät, bis Eiweiß außen schwarz wird und innen flockt. Lass mich nachdenken, sagt meine Mutter, aber hält nicht lange still, weil sie sich immer aufgefordert fühlt. Weil sie jede Gelegenheit zu sprechen für die einzige Gelegenheit zu sprechen hält, weil sie alles immer sofort einlösen will.

Ich habe mich hierzu entschlossen, sagt meine Mutter. Hast du das wirklich, fragt die Freundin, wie kann man sich für etwas entschließen, was eine Option in der Not ist. Und falls du dich entschlossen hast, heißt das ja auch, dass du dich wiederum entschließen kannst. Du denkst, du bist schuldig, jetzt hier zu sein, du denkst, du hast dich verpflichtet, das Beste von diesem Ort zu haben, die Füße still zu halten und den Ozean zu genießen, ganz darin aufzugehen. Es ist ja ein Geschenk, sagt meine Mutter. Fühlt man sich einem Geschenk gegenüber schuldig oder verpflichtet, fragt die Freundin. Ich weiß gar nicht, ob ich mich schuldig oder verpflichtet fühle, sagt meine Mutter. Mich lähmt das hier, sagt die Freundin, ich bin nicht gemacht fürs Warten. Und meine Mutter sieht ihre Freundin kurz als Cowboy. Der Cowboy sagt: Wenn wir einen Ausweg finden, und ich bin mir sicher, dass es einen gibt, können wir meinetwegen auch woanders am Ozean sein – ich habe Geld –, und wir können in eine Stadt gehen und durch die Straßen laufen und in den Cafés sitzen in Gassen, die Sonnensegel nötig haben, und eine Wohnung an steilen Treppen mit einem kleinen Balkon anmieten, wenn uns der Ozean zu langweilig wird, wir können auch hin und her pendeln, wenn wir den Ozean zu sehr vermissen.

Meine Mutter hat sich noch niemals von einer Person abhängig gemacht. Sie begreift gar nicht, wie schnell es geht. Sie begreift gar nicht, dass sie jetzt schon fühlt, wie sie die Diskussionen mit ihrer Freundin vermissen würde. Wie da endlich eine ist, die ihr antwortet und nicht gut sein lässt und eine weitere Frage stellt. Wie da eine ist, wo die Gespräche und die Berührungen mehr sind als das Alltägliche und Persönliche. Meine Mutter ist nervös von den Möglichkeiten und wie es kommen wird. Sie geht mitten im Essen auf Toilette, weil die Aufregung die Verdauung durcheinanderbringt.

Sie bleibt lange auf Klo, als sie rauskommt, sagt sie: Ich weiß, wo eine Abzweigung ist auf dem Weg, auf dem wir nicht weitergekommen sind. Ich habe sie auf dem Ausflug gesehen. Ich habe sie dir vorenthalten.

Habe ich mir schon gedacht, sagt die Freundin.

Ich werde vom Busbahnhof aufgefangen. Der Busbahnhof ist viel rauer als ein Bahnbahnhof. Am Busbahnhof ist Gucken und Aufhalten möglich. Am Busbahnhof passiert etwas. Hier kann etwas passieren, was außerhalb der Regeln ist, hier kann es passieren, dass eine Jugendliche zwei Snickers bekommt, obwohl sie nicht mal genug Geld für eins hat. Ich kaufe mir viele Kaffees und wünsche mir, dass die Verkäuferin mich Schätzchen nennt. Hier kann es passieren, dass eine in die Ecke hinter zwei zu lange abgestellte Autos pinkelt. Hier kann es passieren, dass Personen die Köpfe zusammenstecken. Ich kann mich hier ausruhen, ohne mich dabei die ganze Zeit selbst im Blick zu haben. Ich sitze stundenlang auf einem Plastikstuhl, den mir eine Fernbusfahrerin in Ausbildung nach ihrer Pause überlassen hat. Ich sitze auf einer frischen Pflasterung, genau an der Grenze zum offenen Schotter, wo man nicht sicher sein kann, ob er je betoniert wird, oder vorher etwas Pleite geht.

Gegenüber eine Kneipe mit einem schmalen Eingang in viel Wand ohne Fenster eingelassen, zwei eingetopfte Bäumchen säumen links und rechts. Ich sehe Wartende hineingehen, Einsame und verabredete Gruppen, die sich beim Vortrittlassen und -nehmen verheddern. Die schwere Tür fällt allen schnell hinterher.

Als es dunkel wird, überlasse ich meinen Stuhl der Verkäuferin, die zum Rauchen vor die Tür tritt und sich sofort setzt. Ich überquere die Straße, wo die Autos für lange Zeit abgestellt wurden, ich wende zu viel Kraft auf, um die Tür zur Bar zu öffnen, sie ist leichter als gedacht und schließt trotzdem schneller als gedacht, sie schubst mich in die Bar.

Ich sitze an einem Tisch, der mir unangenehm ist, nicht in einer Ecke, sondern zwischen zwei anderen Tischen. Die Entscheidung für eine der beiden Seiten zum Platznehmen kam intuitiv, aber sie war die falsche. Ich habe mich schon gesetzt und dann erst registriert, dass ich natürlich am Tresen bestellen muss. Hätte ich nur direkt beim Reinkommen am Tresen bestellt, dann hätte ich beim Warten alle Plätze taxieren können und würde jetzt nicht falsch sitzen. Ich will nicht, dass 5 ungenutzte Stühle um meinen Tisch herum platziert sind. Ich warte angestrengt auf den Moment, wo es zu voll wird, dass in manchen Gruppen keine Stühle mehr frei sind und ich bemerken würde, dass sie zu meinem Platz schauen und genervt sein würden, dass ich die Stühle blockiere, dass sie nicht sicher sein könnten, ob meine Gruppe noch käme oder ich tatsächlich allein war, und sollte das der Fall sein, dann könnte ich auch genauso gut verschwinden oder stehen. Bis sich irgendwann wer trauen würde und nach einem der Stühle fragen würde, und dann würden nach und nach die Stühle von meinem Platz gepflückt, als hätten alle darauf gelauert und mit nur meinem Stuhl am leer gepflückten Tisch würde ich noch deplatzierter wirken. Es dauert, bis ich mich traue, ein weiteres Getränk bestellen zu gehen. Es dauert noch länger, bis ich mich traue, auf Toilette zu gehen – soll ich meine Tasche mitnehmen? Dann wäre mein Platz riskiert, und ich müsste ihn zurückverlangen oder das Risiko eingehen, dass andere beobachten, wie ich schüchtern meinen Platz nicht zurückverlange, mich stattdessen ohne alles geschlagen gebe und an die Bar stelle. Jemand würde beobachten, wie ich das Fehlen meines Stuhls nach dem Toilettengang schon vorausgeahnt hätte und direkt die Bar ansteuere, um mir keine Blöße zu geben, und darin würde mich die Person, die das beobachtet am meisten entblößen, denn sie wüsste dann, dass meine Gedanken einzig und allein an diesem Abend in diesem Raum um mein Alleinsein und die soziale Situation hier kreisen.

Ich sehe die Frauen beisammen, sie haben sich nach und nach eingefunden. Sie erstrecken sich in den Raum, reden über Tische hinweg, suchen Sitzgelegenheiten zusammen. Ich will so sein wie sie, ich will bei ihnen sein, ich will nicht von ihnen wahrgenommen werden, ich will einfach dabei sein ohne eine Prüfung. Eine sitzt mir im Rücken. Sie dreht sich beim nächsten Mal, als ich von der Bar komme zu mir um und spricht mich an. Ich will zuerst alles abwimmeln, ich habe gar keine Kraft für ein Gespräch, ich will allein sein, so schlecht es mir damit auf meinem einsamen Platz geht, ist es das, was ich will. Oder, ich muss einfach so tun, als wäre es das, was ich will, um zu verbergen, dass ich einsam bin. Das lässt sich ja nie wirklich unterscheiden. Sie jedenfalls scheint für diese 100 Vorbehalte mir selbst gegenüber keine Wahrnehmung zu haben und spricht drauflos: Es ist immer schwieriger, jemanden ausfindig zu machen, als man denkt, es ist immer schwieriger, nichts zu tun, als man denkt, es ist immer schwieriger, irgendeinen Unterschlupf zu finden, als man denkt, es ist immer schwieriger, jemanden aus der Ferne nicht zu lieben, als man denkt, es ist immer schwieriger, die Betten anderer Personen zu machen, als man denkt, es ist immer schwieriger, das Trinkgeld auszuschlagen, als man denkt, es ist immer schwieriger, durch die Straßen zu gehen, als man denkt, es ist immer schwieriger, sich nicht zu erklären, als man denkt, es ist hingegen leichter, anderen zu vertrauen, als man denkt, es ist hingegen leichter, sich anzuvertrauen, als man denkt, es ist hingegen leichter, einen Stein in etwas zu werfen, und das kann ein Brunnen, das kann ein Schaufenster, das kann ein Grab sein, es ist hingegen leichter, einen Ort zu verlassen, als man denkt, es ist hingegen leichter, das Schwierige mit dem Leichten zu vertauschen, als man denkt, es ist hingegen schwieriger, das Leichte mit dem Schwierigen zu vertauschen, als man denkt.

Ich merke, dass auch sie betrunken ist.

Die anderen mischen sich ein, sie machen Späßchen darüber, dass sie mich betrunken vereinnahmt. Ich bin überrumpelt von den Gesprächen, den Wortwitzen und wie laut alles schnell hin und her geht. Wie schnell ich in ihrer Runde sitze, ich weiß gar nicht, wie das arrangiert wurde. Ich fühle mich langsam und gedämpft, sie holen weitere Runden von der Bar, ich trinke in eine entfernte Wärme hinein.

Eine sitzt neben mir, und nachdem wir eine Weile den anderen zugehört haben und ich nicht ganz folgen konnte, wendet sie sich mir zu, so als wäre sie eine, die ein Gespür für Gruppensituationen hat und wann eine, die allein ist, einbezogen werden muss. Sie ist 30 Jahre älter als ich, sie ist um einiges größer als ich, sie sitzt gerade, und ihre Gesichtszüge sind wunderbar, das Kinn flieht, ich bin eingeschüchtert. Wir reden ein paar einfache Sachen, und ich habe schon Angst, dass sie das Interesse verliert und gleich unser Gespräch verebbt und wir zu den anderen und auf ihre Gespräche starren, bis sie auf Toilette geht und sich danach woanders hinsetzt oder nach Hause muss.

Aber sie erzählt mir eine Geschichte, wie meine Freundin mir die Geschichten von den Frauen erzählt hat. Aber es geht um mehr als um eine. Sie sagt, es geht darum, wie es immer wieder losging und immer wieder losgeht, wie sie hoffnungslos wird, durch die Geschichten, die sich trotz unterschiedlichen Zeiten und Lokalisierungen irgendwie gleichen, obwohl sie sich unterscheiden, und wie sie zugleich die einzige Quelle von Hoffnung sind, wenn man diese Worte so sagen will, sagt sie, und sieht dabei abgekämpft und überlegen aus. Ich muss gut zuhören, weil ich die Hälfte hier in der Bar falsch oder schlecht verstehe, das hat sie schon bemerkt, dass ich nachfrage wie eine alte Frau, die lange nicht unter Leuten war und an Orten, wo mehr als zwei Leute sprechen. Sie erzählt:

Die Frauen, die streikten, wurden Tag um Tag, gerade wenn sie begannen, die Banner auszurollen, die Plakate zu verteilen, in die Busse gezerrt, gesetzt, geschlagen, gestopft und an die Ränder der Stadt gefahren, um dort ausgesetzt zu werden. Der Weg zurück war lang und beschwerlich, aber sie waren zusammen, sie waren länger zusammen und mehr im Austausch als jemals zuvor an ihren vereinzelten Posten, in ihren versetzten Rauchpausen. Sie verzichteten nach und nach darauf, Banner zu gestalten, die ihnen Tag um Tag wieder weggenommen wurden, bevor sie jemand entziffern konnte, sie stimmten nur noch das Lied an, das sie auf der langen Route vom Stadtrand her jeden Tag übten. Die Verantwortlichen für die tägliche Verschleppung zur Zerstreuung des Streiks kamen nicht auf die Idee, sie vereinzelt an den Rändern abzusetzen, vielleicht kamen sie auf die Idee, aber es hätte länger gedauert und sie hatten die Anweisung nicht. So ging es, Tag um Tag, Woche um Woche wurden sie etwas weiter hinaus transportiert, in noch unwirklichere Zonen, in Zonen, von denen man immer schlechter wegkam, sie hatten schon Proviant dabei, sie waren gewappnet. Manchmal demütigten sie die Verantwortlichen, die sie aussetzten mit einem Witz über die Umgebung oder wünschten ihnen einen schönen Tag, sie sagten: Bis morgen, und dann war da das Gelächter der Gruppe von ausgesetzten Frauen, und das Gelächter ging über in das Lied. So wird es berichtet, der Bericht lässt einige Formen von Gewalt, die den Frauen von den Verantwortlichen und ihren Familien, zu denen sie nach dem täglichen Marsch zurückkehrten, zugefügt wurde, aus, er lässt aus, dass nicht alle Frauen jeden

Morgen zum Streikposten zurückkehrten, um für diesen Tag verschleppt zu werden. In dieser Auslassung liegt der Grund, warum sie eines Tages nicht zurückliefen, nachdem sie abermals ausgesetzt wurden, abermals ein paar Kilometer weiter entfernt. Sie gingen nicht zurück in die Stadt, sie brachen auf, sie gingen, scheinbar ohne Verabredung.

Sie sagt, die Geschichten der Frauen, die sich gleichen und unterscheiden, machen ihr Angst, geben ihr Hoffnung und Verdruss. Sie sagt, sie kann die Geschichten nicht mehr lange hören, aber dass sie das Gefühl hat, sie muss sie noch lange weitererzählen, weil sie ja da sind und weiterhin da sein werden. Dabei mustert sie mich, wie ich ernst bin und zuhöre. Sie fragt, ob ich nicht weiterweiß, und nach ein bisschen Überlegen sage ich, ja, also nein, ich weiß nicht weiter, ich lauf ins Leere.

Sie sagt, ich soll in die Pension gehen. Sie stellt mir die Pension sozusagen vor Augen. Sie sagt, dass sich alles Weitere dort zeigen und die Frauen sich dort kümmern werden. Die Pension ist in der Stadt, in der ich groß geworden bin. In der Stadt, die meine Mutter bis zu ihrem Verschwinden immer, immer, immer bewohnt hat. Ich kenne die Pension.

Noch während sie weitererzählt und dabei die anderen Frauen wie nebenbei ins Gespräch mit einbezieht und mich aus der Unterhaltung entlässt, bin ich schon mittendrin in der Route, mache ich mich schon auf den Weg zur Pension, beschließe ich, dass ich keinen besseren Plan habe.

Als sie gegangen sind, tanze ich auf der Tanzfläche betrunken und sicher, schön und hässlich zugleich mit zu vielen ausladenden Bewegungen und halb geschlossenen Augen, die vor allem sich selbst wahrnehmen. Ich habe das erste Mal seit Langem ein Ziel. Ich werde zur Pension gehen.

Manchmal entsinnt man sich nicht, manchmal trifft der Körper einfach die Entscheidungen. Ich verlasse die Bar, es ist dabei hell zu werden, überquere die Straße zum Busbahnhof, ziehe einen Kaffee, als wäre ich in einem Krankenhaus und ziehe meinen Lippenstift nach in der schmierigen und warmen Spiegelung hinter dem Self-Service-Automaten, da ist überall Milch dran gespritzt, und ich habe direkt Lust, diese Spiegelung, die nicht zum Spiegeln da ist, sondern zum Abhalten der Milchspritzer, zu reinigen. Ich kaufe noch ein Croissant und gebe Trinkgeld, weil ich weiß, dass das der Abschied ist vom Busbahnhof und der Verkäuferin, die gut zu mir war in den letzten Tagen, die ich hier rumgelungert habe. Sie hat mich immer noch nicht Schätzchen genannt, aber wie ein Schätzchen behandelt. Ich komme mir direkt dämlich vor, hier gibt man kein Trinkgeld, es ist passiert, ich muss sie umständlich davon überzeugen, dass der Überschuss als Trinkgeld gemeint ist. Ich hätte sagen können, ich reise jetzt ab, danke für den Refill und dass ich hier sein konnte, aber ich schaffe es nicht, ich werde einfach ab jetzt nicht mehr hier sein. Ich steige als Erste in den Bus, ich höre jeden Kommentar der Fernbusfahrerin für jede neue Person, die einsteigt. Mich hat sie ein Early Mörly genannt. Sie kann mehrere Sprachen, sie kann alle Dialekte, sie kann sich die Zeit vertreiben. Ich würde ihr gerne einen Kaffee kaufen.

Die Bäume entlang der Autobahn stehen wie auf einem Baumfeld. Hinten lugen schon die älteren, die dickeren und gewachseneren hervor, und zur Autobahn hin werden die Bäumchen immer jünger, und weiter hinten sind sie immer ausgewachsener, und sie stehen dicht an dicht wie Rüben auf einem Feld, aber die ersten drei Kilometer sind abgeholzt worden, 6km in die Breite, 3km in die Tiefe, und es wiederholt sich in Kilometerabständen: Sie waren zu dünn für die Stürme, die jetzt kommen. Alles andere würde keinen Sinn machen. Sie bedrohten die Autofahrer*innen, denn sie würden brechen unter den Stürmen, die jetzt kommen.

Die Solarpanels stehen eingezäunt wie Nutztiere auf den ehemaligen Weideflächen mit ihren leuchtenden Panzern, und sie stehen in den perfekten Abständen voneinander in der immer gleichen Ausrichtung.

Immer sehe ich die LKW-Fahrerinnen verbunden mit ihrer Kabine, wie ein Steuerbord, eine Wohnung auf Zeit, und vergesse, dass sie eine Ladung hinter sich wissen, dass sie Waren haben und den Auftrag, sie von dort nach dort zu bringen.

Eine überführte Autos in andere Länder. Zunächst als Übergang für den Sommer. Dann doch noch weiter in den Herbst hinein, sehr weit in den Herbst hinein, dann Winterpause mit anderen Tätigkeiten an Ständen, aus denen man selbst zum Pinkeln schlecht wegkam und deswegen lernte, nicht zu viel zu trinken, diese Notwendigkeit für den Abend aufzusparen und dabei auch lernte, dass es möglich war, alles Mögliche in Abläufen umzustellen und anzupassen. Wenn sie in den Autos war, war sie frei und trank, wenn sie Lust dazu hatte. Wenn sie an den Ständen war, war sie eingeklemmt und trank, wenn sie nicht mehr eingeklemmt war. Wenn sie eingeklemmt war, war ihr klar, dass sie die Straßen und Autos vermisste, dass es mehr war, als eine Überbrückung im Sommer, und sie erzählte den anderen Frauen hinterm Stand davon, und sie machten sich gemäß der Erzählungen Vorstellungen, und es waren darin: Maschinen, Einsamkeit, Entfernung, Ferne, Sonne, Straßen, Zapfsäulen, Plaketten, die wie wahllos auf Scheiben geklebt werden, Übergaben, Unterschriften, Klopfen auf die Schulter, nicht hinterfragt werden, schlechtes Englisch, ein Raki, sich rausnehmen, drei Tage hierzubleiben, kein Vertrag, eine endlose Zugfahrt zurück, in der man zu viel vom Verdienten für wunderbare Mittagessen und Alkohol ausgibt. Und dann wartete sie gerade noch so die kalten Tage ab und begann dann wieder mit dem Überführen. Auch diesmal war die Einsamkeit gut, aber diesmal gab es auch unschöne Zwischenfälle, Pannen im weitesten Sinne. Pannen und Prügel. Das stand sie zwar durch, und die Sehnsucht nach der Weite und Form von Ungewissheit in der Landschaft wurde dadurch nicht geringer, im Gegenteil, aber sie wusste, sie brauchte einen größeren Schutz und ein größeres Gefährt. Und so wurde sie LKW-Fahrerin. Und sie entfernte sich immer mehr von dort, wo sie aufgewachsen war, dem Land sozusagen und denen, die sie großgezogen hatten und jetzt selbst dabei waren, wieder kleiner zu werden, und sie wurde Fernfahrerin, und irgendwann kam sie gar nicht mehr zurück und arbeitete nur noch in den anderen Ländern und lernte die Sprachen, und manche sagen, sie ist verloren gegangen an die Strecke, und das ist sie auch.

Mir fällt jetzt erst auf, wie lange ich mich nicht bewegt habe, ohne mich zu bewegen. Strecke machen, während der Körper ruhig ist und hier sitzt und aus dem Fenster guckt, oder mit einem heruntergelassenen Rollo vorliebnehmen muss, weil die Person hinter einem das Rollo lieber unten haben will und man sich unterwirft.

Meine Mutter startet das Mobil. Ihre Freundin sitzt neben ihr, meine Mutter hat alle Laken und Kissen, die erübrigt werden können, in den Sitz gestopft, es ist nicht kalt, es ist dieselbe Temperatur wie jeden Tag und jede Nacht. Im Fußraum stapeln sich vollgeschriebene Zettel, sie werden beschwert durch die gefundenen Steine. Ich bin seit 32 Jahren kein Auto gefahren, sagt meine Mutter, das hat sie die letzte Stunde schon mehrmals gesagt. Aber sie will unbedingt fahren, wenigstens bis zur Abzweigung. Meine Mutter ist zu konzentriert, wie das Mobil funktioniert, wie noch mal Autofahren funktioniert, um auf den nächtlichen Ozean zu schauen, der am Himmel weiterzugehen scheint. Sie kommentiert alles, wie leicht das Gas und wie ruckelig die Bremse zu betätigen sind, wie noch einmal Lenken geht, sie weiß das alles, es ist im Körper, aber sie denkt, sie weiß es vielleicht doch nicht.

Sie erreichen die Einbiegung schnell, sie fahren Schritttempo, meine Mutter weiß nicht, ob aus Vorsicht oder um Zeit zu haben, ob das dasselbe ist. Es ist noch nicht dabei, hell zu werden. Sie haben darauf geachtet, keine aufzuwecken, um nicht zur Rede gestellt zu werden. Meine Mutter hält das Mobil direkt am Weg, kurbelt, als würde sie auf einem Parkplatz einparken, sie kontrolliert alle Schalter zweimal, dann gehen sie runter zum Wasser und sitzen und gucken in diese Art von Dunkelheit, die in der anhaltenden Wärme und dem leisen Schwappen vom Ozean nicht beängstigend ist.

Sie sitzen zu lange, ihre Freundin traut sich nicht, meine Mutter richtig in den Arm zu nehmen, sie eng bei sich zu haben. Die Freundin will den Blick auf den Ozean jetzt behalten, das Gefühl am Wasser, die Möglichkeit, immer reinzugehen. Sie bekommt Angst, dass sie sich nicht richtig auf den Ort und seine Bedingungen eingelassen hat. Sie bekommt Angst, dass sie diese Art von Angst in ihrem kurzen Zusammensein von meiner Mutter übernommen hat, die gerade so klar und bestimmt wirkt, die gerade gar nicht zögerlich ist und ruhiger als je zuvor. Haben wir jetzt die Ängste getauscht, fragt sich die Freundin. Gehen so Beziehungen? Ängste tauschen? Warum waren wir nie in der Nacht schwimmen? Meinetwegen gehen wir in der Nacht schwimmen, sagt meine Mutter, dreht sich zur Seite, sie zieht sich schon aus. Steht auf, flüstert: Nacktbaden! Flüstert, mein Arsch hängt weiß wie der Mond vom Himmel, zeigt ihren Arsch und lacht sich kaputt, geht schon rein, geht immer so gerade, ihre schweren Brüste ziehen sie nicht nach unten, der Bauch ist rund, den runden Bauch liebt ihre Freundin, die einen sehnigen, lang gezogenen Bauch hat. Weil man immer das Gegenteil liebt, hat meine Mutter gesagt. Die Freundin guckt ihr zu, auch dabei, sich auszuziehen, sieht, wie der Arsch meiner Mutter das Einzige ist, was aus dem Wasser ragt, und wie er wirklich aussieht wie die Spiegelung vom Mond.

Nach dem Wasser sitzen sie enger beieinander.

Meine Mutter versucht wieder den Sternenhimmel zu fotografieren. Sie hat vergessen, dass der Speicher schon voll ist mit verwackelten Bildern von der Dunkelheit. Es klickt im Dunkeln. Ihre Freundin unterbricht die Prozedur nicht, sie weiß nicht, was sie anschauen soll, den Ozean oder meine Mutter, die den Ozean fotografiert. Meine Mutter kommt nicht auf die Idee, ihre Freundin zu fotografieren, vielleicht traut sie sich auch einfach nicht, das Naheliegende zu tun und zu sagen: Guck mal! Und: Wo ist noch mal der Blitz? Und wenn sie sich einmal überwunden hätte, könnten sie Fotos miteinander machen. Sie lassen den Moment auslaufen.

Die Freundin startet das Mobil, als es hell wird, meine Mutter denkt, sie wird nicht noch einmal zurückschauen, aber sie schaut noch mehrere Male zurück, und jedes Mal zuckt der Arm meiner Mutter schnell nach oben und winkt. Meine Mutter geht erst los, als das Mobil gar nicht mehr zu sehen ist. Die Freundin fährt ungewöhnlich langsam. Bis dann, haben sie sich gesagt.

Das Mobil ist aus dem Blickfeld, wie aus dem Setting rausgefahren, meine Mutter steht und weiß, dass der Ozean in ihrem Rücken ist. Sie kann da stehen, so lange sie will. Gemächlich macht sie sich zu Fuß auf den Weg zurück zu den Hütten, manchmal ein Schwenk zum Wasser, sie bückt sich, hebt etwas auf, lässt ihren Oberkörper baumeln, um es freizulegen, einen weiteren Stein wahrscheinlich, den sie in ihre Hütte zurückbringen kann, wirft ihn dann doch ins Wasser.

Meine Mutter ist ab jetzt nur noch von hinten zu sehen, sich entfernend, kleiner werdend.

Das heruntergelassene Rollo im Bus hat mir einen Schlaf ermöglicht, und ich wache erst auf, als die Abstände zwischen den Busbahnhöfen kürzer werden, weil die Städte hier so nah beieinander liegen. Es gibt keine Durchsagen der Haltestellen, die Mitfahrenden sind nicht irritiert, alle wissen von selbst, wo sie rausmüssen. Bald bin ich in meiner alten Stadt, die ich sofort verlassen hatte, als es möglich war.

Die Pension ist an den Ausläufern dieser Stadt, wie ein eigener Ort. Die Pension ist an der Straße, die aus dem Ort hinausführt. Es ist die dünne Straße, die einem Abhang folgt und einen Knick macht in den Ort hinein. In diesem Knick, in der Geschwindigkeit durch den Abhang und dem plötzlichen Lenken und Bremsen müssen und den dabei kurz verschwendeten Gedanken an Unglücke, die dort von Ortsunkundigen verursacht wurden, verpasst man die unauffällige Pension als erstes Haus des Ortes. Ein Empfang, der keiner ist. Es ist eher möglich, die Pension wahrzunehmen, wenn man sich wieder vom Ort entfernt. Als letztes Haus im Ort wird die Pension sichtbar, die kaum als solche in Erscheinung tritt. Es gab nie ein Schild *free rooms* oder Ähnliches. Es gab ein Namensschild, auf dem stand, wie die Pension hieß, aber ich erinnere mich nicht an den Namen. Es war ein Frauenname.

Die Pension grenzt an das Viertel, in dem meine Mutter aufgewachsen ist und in dem meine Oma zeitlebens gewohnt hat. Eine Stadtdurchquerung entfernt von dem Viertel, in dem ich aufgewachsen bin und in dem meine Mutter die letzten Jahrzehnte gewohnt hat.

Die Pension ist in dem Ort, der für Regeneration da ist, für eine Kur, für eine Aufbewahrung und für eine Genesung oder Wiederherstellung. Es gibt hier importierte Sole, wie es vorher Kohle gab. Die Mutter meiner Mutter kam aus der Kohle. Ihr Besitz, in Form der Rentenpension und dem Anrecht auf lebenslanges Wohnen in der Wohnung, war aus der Kohle, in der ihr Mann war. Meine Oma kam aus dem Putzen und kam aus dem Putzen nicht raus.

Trotz der Nähe zu ihrer Wohnung war meine Oma nie im Kurpark gewesen. Sie hatte die Kurklinik für eine Institution gehalten, in der Vorschriften herrschten, die sie nicht durchkreuzen durfte. Selbst als lebenslange Anwohnerin, nur durch den Pfad und das Wäldchen und den dahinterliegenden Wald getrennt, ging sie nie durch den Kurpark. Der war für andere. Sie hatte gehört, dass es dort so etwas wie installierte Brunnen gab, aus denen feinstes Sprenkelwasser kam. Sie hatte gehört, dass man das pulverfeine Wässerchen einatmen konnte, einen tiefen Zug nehmen, und das sollte sein wie ein Tag am Meer, und sie hätte gerne den Tag am Meer simuliert, die Erholung in zwei Atemzügen mit nach Hause genommen, sich am Abend noch einmal die, durch das konzentrierte Wasser, das ihr fast den Atem verschlagen hätte, ganz rosig gewordene Haut angeschaut und im Doppelspiegel überprüft, um dann mit der guten Creme den Zustand zu konservieren.

Meine Oma und ihr Mann gingen an den Wochenenden nicht durch den Kurpark, sondern in den angrenzenden Wald, der in Richtung ihrer Wohnung zum gewohnten Wäldchen wurde. Dort war das Restaurant an der geteerten Straße, die aus kleinen Häusern bestand mit winzigen Vorgärten, in denen alle Pflanzen immer wie soeben eingepflanzt und noch nicht ganz gekommen aussahen. Die Einfamilienhäuser in unterschiedlichen, aber eigentlich ununterscheidbaren Farben, kleiner als die Häuser mit den Zechenwohnungen zwei Straßen weiter, in die sie bald zurückkehrten. Im Restaurant hätte man essen können, aber die gesamte Nachbarschaft war hier zum Trinken. Nachdem sie getrunken hatten mit den Nachbar*innen und den kleinen Pfad einschlugen, stellte sich meine Oma vor, wie es wäre, wenn ihr Mann in Kur wäre und sie ihn durch das Wäldchen und den Wald zurück zur Klinik bringen würde, um dann in die Pension zu gehen, in der die Angehörigen für einen Wochenendbesuch abstiegen.

Wie sie sich ganz selbstverständlich fürs Wochenende eingebucht hätte und gewusst hätte, wie alle Abläufe sind, wie ein Check-in geht, welche Papiere bereitzuhalten sind, welches Trinkgeld wann angemessen ist. Wie sie eine Ehefrau wäre, die ihren Ehemann besuchte, der in die weit entfernte Kur geschickt worden wäre, wie sie abends allein in der Pension wäre und andere Gedanken als zu Hause verschwenden könnte, andere Gedanken da wären, weil es einen anderen Blick aus dem Fenster geben würde. Wie sie vielleicht eine Bekanntschaft dort im Aufenthaltsraum der Pension gemacht hätte und zu lange wach geblieben wäre und trotzdem ganz erfrischt und ganz aufgeweckt am nächsten Morgen gewesen wäre. Wie die Kur ein Luftwechsel gewesen wäre, auch für sie. Einmal raus aus den gewohnten Verhältnissen, aus den ganzen Verhältnissen und eine besondere Butter zum Frühstück, wie man sie noch nie hatte, und am dritten Tag hätte sie begonnen, die Butter richtig dick aufzustreichen und sich nicht dafür zu schämen.

Vom Busbahnhof aus komme ich nach wenigen Minuten am Café Transatlantik an der Marktstraße vorbei. Mit den vielen Stühlen und Tischen im Außenbereich, so dass immer genug Abstand zwischen den Stammkund*innen ist, den bereitgelegten Decken und den Heizpilzen außer Betrieb, die aufgestellt geblieben sind, sie überdauern. Wenige Frauen sitzen vereinzelt im Außenbereich wie auf ihrer Privatveranda, und sie folgen meinem schlaffen Gang mit ihren Blicken. Das Café Transatlantik ist das Zentrum der Stadt, sozusagen der ehemalige Ursprung der Marktstraße. Es sind kaum noch Geschäfte da und viel weniger Kundschaft. Es sind trotzdem mehr Personen unterwegs. Das Café Transatlantik war das Zentrum der Stadt für meine Mutter. Jeden Tag auf ihren Routen, egal aus welcher Richtung, machte sie hier Zwischenstopp und trank ihre vom Monat abgesparten Cappuccinos.

Auch die alte Kellnerin beobachtet mich, während sie an der Tür steht. Ich schaue sie an, sie müsste mich erkennen, ich bin mir sicher, meine Mutter hat ihr regelmäßig aktuelle Bilder von mir auf ihrem Telefon gezeigt, aber sie grüßt nicht.

Ich laufe zu langsam und zu eingefallen, ich kann nicht schneller. Ich würde auch gerne einen Kaffee trinken, kurz verschnaufen, wie eine Rentnerin würde ich auf den aus Plastik geflochtenen Stühlen Platz nehmen und um eine Decke bitten und bräuchte dann ein paar gedankliche Anläufe, um wieder aufstehen zu können. Ich bin müde, obwohl ich fast die gesamte Busfahrt durchgeschlafen habe, ich bewege mich gleichzeitig langsam und abrupt, ich laufe unsicher und bekomme das nicht unter Kontrolle, als würden mir meine Bewegungsabläufe abhandenkommen, als wüsste ich nicht, wie meine Körperlichkeit ist, wenn ich hier durch die Straßen laufe.

Ich laufe in meiner neuen stolpernden Gangart, bis die lang gezogene Marktstraße aufhört, am Ende nur noch Apotheken und ehemalige Bürotrakte, in denen jetzt Dienstleistungen angeboten werden, die wechseln. Die grellen Farben der Fassaden, wie ich es aus keiner anderen Stadt kenne, die wechseln. Das letzte Portal ist der Einkaufskomplex mit verschiedenen Supermärkten für die anliegenden Viertel, mit einem Schuhmarkt und mit Ständen für Haushaltwaren davor. Dann komme ich in die Wohngebiete, wo nichts mehr los ist. Ich weiß, ich muss weit laufen, ein, zwei Stunden wird es dauern, bis ich die Stadt durchquert habe, um an ihre Ausläufer zu kommen. Ich kenne die Straßen, und trotzdem schaue ich sie an wie eine verlorene Touristin, als wäre ich diese Straßen nie ohne meine Mutter gelaufen.

Der Schlackeberg zeichnet sich nicht in der Ferne ab, er ist einfach da, an der einzigen kurvigen Straße ragt er über die Häuser. Dunkelgrün, überwuchert, als wäre es hier feuchter, als es ist. Ich umrunde den Schlackeberg zweimal, ich steige nicht hinauf auf den höchsten Punkt, wo man dann auf eine Aussichtsplattform steigen kann, um die Stadt zu überblicken, von wo aus man die Serverräume sehen kann, auf dem Gelände des ehemals größten Einkaufszentrums, auf dem Gelände der ehemaligen Zeche.

Ich finde die kleinen Skulpturen unter den Brennnesseln verborgen. Als Kind war ich hier mit kurzem Shirt und Shorts beim Fahrradfahren lernen mit meiner Oma, die selbst kein Fahrrad fahren konnte, in die Brennnesseln gefallen, und mein Körper war ganz durchblutet gewesen, und jetzt bade ich kurz meine Hände darin für den Effekt und hoffe, meine Müdigkeit, die meine Gangart verändert, damit zu vertreiben. Die Skulptur am Boden besteht aus kleinen Figuren. Miniaturköpfe sind das, Gesichter. Aus Eisen gefertigt, übereinandergestapelt in etwas, das aussieht wie ein Regal mit zwei Kammern aus demselben Material. Das ist der Förderkorb, der sie zur Schicht in die Erde bringt. Davor weitere Gesichter wie einzelne Körper, sie stehen frei, haben eine andere Dimension als die gestapelten Gesichter hinter ihnen im Aufzug nach unter Tage. Sie sind mehr Kopf als Gesicht. Die hinteren gestapelten Gesichter beginnen ihre Schicht, die Köpfe davor haben ihre Schicht beendet und verstreuen sich, erlangen ihre Dimensionalität zurück. Sie werden einzeln, zu zweit oder in Gruppen verschiedene Straßen nehmen und nach Hause oder in einen weiteren Zeitvertreib gehen. Ich knicke die Brennnesseln zur Seite, drücke noch einmal nach und lege diesen Pilgerort frei. Und da ist ein weiterer Teil der Skulptur, sie ist aus demselben Guss wie die Köpfe, genauso verwittert und nicht einmal einen halben Meter entfernt von den Köpfen, aber ich kann mich nicht erinnern, sie jemals vorher gesehen zu haben. Es sind Hütten. Exakt gleich und im exakt selben Abstand voneinander. Die Anordnung wirkt so, als wären sie nur ein Ausschnitt von noch mehr sich exakt gleichenden, aufgereihten Hütten. Und ich sehe, das sind keine Hütten, das sind Zechenhäuser, wie meine Mutter eins mieten wollte, nachdem es keine Zechenhäuser, sondern ganz normale Mietshäuser geworden waren. Wie sie davon träumte, dort eine Hälfte Haus und ein Stück Garten zu mieten, aber es war nichts geworden. Dorthin werden die Figuren nach Hause kommen, von dort gehen die Figuren zur Schicht.

Die kleinen Skulpturen sind die Zeuginnen der Umnutzung, sie ließen sich mit Brennnesseln überwachsen, als die Diskussion um die Fläche als Einkaufsfläche begann, als sie verebbte, als kurze Zeit ein anarchischer Park entstand, in den sich die Hundebesitzer*innen kaum trauten, dann verschwand der Park wie über Nacht, dann begann die Diskussion wieder, als das Einkaufszentrum den Serverräumen weichen sollte, und zwischendurch wurden Videoarbeiten ausgestellt, und immer wenn die öffentlichen Diskussionen erst begannen, war schon längst etwas beschlossen.

Ich mache ein Foto von den Hütten am Boden und aktualisiere damit mein Profilbild im Messenger.

Als ich aufstehe, kommt eine Säure aus meinem Magen hoch, mein angestrengter Magen. Meine Beine sind nicht schwer, sie sind eher dabei, immer leichter zu werden, was das Gehen schwerer macht. Ich könnte mich hier auf eine Bank setzen und würde sofort durchschlafen, aber hier ist keine Bank. Ich schaffe die Umrundung zurück zur Straße, es ist immer noch eine ziemliche Strecke zur Pension. Ich schaffe es nicht mehr weiterzulaufen.

Mit ein paar letzten Treuepunkten buche ich eine Fahrt zur Pension. Es dauert lange, bis das Auto kommt, und ich stehe die ganze Wartezeit einfach auf der Stelle mit dem Schlackeberg im Rücken. Die Fahrerin redet routiniert mit mir, das tut mir gut. Sie hat mich zwischen zwei privaten Fahrten und Besorgungen eingesammelt und kann am Ende des Tages kaum unterscheiden, welche Fahrten privat und welche beruflich waren, denn sie ist selbstständig, und es ist ein Nebenverdienst, und es fühlt sich sehr ähnlich an, wenn sie Kund*innen durch die Stadt fährt und wenn sie Teile der Familie durch die Stadt fährt. Manchmal möchte sie den Kund*innen etwas Persönliches erzählen, manchmal möchte sie der Familie etwas berechnen.

Meine Mutter war einen Schritt weiter in die Pension gekommen als ihre Mutter, die die Pension nur von außen kannte, und von innen nur aus ihren Tagträumen. Meine Mutter hatte als Kind bei der Pension geklingelt, nach einem Ausflug mit dem Nachbarskind, dem Kind des Paares, mit dem ihre Eltern die Abende in der Restaurantkneipe verbrachten. Sie waren wie Geschwister für ein paar Jahre. Der Ausflug war so etwas wie ein Geheimnis gewesen. Sie waren zum Kurort gegangen durch das Wäldchen und durch den Wald, weiter durften sie eigentlich nicht. Meine Mutter wollte sich etwas aus den Erzählungen anschauen, sie wollte den Kurpark sehen und die Personen aus anderen Städten, die dort herumspazieren sollten, sie wollte den kleinen Brunnen ausprobieren. Ihre Nachbarsschwester war mit dabei, weil sie nichts Besseres zu tun hatte, weil sie immer mitging, wenn meine Mutter etwas vorhatte, weil sie auf meine Mutter angewiesen war, um etwas zu erleben. Und meine Mutter war in gewisser Weise auch auf sie und ihre Ängstlichkeit und Vorsicht angewiesen, denn so konnte sie selbst mutiger, alberner, draufgängerischer und ungezogener sein. Und dazu gehörte auch, dass sie dann plötzlich dringend pinkeln musste, und nicht die Jüngere, lange bevor sie zu Hause waren.

Sie klingelte bei der Pension, weil sie einmal gehört hatte, dass man es nicht verwehrt bekommen darf, eine Toilette zu nutzen, dass man eingelassen werden muss, bevor man auf den Gehsteig macht. Und meine Mutter musste wirklich, aber sie wusste, dass sie auch einfach in den Wald hätte gehen können. Sie war noch nicht fertig mit dem Ausflug. Sie wollte wo reinschauen und etwas mitbekommen, worüber sie sich am Abend im Bett den Kopf zerbrechen und die Dinge neu zusammensetzen konnte.

Der lange Flur war dunkel, und es gab keine Dekoration an den Wänden, nur ein Wägelchen mit unsinnigen und verstaubten Dingen darauf, Karten, Schlüsselbänder, Hausordnungen, unechte und trotzdem vertrocknet wirkende Blumen in einer Vase aus einer besonderen Keramik – lila und orange, ein kleiner Seehund mit süßen Augen und abgebröselten Schnurrbarthaaren. Auf der Toilette eine Seife, die nach Lavendel roch, kleine weiche Handtücher, die perfekt gerollt waren, angelaufenes Putzzeug im Schrank darunter, eine Seife wie ein Schwan geformt, süßlich duftend wie Tanten, den steckte sie ein.

Als sie von der Toilette kam, stand die kleinen Freundin meiner Mutter im Aufenthaltsraum und hatte etwas zu trinken bekommen, was süß aussah und rot, und sie nippte verschüchtert daran. Sie hatte sich einigermaßen konzentrieren müssen, nicht zu weinen, als meine Mutter so lange auf dem Klo gebraucht hatte. Dann bemerkte meiner Mutter, dass da mehr Frauen im Aufenthaltsraum waren, und sie begrüßte alle Frauen sehr artig und verschmitzt, als hätte sie etwas ausfindig gemacht. Und die Frauen grüßten zurück und beobachteten meine Mutter vergnügt, weil sie sich bewegte und gab, als wäre sie schon erwachsen.

Meine Mutter hatte bis dahin noch keine Arbeiterinnen getroffen. Arbeit war ein großes Thema zu Hause, aber es waren Männer. Die Frauen putzten und kochten und betreuten die Kinder in ihren Wohnungen und in anderen Haushalten. Aber da es zu Hause nicht als Arbeit galt, galt es auch woanders nicht als Arbeit. Und das Geld, das das Putzen und Kochen und Betreuen in anderen Haushalten einbrachte, das ja das eindeutige Zeichen für Arbeit hätte sein können, wurde als Haushaltsgeld gewertet und konnte deswegen zum Beispiel versoffen werden, weil es ja kein richtiges Geld aus einer echten Arbeit war. Die Arbeiter waren die Männer. In der Pension sah meine Mutter Arbeiterinnen.

Das Auto hält abrupt vor dem kleinen Wäldchen, ich hieve mich raus. Die Fahrerin ist schon weggefahren, als ich gerade erst richtig auf dem Bürgersteig stehe: Gegenüber das Restaurant, das Kneipe war, das wieder zum Restaurant wurde, nachdem der Mann meiner Oma gestorben war und damit auch das Trinken gestorben war.

Es ist nicht auszumachen, ob die Besitzer*innen des Restaurants gewechselt haben, logisch wäre es, eine Generation ist gestorben in der Zwischenzeit. Die Stühle auf der Terrasse sind immer noch dieselben, aus Plastik, genauso wie die Tische, die leichte Wachsdecken darauf haben. Und die Speisekarten sind aus Plastik, und man weiß sofort, wie sie festkleben an den Tischdecken und welche Lust das macht, die Karten abzuziehen vom Tisch und zwischendurch, wenn die Kellner*innen länger brauchen, noch einmal anzukleben und noch einmal abzuziehen, und das einzig Schwere in der Szenerie sind die dicken und wulstigen Aschenbecher, damit kann alles beschwert werden.

Da ist unverändert der kleine Trampelpfad hinter der unsinnigen Fußgängerampel, die ich mit meiner Mutter und ihrer Mutter überquerte, die auf den Rollator gestützt war, gegen den sie sich wie alle kurz gewehrt hatte, auf dem Weg zum Restaurant, einmal im Jahr. Wir saßen immer zu dritt im Außenbereich. Und meine Oma liebte es, etwas Außergewöhnliches zu essen, und immer, immer, immer hatte sie sich gerade einen Zigarillo angesteckt, wenn das Essen serviert wurde. Und dann drückte sie den Zigarillo wie verschämt aus, manchmal begleitet von dem Hinweis, dass sie ihn nach dem Essen weiterrauchen würde, was sie manchmal auch tat. Und ich weiß, meiner Mutter war es unangenehm, dass die Unsicherheit meiner Oma, sich in einem Restaurant zu bewegen, selbst wenn es ein billiges Restaurant war, das um die Ecke war, das nichts an Manieren von einem verlangte, ganz im Gegenteil, dass ihre Unsicherheit so offensichtlich war und dass diese Unsicherheit auch nicht von den zwei nächsten Generationen aufgefangen, verkehrt oder durchgestrichen werden konnte, sondern mit zunehmendem Alter auch bei uns sich zeigte: Durchrechnen der Preise im Kopf, davon zu sprechen, wie man einmal woanders Oktopus gehabt hatte und wie er zubereitet gewesen war, und es war klar, dass es ihn hier niemals so geben würde, ständiges Murmeln und Umschwenken auf der Karte und wissen, dass es nicht besonders lecker wird, sich eine anstecken, den Bauch einfahren, über Kurzatmigkeit sprechen und sich direkt dafür zu schämen, doch eine Vorspeise bestellen, um sich was zu gönnen und eine große Apfelschorle und zum Nachtisch Espresso, denn wir waren Damen und hatten Schwierigkeiten mit Schlaf, aber das war an dem Tag egal. Und die Alten, die auch auf der Terrasse saßen mit ihrem Kartenspiel, ihren Apfelschorlen und Schnäpsen und Bieren und meine Oma grüßten, und sie grüßte gar nicht so schüchtern zurück, sondern so, als hätte sie ihre Einsamkeit im Griff. Aber sie schämte sich auf der oberflächlichen Ebene der Meinung, dass es dazugehören musste, unter Leuten zu sein, ein Schwätzchen zu machen, sich mit anderen zu verabreden, egal wie öde, wie verletzend, hämisch und was weiß ich noch, die Gespräche mit den Nachbar*innen, mit den alten Bekannten geworden wären, dass man sonst einsam wäre. Obwohl ihr Genuss gerade darin bestand, allein zu sein, vor niemandem Rechenschaft über ihren Zeitvertreib, über das Reality-TV, die vielen Zigarillos, das Zuvielschlafen und Nichtschlafen, das Aufkratzen der Arme und Beine und die ganzen Kreuzworträtsel, abzulegen. Dass sie dabei war, sich in ihren vier Wänden jeden Tag in ein Verhältnis zu rücken, zu ihren Gedanken, den gewöhnlichen und den sonderbaren, zu ihren Möbeln, zu dem dicken Teppich in der Diele, über den sie mehrmals die Woche stolperte mit ihren kleinen Füßen in den Pantoffeln, noch eben eingesteckt beim Wocheneinkauf, das Plastikband, wo der Preis dranhing, lange nicht abbekommen, dann beschlossen, es hängen zu lassen: Wen stört's? Dass sie sich die überteuerten Cremes von der Apothekerin andrehen lassen wollte, ziemlich genau wusste, dass es auch billigere Varianten gab, davon kann man ausgehen, dass sie sich die Füße machen ließ und dabei sehr schöne Gefühle hatte und genau wusste, dass sie zu viel Trinkgeld gab, aber es war möglich, es war für sie allein.

Und nach dem Restaurantbesuch waren wir drei denselben Weg wieder zurückgegangen, kam die unnötige Wartezeit an der Ampel dieser viel zu dünnen Straße gelegen, durchzuatmen, sich noch einmal gegenseitig zu bestätigen, wie vollgegessen man war und wie freundlich die Kellnerinnen gewesen waren mit dem kleinen Geburtstagsständchen, das meine Oma eigentlich lieber unterbunden hätte, wegen der Nachbar*innen, die dann direkt ihre Gläser erhoben und später, also eigentlich direkt, die Köpfe zusammensteckten: Warum trinken die nicht einen, warum trinken die nicht einen mit uns? Was ist mit der Tochter und ihrer Tochter, mit ihren kleinen Bäuchleins? Wo ist ein Auto, wo ist ein Mann, wenigstens einer. Kurz die Frage unterdrückt, ob das Trinkgeld angemessen gewesen war. Mit ziemlicher Sicherheit war es viel zu viel, aber es war nur einmal im Jahr, und meiner Mutter gefiel die Vorstellung, dass die Kellnerinnen annehmen könnten, das wäre bei uns immer so, wir würden gerne geben, weil wir es könnten. Aber die Kellnerinnen dachten das sowieso nicht, es waren allesamt verschenkte Gedanken rund ums Trinkgeld, und die Ampel war fast schon wieder auf Rot, wenn wir rübergingen, den Trampelpfad gemieden, wegen der Stolpergefahr, obwohl alle drei Fußpaare ihn fast schon von selbst eingeschlagen hatten.

Ich gehe im Rollator-Tempo durch das Wäldchen, in dem ich Angst habe, Jugendlichen zu begegnen. Dass sie an den Spielplatz-Überbleibseln sitzen würden, mir etwas hinterherrufen würden, oder einfach aufhören würden zu reden, um mich anzuschauen. Und würde ich dann schneller laufen, wie würde ich dann meinen gekrümmten Rücken wahrnehmen und meine plötzlich zerfallen oder dreckig wirkende Kleidung, meine strähnigen Haare, meine Zähne, die ebenfalls dreckig sind, die würde ich verbergen, wodurch ihnen mein angespannter Kiefer auffallen würde usw. Ich befühle meine Geldkarte, um mich zu vergewissern, dass ich erwachsen bin. Sie könnten sie mir wegnehmen. Sie könnten damit nichts kaufen.

Keine Jugendlichen sind im Wäldchen. Eine Spaziergängerin mit einem kleinen Hund ist im Wäldchen, an einem anderen Weg, sie bleibt stehen, um ihren Körper mitdrehen zu können, weil der kaputte Nacken sich nicht so weit drehen lässt und sie den ganzen Körper dafür braucht, um mich möglichst lange zu mustern. Der Pfad führt mich an die Straße, die aus dem Ort hinein- oder hinausführt. Ich bin bei der Pension, beim ersten oder letzten Haus des Ortes, gegenüber ein kleiner Busch, dahinter wird der Kurpark beginnen.

Ich kenne die Pension besser als meine Oma, die sie nur von außen kannte. Ich kenne sie besser als meine Mutter, die dort als Kind auf Toilette war und kurz im Kreis der Arbeiterinnen im Gemeinschaftszimmer stand.

Ich war als Studentin, nachdem meine Oma gestorben war, immer mal wieder in die Pension gegangen, ohne wem davon zu erzählen. Auch meine Mutter besuchte ich bei diesen Ausflügen nicht. Es war ein Impuls in einer Mischung aus Freiheit, Kitsch und biographischem Verlangen, ein Stück weiter gekommen zu sein. Hätte meine Mutter gewusst, dass ich in der Stadt, in der ich nichts mehr zu suchen hatte, außer sie zu besuchen, in die Pension gegangen war, sie hätte sich Sorgen gemacht, und sie wäre zugleich eifersüchtig auf diese Idee gewesen. Sie hätte etwas daran verstanden, und sie hätte sich ausgebootet gefühlt.

Ich spielte in meinem Pensionsbesuch inkognito in der eigenen Stadt, dass ich Ruhe und Einsamkeit und Inspiration für die eigentlichen Sachen suchte. Aber ich suchte auch exakt das, ohne es mir einzugestehen. Ich wusste nur nicht, wie es geht. Wie man dann mit sich alleine nachdenkt, sich bei einem Umherschlendern inspirieren lässt, wie man etwas produziert, was weder Anlass noch Nachfrage noch Gestalt hatte.

Und dann ging ich in Aufregung, dass ich dort war, ohne eine wirkliche Begründung dafür zu haben. Beruhigte die Verwirrung, indem ich gutes Essen kaufte, von dem ich die Hälfte vor Erreichen der Kasse zurücklegte, worüber ich mich dann später ärgerte. Ich schaute mindestens 6h Fernsehen und ärgerte mich auch darüber, ärgerte mich, wenn das Internet nicht ging, ärgerte mich, wenn es ging. Ärgerte mich, nicht das richtige Buch eingesteckt zu haben, ärgerte mich, das richtige Buch eingesteckt zu haben und zu faul zu sein, es zu lesen. Ärgerte und ängstigte mich vor allem. Ängstigte mich vor der Nachbarschaft, was sie über mich dachten in der gleichzeitigen Klarheit darüber, dass niemand mich zur Rede stellen würde. Ärgerte mich über mein Verlangen, in die Kneipe zu gehen und 2 einsame Bier zu trinken und ärgerte mich noch mehr, dass ich mich nicht traute. Ärgerte und ängstigte mich ununterbrochen, und doch hatte ich tiefste Erinnerungen an diese Ausflüge. Tiefe Empfindungen, die sich erst im Nachhinein aus der Ängstlichkeit und Ärgerlichkeit schälten. Und ich fuhr wieder hin.

Die Vermieterin und Besitzerin der Pension begrüßte mich mit dem Satz: Ich habe Krebs.

Mir war nicht in den Sinn gekommen, dass sie etwas anderes in mir gesehen haben könnte als eine verschüchterte Auszubildende oder Studentin, die aus Liebeskummer in den nächstgelegenen Ort gefahren war, um eine Erfahrung zu haben und die Möglichkeit offen zu lassen, dass die Ursache des Liebeskummers noch nachkommen könnte. Vielleicht eine Journalistin, die über die Arbeitsverhältnisse der Arbeiterinnen, die in der Pension unterkamen, die aus nahe gelegenen Ländern kamen, berichten wollte. Über ihre Arbeit in der Klinik, die Pflege der alten und durchgearbeiteten Körper, über die Busreisen zweimal im Jahr zurück zu ihren eigenen Familien, die nur bezahlt wurden, wenn sie den Bus nahmen, der alle Länder nacheinander über Tage abklapperte, um jede Arbeiterin nacheinander abzusetzen. Von meinem Alter her hätte ich schon investigativ sein können, von meiner Ängstlichkeit und Faulheit her nicht. Vielleicht eine, die an einem Essay arbeitete, der die Situation der Arbeiterinnen, das Waschen der Körper, das Reinigen und Pflegen und Aufbewahren und Umherschieben der Körper, das Reinigen der Orte, das Schrubben, Schrubben, Schrubben zusammenführen wollte mit dem Weg der Kohle, mit den Umnutzungsprozessen der Zechengelände und der ewigen Ablagerungen von Schlacke aus verschiedenen Industrien.

Ich war während meiner Besuche nur ein paar Mal in den Aufenthaltsraum geschlichen, wenn ich dort keine Stimmen hörte. Der ganze Raum war mit Gardinen zugehängt. Es gab eine dicke Sitzgruppe, die um die Ecke ging, um einen massiven Tisch herum, auf dem immer eine Schnapsflasche und eine Schale Obst mit verschimmelten Obst unten und frischem Obst oben standen, an der sich alle bedienen konnten. Als ich einmal von einem verhuschten Einkauf von Snacks zur Pension zurückkehrte und mir vorgenommen hatte, mir etwas von dem Schnaps aus dem Aufenthaltsraum zu nehmen, wo ich niemanden vermutete, stolperte ich dort unvorbereitet in eine Gruppe von Frauen, die mich anblickte und innehielt. Ich sagte artig hallo und blickte auf den Tisch und nahm doch nicht die Schnapsflasche, die schon geöffnet war, sondern griff nach einer Banane, die ich auch noch schwenkte, als ich den Raum wieder verließ. Ich hörte sie nicht lachen oder Ähnliches. Ich hörte sie erst später lachen, und ich hörte sie singen, ich schlief gerne über ihren Stimmen und dem Zigarettenrauch ein, die unter der Tür her krochen.

Ich sehe kein Schild, das das unauffällige Haus als Pension kennzeichnet, ich stehe an der kleinen Eingangstreppe und muss mich anlehnen. Ich klingle prompt, ich werde fragen, ob ich die Toilette benutzen kann. Ich werde noch nicht direkt fragen, ob ich bleiben kann. Eins nach dem anderen.

Eine öffnet, und sie stutzt, so schnell bringe ich meine Frage nach dem Klo hervor, aber sie lässt mich ohne Nachfrage herein zur Toilette.

Ich meide den Spiegel auf der Toilette. Ich weiß, dass ich schwitze, und etwas Unumstößliches aus allen Poren kommt, und unumstößlich heißt, dass es keinen anderen Plan gibt. Mir verrutscht mein Gesicht schnell. Als ich wieder rauskomme, steht sie immer noch im Flur. Sie kommt mir jetzt schon anhänglich und kontrollierend vor. Ich will sofort ihre Meinung, die ich ihr unterstelle, sich zu schnell von mir gebildet zu haben, unterwandern. Ich will zugleich, dass sie mich mit all ihrer Fürsorge beherbergt.

Ich frage nach einem Zimmer für drei Nächte. Sie sagt, dass nicht mehr an Durchreisende vermietet würde, dass eigentlich gar nicht mehr vermietet wird, dass sie jetzt richtig dort wohnen.

Mir fällt nicht ein, worum ich bitten soll.

Brauchst du eine Pause, soll sie mich fragen. Aber sie fragt nicht. Mir steht Schweiß auf der Stirn, ich bin mir nicht sicher, ob nur metaphorisch. Ich bin mir nicht sicher, ob in Zusammenbrüchen die metaphorischen Dinge immer wie von selbst passieren und sich dadurch in der Welt halten. Ich habe mich gar nicht unter Kontrolle, wie ich mich noch den ganzen Weg lang unter Kontrolle hatte. Gerade hatte ich doch noch alle Gedanken sortiert und parat und wusste, wie ich mich nach und nach erklären würde, wie die Darstellung von allen Gründen, wie eins zum anderen führte, vielleicht sogar mehrere Tage dauern würde, wie ich mir Zeit nehmen würde zu erzählen und vielleicht nicht bemerken würde, wie sie gar keine Zeit hat zuzuhören. Jetzt spreche ich wie gesteuert direkt von meiner Mutter, als hätte ich vorher gar nichts mit mir ausgemacht. Ich spreche wie wahllos und gehetzt und denke bei jedem Satz, so schlimm klingt es gar nicht, meine Lage ist nicht so schlimm, und dann übertreibe ich im nächsten Satz, damit es schlimm klingt und sie allen Grund hat, für mich zu sorgen. Wann weiß ich denn, wann etwas schlimm ist, wann Umstände so schlimm sind, sie anderen als schlimme Umstände zu erzählen? Ich spreche von den Frauen, die ich gesehen habe, ich spreche von der Frau in der Bar, dass sie mich hergeschickt hat. Und dass ich die Pension von früher kenne, aber von selbst nicht auf die Idee gekommen wäre, herzukommen. Dass sie zwar betrunken gewesen war, die Frau, die mir gesagt hat herzukommen, aber dass es auch keine andere Option gegeben hat, jedenfalls keine, für die ich nicht allein verantwortlich gewesen wäre. Ich sage, dass ich kurz davor bin, dass sich alles zusammensetzt, aber dass ich keine Ressourcen mehr habe. Dass ich keine Wohnung und keine Arbeit und kein Geld und keine Verbindungen mehr habe. Dass ich ohne diese Verluste nicht gekommen wäre. Ich rede wie bei der Sprechstundenhilfe, wo man am Empfang schon alle Symptome sagt mit ungewohnt brüchiger Stimme, die leise und laut sein will, um sicherzugehen, für krank genug gehalten zu werden und sich dann im Wartezimmer zu schämen, was man alles über sich selbst dem ganzen Flur offenbart hat.

Ich will ihr alle Verantwortung jetzt hier in diesem Flur übergeben. Aber sie lässt es nicht zu. Sie führt mich in den Aufenthaltsraum der Pension, und ich bin gar nicht sicher, ob sie überhaupt irgendetwas gesagt hat. Dort sitzen mehr Frauen, die kaum überrascht sind, als wir reinkommen, die uns vielleicht im Flur gehört haben.

Der Aufenthaltsraum wirkt immer noch rundlich und dicklich und speckig, mit zu vielen Polstern, mit einem frischen Deckchen in der Mitte des Tisches und keinem Krümel darauf, auch der Teppichboden scheint regelmäßig und richtig gründlich gereinigt zu werden. Trotzdem wirkt der Raum voll und behängt.

Die Frauen sitzen und stehen verteilt. Einige snacken etwas, einige rauchen. Ein paar sind abseits. Alle haben eine schlechte Rückenhaltung, aber das erkennt man nicht auf den ersten Blick. Es wirkt, als hätten sie eine Besprechung gehabt, die eigentlich noch nicht ganz vorbei ist, kurz davor ist, vorbei zu sein, es hatte nur noch kein endgültiges Signal gegeben, irgendwer hatte doch noch einmal angesetzt, etwas zu sagen, obwohl das kurz vorher schon ein gutes Abschlusswort gewesen war, und alle waren höflich und ungeduldig. Mein Kommen scheint die Zäsur von außen gewesen zu sein. Wäre ich es nicht gewesen, wäre es was anderes gewesen, oder sie hätten doch noch einmal angesetzt. Hätten den Plan noch einmal geöffnet und eine weitere Linie als Strecke verzeichnet, noch eine Aufgabe und eine Besorgung verteilt und den direkten Nachbarn als latente Gefahr eingestuft.

Als ich die anderen Frauen sehe, plötzlich mit ihnen im Raum stehe, kann ich nicht sagen, wann ich zuletzt neue Personen wirklich kennengelernt habe, dass ich sehr wahrscheinlich verlernt habe, wie das geht. Wie man sagt, wer man ist, zu welchem Zweck man da ist, was man sich wünscht, was man will, was einen interessiert, was man Interessantes an sich hat, welche Geheimnisse werden verborgen, welche angedeutet. Welche Gesten und Gesichtsausdrücke, welches Lachen. Wie man zusammen mit anderen in einem Raum agiert. Wie man mit anderen zusammen etwas tut, spricht, beschließt. Wie man zusammen einen Witz macht, wie man gemeinsam etwas sein lässt und so weiter. Ah, was ist meine Biographie, denke ich und wühle. Was ist mein Grund, den ich sagen kann? Seit Jahren habe ich keine Person kennengelernt außerhalb von den Arbeitssituationen, außerhalb von den Jobs und Chefchens. Dort haben wir uns mit Halbwahrheiten und notwendigen Lügen und Mutmaßungen zufriedengegeben. Dort hatten wir keine Zeit und Raum füreinander, dort mussten wir nur so viel wissen, wie nötig war, um den Job zu machen. Ich habe mich in einer Distanzierung eingerichtet, in der ich nicht angeschaut werden konnte, in der ich nicht befragt, kritisiert, umarmt und beschimpft werden konnte, in der ich weiterhin funktionieren konnte.

Ich stehe da und ich bin meine Identität, die gar nichts sagen kann. Als wäre ich mein Leben lang durch Systeme geschleust worden, Systeme von Verstrickungen und zurückgehaltenen Wünschen, in denen es genau darum ging, dass man nicht sagen musste, warum man hier war, was man hiervon wollte und wer man hier sein wollte, was man, oder dass man etwas von anderen wollte. Ich sage nicht einmal hallo, ich habe alle Verantwortung schon an die abgegeben, die mir die Tür geöffnet hat. Ich bin auf dem Weg ins Bett, das sie in meiner Vorstellung schon frisch bezogen hat.

Ich kippe um.

Ich bin noch nie in meinem Leben umgekippt, noch nie Nasenbluten, noch nie einen Wadenkrampf, noch nie Gehirnfrost, keinen Zeckenbiss, niemals Vollnarkose, noch nie von einer Wespe gestochen, alle Weisheitszähne, alle Organe noch da. Jetzt bin ich zusammengeklappt. Ich habe es kommen sehen, eine extrem kurze Zeitspanne lang habe ich es kommen sehen. Diese Zeitspanne entfaltet sich aber erst jetzt, nachdem ich wieder zu mir gekommen bin, und spielt sich dann noch einige Male ab, bis ich geradezu süchtig werde nach dem nachträglichen Durchleben der nahenden Ohnmacht, nach dem Heranstürmen dieses Augenblicks in Dehnung, in dem man noch kurz denkt, es aufhalten zu können, um direkt überrollt zu werden.

Sie müssen mich in dieses Zimmer verfrachtet haben. Niemand von ihnen ist jetzt mehr hier. Ich weiß nicht, ob ich geschlafen habe. Ich inspiziere im Liegen, mein Doppelkinn kommt hervor, damit ich alles sehen kann. Es ist dasselbe Zimmer, in dem ich auch als Gast vor zehn Jahren war. Erdgeschoss, hinter den Vorhängen sind nun auch Jalousien befestigt. Der Fenstergriff immer noch brüchig, aber nichts mehr staubig. Die Klotür aus dünnstem Span, bräunlich, die Fliesen türkis, Kalkspuren, die mir ein organisches Gefühl geben. Die Klotür unabschließbar. Hier wird nie die Sonne ganz reinkommen. Kein Schreibtisch, immer noch ein Fernseher, der aber nicht mehr funktioniert. Mein Blick kann an die dünne Straße gehen, die vor meinem Fenster aus dem

Ort herausführt, die scharfe Biegung deutet sich schon an. Dieses Haus ist das Haus an der Biegung hinaus. Es gibt nur einen schmalsten Bürger*innensteig gegenüber und einen noch schmaleren vor meinem Fenster. Alles ist gepflastert, ziemlich sauber gepflastert und die Straße betoniert. Gegenüber ein Stück Wiese mit Gestrüpp, man sieht diesem Eckchen an, wie viel Hunde darin schon ausgeführt wurden. Wie die Hundebesitzer*innen mit den kleinen Hunden immer die Ausfallstraße entlanggehen, bis zu diesem Eckchen, und da können ihre Hunde sich erleichtern, und es ist ein Trott, und die Hundebesitzer*innen haben sich schon, ohne miteinander zu kommunizieren, abgestimmt, wer wann die Route einschlägt, damit die Hunde sich nicht ineinander verfangen.

Mein Körper ist in Ordnung, nur verschwitzt, der Schweiß ist schon dabei zu trocknen, er riecht nach klammer Bäckerei. Meine Kleidung habe ich noch an, nur der Pullover liegt auf dem Stuhl in Entfernung, ordentlich zusammengelegt, wie ich ihn nie zusammenlege. Mein Telefon liegt neben meinem Kopf. Die Laken sind so frisch, dass ich mit meinen Zehen darin rumwühlen will, die Decken sind schwer und kühl, und ich bin da drunter, sogar mit meinen Armen. Die Tür ist zu, es versetzt mich gar nicht in Panik, ich fühle mich dadurch behütet. Ich weiß nicht mal, ob die Tür verschlossen ist, ich nehme es an. Ich bemerke, dass es mir sogar lieber wäre, wenn die Tür tatsächlich abgeschlossen und ich eingeschlossen wäre.

Alles geht in eine Waagerechte. Ich kann den Zustand sehr lange halten, nicht einzuschlafen und mich zugleich in eine immobile Schwere zu bewegen, zu denken und zu sehen. Ich sehe Flöße treiben ohne irgendetwas oder irgendwen darauf, wie sie auf Schilf zusteuern, wie sie dort von den Pflanzen einbehalten werden und sich für eine Zeit lang verfangen, wie sie versetzt voneinander wieder abgetrieben werden, wie das Schilf sie wieder hergeben muss und wie sie jetzt nicht mehr miteinander sind die Flöße, und wie sie sich auch vom Schilf verabschieden müssen und wie das nicht vorhersehbar ist, wann ein Floß was erreicht und wann nicht und wann es aufgehalten wird und wann es eine neue Funktion einnimmt und wann es zerfällt. Und der Fluss führt unweigerlich zu einem Ozean. Und die Möwen gehen runter und nehmen sich etwas aus dem Ozean und gehen wieder hoch. Und sie haben alles Recht, dabei zu kreischen. Sie haben alles Recht, bei diesem Felsen zu sein und diese Gewohnheit zu haben.

Ich schrecke hoch, mir fällt ein, dass ich mich kümmern muss. Mir fällt nicht ein, worum ich mich kümmern muss, mein Telefon ist noch nicht aus, was daran liegt, dass sich gar nichts darauf geregt hat, es wird in den nächsten Stunden ausgehen, auch ohne Regung. Ich denke, dass ich sofort aufstehen sollte aus diesem Bett und sozusagen an die Arbeit. Und dass es dafür auch noch etwas zu erledigen gibt und dass die Zeit rennt, das ist ja ein ganz einfacher Einfall, aber wahr ist er auch. Und dass es sehr gut möglich sein kann, dass der Moment schon wieder vorbei ist, während ich hier liege und überlege, ob ich mich einem Dösen hingebe, oder ob ich die Muskeln anspanne, die Äuglein fünfmal fest kneife und die Beine, alle beide gleichzeitig, rüberschwinge und bemerke, dass ich die Hose noch trage, um aus dem Fenster zu hopsen, sofort auf der Straße zu stehen, fünf Autos anzuhalten, in die Stadt zu gehen, um sozusagen etwas endlich in Angriff zu nehmen. Ausruhen ist keine Option, ausruhen macht, dass man denkt, man müsste sich ausruhen. Ich muss mich ausruhen. Ich habe kein Recht, mich auszuruhen. Es bleibt mir nichts anderes übrig. Ich kann nicht ruhig hier liegen bleiben, ich kann gar nichts anderes machen, als hier liegen zu bleiben. Über meine Nervosität in der Waagerechte schlafe ich wieder ein, mein Körper ist schwach, das ist ungewöhnlich, er will schlafen mitten am Tag.

Die Tür öffnet sich einen Spalt, ein Fuß schiebt sich in diesen Spalt und öffnet die Türe weiter, die Person, die mir geöffnet hat, die ich schnell als meinen Vormund wollte und die sich anscheinend dieser Aufgabe angenommen hat, schiebt sich rein, beide Hände voll, schiebt sich um die Tür herum, so als wollte sie die Türe keinen Spalt breit weiter öffnen als notwendig, um mit ihrem Körper, der wundersam platt und in die Länge gezogen ist, hinterherzuschlüpfen. Mit dem anderen Fuß knallt sie die Tür schnell wieder zu, hat sich ebenso schnell wieder zu mir gedreht, wo ich ein bisschen geschockt von diesem Knall und der ganzen Fähigkeit, eine Tür so zu öffnen und zu schließen und dabei nicht leise sein zu wollen, die Augen weit öffne und mich beeile, meinen Körper wenigstens etwas im Bett aufzurichten. Ich merke in diesem ersten Zurechtrücken, in diesem Positionenfinden unserer Körper, die auf Bett, Wand, Tür reagieren, dass sie zu schnell für mich ist. Sie ist sozusagen volle Power. Sie gibt hier den Ton an, und ich komme mir verschüchtert und zusammengekrümmt vor und muss mich konzentrieren, nichts Falsches zu sagen.

Ich wünsche, sie würde irgendwas Blödes sagen und dabei ihr Gesicht nicht ganz unter Kontrolle haben, aber sie ist streng und im Besitz ihres Gesichts. Als wäre das hier alles ein Prozess, der genauso vorgesehen ist, als wüsste sie genau, wie sie alle Abläufe durchzieht. Ich würde gerne Entschuldigung sagen, Entschuldigung für die Umstände, die ich mache und dass ich wörtlich nichts verdiene und für keinen Aufenthalt und keine Versorgung zahlen kann. Dass ich nicht weiß, wann ich wieder einen Job machen kann, dass meine Hände so werden, als könnten sie nichts greifen, sobald ich über einen möglichen Job nachdenke, wie wenn man einen extremen Lachanfall bekommt, während man versucht ein Dokument auszufüllen, der Stift lässt sich nicht halten und nicht führen. Dass mir wieder genauso so schwindelig wird, wie als die Ohnmacht herangerollt ist, wenn ich darüber nachdenke, dass ich meine Wohnung verlassen habe, dass ich die Verantwortungen verlassen habe und die Mahnungen sich seitdem mehren. Ich wünsche, sie würde antworten: Du bist nicht verantwortlich für die Umstände. So wie ich es meiner Mutter einmal gesagt habe, als sie sich entschuldigen wollte. Ich sage nichts, sie bemerkt aber, dass ich unruhig denke, und sagt, dass ich jetzt gerade nichts weiter tun muss, als mich auszuruhen, dass das in Ordnung geht, dass das Zimmer so oder so freisteht, und Essen immer übrig bleibt bei einer Gruppe, die es gut meint, und ich nicke wie erschlagen.

Sie gibt mir eine Art von Pudding-Kuchen. Grieß, der nicht lange gerührt werden muss, bräunlich, der sehr schnell zu fest werden kann, aber er ist nicht zu fest geworden. Ich kenne das Rezept aus den Videos. Ich wusste schon da, als ich das Video in seine Kategorie einordnete, wie dieser saftige Grießkuchen schmecken würde, ich wusste, dass es die Sinne befriedigt, diesen Kuchen zuzubereiten, der Moment von weich zu genau richtig fest. Die Masse kurz abkühlen lassen und dann in die Form und dann gebacken und dann überall Honig und Mandelstücke. Dazu bekomme ich einen Mandelwein, einen halben Becher in einer ungewöhnlichen Keramik mit lila-orangen Versatzstücken wie Splitter. Mir ist klar, dass mir in zwei Wochen die Zähne ausfallen, wenn das so weitergeht. Ich esse und trinke und fasele etwas von samtig in Bezug auf das Essen und das Getränk und meinen Zustand. Ich bin samtig und dankbar und schmatze. Meine Hände sind voller Zucker, und die Härchen kleben über meiner Oberlippe, die Krümel sammeln sich in den Falten der Laken, ich kann sie nicht wegmachen mit meinen klebrigen Händen. Ich lasse sie dort, lecke mir die Lippen, schaue zufrieden, sie lässt mich dämmern. Ich bekomme kaum mit, wie sie das Zimmer verlässt, vielleicht ist sie auch ruhiger in ihren Bewegungen geworden als beim Reinkommen. Ich übergebe mich wieder ganz dem Liegen, während ich Nussstückchen aus den Zähnen hervorklaube.

Ich schlafe viel. Ich bin es nicht gewohnt, tagsüber zu schlafen. Ich bekomme mehrmals täglich mein Essen im Bett. Ich verlasse das Bett fast gar nicht. Ich muss mich nur anstrengen, wenn ich auf Klo muss und dann manchmal die Neugier veranlasst, dass ich mit kleinen Schritten zum Fenster gehe, eine absehbare Zeit mit einem tiefen Blick dort rausschaue, Dinge, die rumstehen, ganz filigran oder kaum berühre, meinen Körper wie in Zeitlupe und ohne Geräusch stretche, mich noch einmal auf eine wissende oder melancholische Art umschaue, um mich dann wieder ganz unplump ins Bett zu legen. Das sind die Momente, die in einer Faulheit und für die Notdurft beginnen und wie in selbstgesetzten Filmsequenzen enden.

Ich habe Angst, dass meine Pflegerin enttäuscht wäre, würde sie mich in meinem Bett beobachten, dass ich wie jede bin. Klo, liegen, vor mich hin brabbeln, essen, etwas von der Portion zurückhalten, um so zu tun, als wäre ich eine Genießerin und eine, die sich etwas einteilen kann, um dann, sobald sie aus dem Zimmer ist, doch alles herunterschlingt. Kurz weglegen, dann das Flüssige von den Innenseiten der Gefäße lecken. An mir rumspielen, genauso unmotiviert und gesetzt, wie die kurzen Momente des Aufstehens. Irgendetwas mit den Füßen erforschen, Blick aus dem Fenster, der nicht von den Tagträumen zu unterscheiden ist. Ein Ozean, an dessen Rand ein Wal strandet und kein Wal strandet. Der Wal kann nur stranden, wenn es Menschen gibt, die bezeugen, dass ein Wal strandet. Ich sehe den gestrandeten Wal und bin mir sicher, es ist nicht der Letzte seiner Art, es sieht nur so aus, so verloren er an Land liegt, so verloren liegt er gar nicht, da nähert sich eine Gruppe von Frauen aus der Ferne aus einer Wüstenlandschaft, mit den unterschiedlichsten Gerätschaften ausgerüstet. Ich kann nicht erkennen, wofür die Gerätschaften sind, zur Rettung, zur Selbstverteidigung, zum Zerteilen, zum Ausnehmen. Und sie nähern sich und nähern sich, und auch das Wasser nähert sich wiederum dem Wal.

Manche Stunden bin ich in der perfekten Immersion. Eingetaucht unter die Decke, eingetaucht nur in die Assoziationen, die da kommen. Dieser Körper hier in diesem Bett ist der Umschlagsort, er selbst ist der Kontrollpunkt. Er selbst ist das bewegliche Zentrum, das sich zurückziehen kann. Zieht sich zurück, macht Platz, in diesem Moment, der der höchste Stand des Meeres beim Vordringen auf das Festland ist.

Mein Körper ist separiert. Er ist jetzt hier eingeteilt in diesem Bett, in diesem Zimmer, in dieser Pension, an dieser Straße, mit diesem Ausblick, in diesem Ort, in diesem Land, auf diesem Kontinent, innerhalb dieser Welt, auf einem Globus, der sich als falsch erweisen wird, es wird etwas überschwappen, die kleinen eingepiksten Fähnchen, zukünftige Standorte und Bewegungsdaten, die ganzen möglichen Ziele, die Vorhaben wie Eroberungen werden mitgerissen und geborgen vom Ozean.

Ich bin wie eine immermüde Pubertäre in diesem Bett, in einem sehr langen und müde machenden Frühling, die von ihren Eltern gezwungen wird, sich in diesem Bett von Eskapaden oder einem Zeckenstich zu erholen. Ich will diese Pubertäre sein, die keine Entscheidung treffen muss und jede Entscheidung hassen darf. Unter dem Vorwand der Heilung, Zeit vergeuden. Unter dem Vorwand der Zeitvergeudung, heilen.

Meine Pflegerin fragt mich zum Abschluss von jedem Besuch: Brauchst du noch was? Und ich verneine immer, weil mir zum einen nicht einfällt, was ich brauchen könnte und ich mir zum anderen nicht sicher bin, ob das eine Fangfrage ist. Ob an der Frage hängt, ob ich es verdiene, hier zu sein und weiter hier zu liegen. Ich weiß, ich darf keine Ansprüche stellen, damit sie nicht auf die Idee kommt, dass es jetzt reicht. Ich bin noch lange nicht so weit, aufzustehen oder ein anständiges Gespräch zu führen. Und sie nickt immer nur schnell, mit dem Kopf, der nach hinten schaut, während der Körper schon an der Tür ist.

Ich schaue ihr nach, sie ist sehr groß, ihr Körper ist vorne rundlich und hinten platt, als wären zwei Hälften aneinandergesetzt worden. Ihr Arsch ist in einer sehr engen Hose, die die Langgezogenheit mit Mustern ausstellt, ich bin beeindruckt davon. Ich finde sie aufgeräumt und abgeschlossen. Ich finde meinen Blick an ihren Füßen wieder, die in Hausschuhen ohne Socken sind, und die Hausschuhe sind genau bis zur richtigen Stelle ausgelatscht, nicht zu durch, nicht zu neu, sehr sauber, und ihre Zehen sind lang und die Nägel lackiert, und sie kommen mir auch sehr sauber vor. Sie sieht, dass ich ihre Zehen anschaue, ich sehe, dass sie meinen Blick aus dem Bett heraus sieht, etwas zu spät, so dass ich so etwas wie einen Augenaufschlag mache, sie lächelt mich an und ist schon wieder draußen.

Ich denke, dass sie mich sicher für vertrottelt hält, zu langsam, zu schwerfällig, zu unbeweglich. Ich merke, dass ich aufpassen muss, mich nicht diesem Gefühl hinzugeben, unzulänglich zu sein. Das Gefühl der Unzulänglichkeit, des Unfertigen, des Ungenügens, der nicht erbrachten Leistungen und der Erwartungen ohne Zutrauen, das ist aus den Institutionen, und ich habe die letzten zehn Jahre damit verbracht, sie zu verlassen.

Die Institutionen mit ihren Autoritäten, wo mir das Gesicht zu gefühlten Grimassen entglitten ist, wo jede simple Bewegung zum Hampelmann wurde, wo jeder Schritt ein Stolpern war, das sich nie einlöste. In den Institutionen, in denen die Kleidung, die einem gerade noch frisch vorkam, plötzlich dreckig und fahl wurde.

Ich war selten an menschenleeren Seen, aber oft in menschenleeren Gängen und Fluren. Zweimal in meinem Leben bin ich über einen Skywalk gelaufen, der außer Betrieb war. Ich habe noch nie in meinem Leben eine Ohrfeige kassiert. Ich habe in Ecken gestanden und meine Sprachfähigkeit verlernt. Ich habe Regenwürmer vor anderen gerettet, um ein Lob zu kassieren und sie später alleine zu zerteilen. Ich habe zu oft den Blick gesenkt vor der Exekutive. Ich habe die ein oder andere Freundin hängen lassen.

Ich erinnere mich immer wieder in Etappen an dieselben Dinge: Ein Cartoon hinten auf einem Kinderbuch: Wie Pferde auf unterteilten Koppeln grasen und immer versuchen, an das Gras außerhalb ihrer Koppeln zu kommen, auf die Koppeln der jeweils anderen Pferde, und die jeweils anderen Pferde versuchen auf eben diese verschmähten Koppeln zu gelangen, verdrehte Pferdehälse überall zwischen soliden Balken, grünem Gras. Keine kommt dahin, wo sie will, aber alle haben es gut.

Wenn die Parabeln vorbei sind, wie kommt es dann, dass sie einem immer einfallen.

Wie meine Freundin in der Schultheateraufführung das Schilfrohr spielte, das sich biegt im Wind und besteht, und die Bäume, die widerspenstigen, werden entwurzelt und fallen auf der Bühne. Und meine Freundin, tatsächlich so dünn wie ein Schilfrohr, bog den Körper und machte das alles mit, und was lernte sie daraus? Wie der Typ, der den Baum spielte, mit großem Krachen fiel und das ganze Gelächter bekam und vor einem Publikum bestand. Ganz einfache Parabel.

Wie ich eine Zeit lang bei meiner Freundin wohnte. Und die Mutter meiner Freundin stellte zu viele Fragen über den Verbleib meiner Mutter, die ich nicht beantworten konnte. Und meine Freundin sprach mit ihr wie eine Erwachsene, und danach hörten die Fragen auf. Wie meine Freundin immer eigentlich fünf Jahre älter war. Wie sie einen verprügelt hatte auf dem Schulhof, und niemand wusste warum, sie blieb stumm, und ich bewunderte, wie sie die vermeintliche Grundlosigkeit aushielt, wie sie kein Interesse hatte, alles in eine Logik zu geben, die sie entlastet hätte. Und nur ich wusste, dass der, den sie verprügelt hatte, ein Stellvertreter war für unsere Mütter. Und ich wusste nicht, dass sie ihn verprügelt hatte, weil er schlecht über meine Mutter gesprochen hatte.

Wie ich als Kind jeden Morgen neben meiner Mutter im Bett saß. Während sie ihre Tagebuchnotizen schrieb und ich sie eifrig imitierte. Mit meinem klein geratenen Notizbuch in so einer Kinderausführung, die es schwer machte, das Büchlein länger im Bett sitzend zu halten, Verkrampfungen vorprogrammiert. Bewegungen von einem Kind, das noch nicht schreiben konnte, aber die vorgegebenen Linien einhielt, hoch und runter, krickel krackel. Die Schrift von einem Kind, das die Mutter nachahmt in ihrer Tätigkeit und Technik, selbstzufrieden mit den dicken Kissen im Rücken, selbstversunken, darauf hoffend, dass die Schrift schon etwas bedeutete. Und meine Mutter muss belustigt und stolz auf meine Nachahmung geschaut haben, stolz auf sich selbst, ein Vorbild zu sein, stolz auf meine Beharrlichkeit, stolz auf diese Verbindung zwischen uns in der Schrift hoch runter, und alles kam rein.

Meine Pflegerin findet mich in keiner guten Verfassung. Sie fragt direkt zum Einstieg und zum ersten Mal: Wie geht's? Ich versuche mich im Bett aufzurichten, aber komme kaum hoch. Sie stellt den Bananenbrei, den sie mir erst entgegenhält, worauf ich nicht reagieren kann, auf die Matratze, wir gucken beide hin, ob der Löffel rausfällt, der den Brei im Laken verteilen würde, aber er hält. Ich merke jetzt, dass ich gewartet habe, dass sie kommt, als hätte ich meine Gefühle angehalten, bis sie kommt, und jetzt ist sie da, und ich schaffe es nicht, mit dem Anhalten aufzuhören. Ich habe den ganzen Morgen ergeben auf dem Rücken gelegen, die Tapete an der Wand angeschaut, an einer Stelle ist die Tapete ein Stück abgepult, so dass weitere darunterliegende Schichten Tapete freigelegt sind, vielleicht von einem gelangweilten Kind begonnen, und ich habe für das Kind weitergepult. Tapetepulen hat mich durch den Morgen und Vormittag gebracht, während angestaute Gefühle sich weiter anstauten.

Ich würde sie gerne fragen, wie lange dauert ein Zusammenbruch.

Ich frage sie, wie lange dauert circa ein Zusammenbruch. Ich kann dabei nur geradeaus gucken und nicht in ihr Gesicht.

Sie sagt, es komme drauf an, wie man einteilt, wann der Zusammenbruch beginnt und wann er aufhört, und das sei nicht so einfach zu bestimmen. Immer erst hinterher lasse sich das sagen, und man könne nie sicher sein, ob es wirklich schon das Hinterher sei.

Ich sage: Bevor ich hierherkam, als ich noch am Weitermachen war, war ich einer, der Mutter dreier Kinder, an einer Ecke begegnet. Sie war Künstlerin seit zwanzig Jahren, alleinerziehend und mit demselben Headset ausgestattet wie ich, so konnte sie die Zeit zur Kita nutzen, die Zeit zurück und sogar einen Abstecher zu der verdörrten Wiese einlegen, wo sie alle Blumen einsammelte. Die politische Künstlerin, deren Kunst in Kollektiven groß geworden war, deren Arbeiten ich verfolgt hatte, arbeitete auch für den Konzern, und sie war die Fleißigste und sprang immer, immer, immer ein, wenn etwas war und mir war klar, warum, um das Ganze und das Ganze heißt, die eigentlichen Sachen, also die Kunst und die Kinder zu finanzieren. Ich hatte mich mit ihr verbünden wollen, aber sie wollte nicht, sie wollte ihr Geld verdienen und keinen Ärger haben. Ich fragte mich, wen sie zuerst verlassen würde: Den Konzern, die Kinder oder die Kunst. Und wenn ich nicht mehr konnte, dachte ich an ihre Belastungen und hielt meine lächerlichen Belastungen dagegen und spornte mich damit sozusagen an und machte mich gleichzeitig damit runter, während ich gleichzeitig wusste, dass ich so nicht leben wollte, während ich gleichzeitig nicht wusste, wie ich sonst leben wollte, während ich sie gleichzeitig bemitleidete, während ich gleichzeitig wusste, dass meine Bewunderung für ihre Belastungen auch damit zu tun hatte, dass eine der Belastungen Kunst war. Und dann bin ich immer wieder durch das Einkaufszentrum gelaufen, das dabei war, etwas anderem zu weichen, obwohl ich als Kind erst mitbekommen hatte, wie ein Einkaufzentren selbst etwas anderes ersetzt hatte, und das bedeutete, entweder ich wurde alt, oder die Umnutzungen beschleunigten sich, was wiederum auch bedeutete, dass ich alt wurde, weil ich sie als beschleunigte Prozesse und nicht als normale Prozesse wahrnahm.

Und ich bin durch das Einkaufzentrum gelaufen, das in Umnutzungsverhandlungen war, weswegen etwas Durchlässiges darin möglich war, und ich wäre am liebsten dort schon zusammengebrochen, aber wer hätte mich aufgehoben? In welche Verhältnisse und Maßnahmen wäre ich gebracht worden? Auf welche Weise und zu welchen Kompromissen wäre ich wieder hergestellt worden? Also lief ich weiter, und dann waren da keine Möglichkeiten mehr, und ich habe den Job, von dem ich jetzt schon nicht mehr weiß, worin er bestand, aufgegeben, und das heißt, dass kein Geld mehr da ist.

Und wenn ich jetzt hier gelandet bin, dann weiß ich nicht, ob es am Ausbleiben der Möglichkeiten liegt oder eine andere Bedeutung hat, und das Schlimme ist, dass das nie eine wissen wird. Nicht meine Mutter am Ozean, nicht meine Freundin im Untergrund, nicht die, die das Gefühl haben, sich für etwas zu entscheiden. Nicht die, die woanders hingehen und dann arbeiten in allen möglichen Jobs und dann sterben, aber vorher noch die Töchter ihrer Töchter finanzieren konnten, damit die dann in andere Jobs können, was sie dann aber nicht mehr wissen können, ob es funktioniert hat. Keine wird es wissen, ob es eine andere Bedeutung als die Möglichkeiten und die Unmöglichkeiten gibt, und das heißt im Grunde, ob es eine andere Bedeutung als Geld gibt.

Ich kann sie nicht angucken, weil dann etwas freigesetzt würde, und es könnte sein, dass das dann nicht mehr aufhört. Ich pule wie nebenbei weiter an der Tapete, ich fühle mich von oben bis unten schwerfällig und traurig. Sie setzt sich auf die Matratze, wir gucken beide zur Breischüssel, die unter der neuen Last ins Ungleichgewicht gerät, sie hält.

Sie guckt auf mein Pulprojekt an der Tapetenwand und sagt, das sei von ihrer Mutter. Ihre Mutter habe hier gelegen wie ich und dabei gelbe Tapete von der Wand gepult. Die Pensionsbesitzerin, die mich vor zehn Jahren mit dem Satz: Ich habe Krebs, begrüßt hat. Das hier sei ihr Krankenzimmer gewesen. Sie sei nicht ihre leibliche Mutter gewesen, sagt sie und macht leiblich in Anführungszeichen, sie sei ihre angeeignete Mum gewesen, über die Jahre hinweg. Die Pensionsbesitzerin wäre skeptisch gewesen, als sie sie hier aufgenommen habe und sie dann nach und nach die anderen Frauen hinterhergeholt habe. Aber sie habe schnell gemerkt, dass sie insgesamt günstiger wegkam mit Langzeitmieterinnen, die keine andere Option hatten und die meiste Zeit arbeiteten. Nach und nach hätten sie und die anderen Frauen den Haushalt übernommen und begonnen, die Pensionsbesitzerin zu pflegen. In ihren letzten Wochen hätte sie hier bei ihr im Zimmer geschlafen. Sie hätte ihr zum Einschlafen Geschichten erzählt, von denen sie gar nicht wusste, wo sie herkamen, sie hätte einfach was reinerzählt in diese Stille und das Aushalten und dabei vor allem ihre eigene Stimme wahrgenommen, und irgendwann hätte sie gar nicht mehr einschlafen können, ohne vorher in den Raum hineinerzählt zu haben. Und, sagt sie, es würde komisch klingen, aber sie wäre ihr am nächsten gewesen, wenn sie ihr den Po abputzte, weil sie dann den knochigen Fortsatz über dem Po ihrer Mutter sehen konnte, von dem sie sonst nie gewusst hätte. Manchmal hätte sie ihn abgetastet, wie nebenbei, um das Knochige besser zu begreifen, um den Fortsatz irgendwie zu besitzen.

Sie sagt, sie hätte sich auch geärgert. Über den talgigen Geruch ihrer Mutter, wo sie mit dem Waschen gar nicht hinterherkam. Geärgert, über ihre Weigerung rauszugehen, selbst keinen kleinsten Spaziergang. Monatelang, vielleicht sogar länger, hätte sie das Haus nicht verlassen, und sie hätte sich gefragt, ob das überhaupt geht, ob ein Mensch ohne Tageslicht sein kann. Dann hätte sie sie manchmal ans Fenster geschoben als Kompromiss, Fenster auf, die kleingewordene Mutter eingewickelt, Sonne ins Gesicht, 1,5 Stunden hätte man die Sonne am Tag in diesem niedrigen Haus. Und wie sie sich geärgert hätte, nachher, so viel Zeit für so unwichtige Kämpfe ums Tageslicht, um frische Luft und Obstessen und Nicht-Rauchen verschwendet zu haben. Dass sie sich immer noch ärgert, ihre Mutter darin bevormundet zu haben und damit missverstanden zu haben, was Krankheit bedeutet und was Sterben bedeutet. Und dass sie jetzt wüsste, dass es da nicht wichtig sei, zum Beispiel noch einen Ehrgeiz zu entwickeln, um eine Scham vor den Nachbar*innen zu überwinden und rauszugehen. Dass es vielleicht gar nicht so wichtig sei, noch einen Eindruck in der Natur zu haben oder was man sich danebenstehend so vorstellt. Dass das vielleicht alles gar nicht so wichtig sei. Aber dass das die einzigen Gesten gewesen seien, die sie gehabt hätte.

Sie sagt: Wir haben alle einen Ort für unsere Eltern.

Hast du für deine Mutter gesorgt, fragt sie mich. Ich bin mir nicht sicher, sage ich, ich habe mir Sorgen gemacht, ich habe versucht, sie damit zu versorgen, ohne dass sie es bemerkt. Ich bin mir jetzt nicht sicher, ob meine Sorge wirklich eine war, mir ist da etwas durcheinandergeraten. Ist sie schon früher einmal verschwunden, fragt sie. Ja, mehrmals. Sie ist immer wieder gekommen, sagt sie. Ja, sage ich. Wird sie jetzt auch wiederkommen? Nein, sage ich. Diesmal ist es was anderes. Was ist anders, fragt sie. Ich habe kein schlechtes Gewissen, sage ich. Und ich denke, sie auch nicht.

Ich weiß nicht, was zuerst kommt, wer sich zuerst durchringt. Ob meine Pflegerin zuerst entschließt, dass ich eine Nähe brauche und sich über eine Grenze hinwegsetzt, oder ich zuerst meine Beine an mich heranziehe, um meine Beine zu umarmen, um mich zusammenzuklappen, um ihr einen zusammengeklappten Körper anzubieten, der umarmt werden muss. Sie hält mich fest, und mein Kopf wird ganz organisch auf ihrer Schulter platziert. Sie streicht irgendwann meinen Rücken, und es dauert, bis die Umarmung zu langwierig wird und das Gefühl der Unbeholfenheit zurückkehrt und wir uns aus dem Kontakt entlassen.

Sie drückt noch einmal nach, jetzt ist es schon etwas Verschwenderisches. Ich bin erschöpft, sie gibt mir den Brei in die Hand und verlässt das Zimmer, ich löffle den Brei wie gesteuert, ich schmecke ihn kaum, als hätte ich geweint und Geschmack und Geruchssinn wären davon noch eingenommen. Ich stelle die halb ausgelöffelte Schüssel wieder auf die Matratze und dämmere weg, merke noch im Halbschlaf, wie der Breilöffel endlich aus der Schale rutscht und beginnt, das Laken vollzukleben.

Ich schlafe fast drei Tage durch, schaffe es kaum, nicht zu schlafen, um zu essen. Kurz bin ich ängstlich, dass das Schlimmes bedeutet, kurz bin ich wie fiebrig, aber der Schlaf ist schon köstlich und mein Körper schwer, dass es nicht schlimm sein kann, dass es genau das ist, was ich brauche und nichts anderes, ich bin weggetreten, mein Körper ist an einem anderen Ort der Erholung, und der Rest, der Kopf darf ihn jetzt nicht stören.

Meine Kräfte haben durch die Schlafkur wieder zugenommen. Ich werde wieder ungeduldiger, ich bin gleichzeitig ruhiger als je zuvor. Ich frage mich, wann jemand entscheidet, wann wer über den Berg ist. Wie kann ich einschätzen, ob ich bereit bin, aus diesem Bett auszusteigen? Es könnte immer zu früh sein, oder zu spät. Ich kann mir darin keinesfalls vertrauen. Meine Pflegerin soll kommen und mir sagen, dass es jetzt so weit ist.

Wir betreiben Fürsorge im großen Stil, sagt sie. Sie hat sich auf meine Bettkante gesetzt, ich habe Vorsorge verstanden und schlürfe eine Suppe.

Sie sitzt auf meiner Bettkante, und ich mustere etwas, mustere sie, ohne sie wirklich anzuschauen. Mustere etwas in meiner Wahrnehmung von ihr, wie sie sich da plötzlich Platz gemacht und eingekehrt und meine Vertraute geworden ist. Wie mir die Details, die man vielleicht versucht zu verbergen, vertraut und liebenswürdig geworden sind, die Speckröllchen, die hervorkommen, wenn sie sich setzt, die Art, ihre Sätze mit einem immergleichen kehligen Stöhnen zu beginnen, ganz leise, ein Tick, die Haare, die ungleichmäßig bis zur Schulter reichen und so etwas wie bröselig sind an den Enden, das abrupte Drehen des Oberkörpers, wenn sie nicht auf etwas Süßliches, das ich von mir gebe, eingehen will. Welche Details sie an mir sieht?

Ein Ruck ist nach meinem kleinen Zusammenbruch durch unser Verhältnis gegangen, ich bin keine Patientin mehr.

Sie sagt, dass wir bald aufbrechen.

Ich sage nicht: Wohin? Ich sage: Wir? Und sie lächelt mich an, als würde sie davon ausgehen, dass ich die letzte Zeit in meinem Bett damit verbracht habe, zu wissen, dass sie gehen, und zu hoffen, dass sie mich mitnehmen.

Sie sagt: Einige sind schon verloren gegangen. Von vielen haben wir nur gehört als Geschichten von anderen. Für manche sind wir selbst verantwortlich, manche sind uns verloren gegangen.

Ich sage: Was soll das heißen?

Sie sagt: Erst mal zuhören.

Sie sagt, sie wüsste nicht, wie sie es anders sagen könnte, als durch die Geschichten von den Frauen, die verloren gegangen seien. Als müsste jeder einzelne Fall erzählt werden, als könnte es nicht allgemein gesagt werden. Das sei zugleich Problem und Potenzial, wobei sie Potenzial wie in Anführungszeichen sagt, wie um sich von dem Wort zu distanzieren: Das Fehlen der Allgemeinheit und das Allgemeine in den einzelnen Geschichten, den unscheinbaren und den eingängigen.

Und dann erzählt sie:

Eine war verloren gegangen an die Melodie. Schalten Sie die Musik doch aus, hätte man ihr sagen können. Aber sie konnte nicht ausgeschaltet werden, denn sie hatte sich im Kopf eingenistet. Sie hatte sich dort noch nicht eingenistet, als sie noch Hintergrundmusik in der Schlachtfabrik war. Dort war sie markant, sie lief die gesamte Arbeitszeit über, verteilte sich über viele Lautsprecher in der großen Halle. Sie sollte für die Schweine sein, zur Beruhigung. Es war etwas Hämisches an der Melodie. Und wenn ein Manager die Presse durch die Hallen führte, kommentierte er die Musik mit einer Geste, als hätte man sich hier eine kleine Anekdote ausgedacht, die sich selbst zeigte. Wer an dieser Melodie verloren geht, ist kein Manager. Aber in der Fabrik war sie noch nicht daran verloren gegangen, da hatten sie manchmal am Abend in den geteilten Zimmern die Melodie gesummt, wenn sie im Bett lagen. Immer mal wieder fiel es einer ein, mit dem Summen zu beginnen, und nie wurden die anderen müde mit einzusteigen. In dieser Potenzierung konnten sie die Melodie vor dem Schlaf austreiben, so dass keine an ihr verloren ging in der Nacht.

Sie war erst an der Melodie verloren gegangen, als sie wegen der Krankheit die Arbeit verloren hatte, als sie in den Zug gestiegen war, nicht sicher, ob er sie wirklich in die richtige Stadt brachte, aber ihre Kollegin hatte ihr etwas versichert, und ihre Cousine sollte dort sein, aber die Cousine war nicht zu finden, und die Anrufe gingen woandershin, und auch die Kollegin konnte nichts regeln. Und die Cousine war eine von uns, und sie war schon in dieser Stadt und nicht mehr in der, in der sie suchte. Und irgendwann hatte sie sich nach vielen Nächten im Gehen und Nachfragen und Hin- und Herschieben von Möglichkeiten, die nicht möglich waren, am Seitenausgang vom Bahnhof hingesetzt, weil sie nicht mehr durch die Stadt gehen konnte, weil sie niemanden mehr ins Gesicht schauen oder Platz machen oder sich durch eine nicht vorhandene Menge schieben konnte. Sie musste da unten am Bahnhofsvorplatz unter dem Dach verschnaufen, und da hatte sie eine Weile gesessen, und da war es passiert, dass sie an der Melodie verloren gegangen war. Die Melodie war eingesickert, ganz langsam, und sie hatte es erst nicht verstanden. Und dann nach und nach wurde ihr klar: Der Manager hatte auch hier am Bahnhofsvorplatz die Lautsprecher installieren lassen und war mit seiner Anekdote expandiert: Die Melodie war da, und sie war da und konnte ihr nicht mehr entkommen.

Eine war über eine Grenze gefahren. Der Weg ging schnell, und der Eingriff ging schnell, nur die Wartepausen waren zäh, in der Angst, etwas falsch zu verstehen, den Bus in die falsche Richtung zu nehmen, obwohl sie einem erprobten Protokoll von anderen Frauen folgte wie ausgetretene Schleichwege, die über Jahrhunderte entstanden sind. Aber es wurde gewusst. Es wurde gewusst, dass sie dann über die Grenze gefahren war, und es wurde gewusst, dass seit soundsoviel Wochen ihre Tage ausgeblieben waren und wie es um ihre Finanzen stand und welchen Job sie bei einer Schwangerschaft verlieren würde und zu welcher Gynäkologin sie ging und welche Verbindungen diese Gynäkologin hatte. Es wurde gewusst, die Datensätze machten die Geschichte. So wie es ein erprobtes Protokoll der Frauen gab, gab es ein erprobtes Protokoll gegen die Frauen. Ihr Umstand und ihre Routen und Standorte wurden als Daten gewusst, die keine mehr in Tabellen eintragen muss.

Sie wollte nach dem Eingriff zu uns, um dem Verfahren zu entgehen, sie kannte eine von uns schon seit Langem. Aber wir verweigerten es als Gruppe, weil wir dachten, keine Kapazitäten zu haben, kein Zimmer frei, kein Bett frei, keine Möglichkeit, ihr einen Job zu besorgen, keine Möglichkeit, sie zu versorgen. Wir waren so mit unserem Durchkommen und der Besänftigung der Nachbarschaft beschäftigt, wir waren so damit beschäftigt, kein Aufsehen und keinen Ärger zu haben, dass wir ihr die Hilfe verweigerten, dass wir sie nicht aufnahmen, obwohl wir insgeheim wussten, was das für sie bedeuten würde, was wir voreinander nicht sagten, dass wir wussten, dass es immer schlimmer kam, dass eine alleine verloren ging.

Sie war das Opfer, das wir brauchten, um zu beschließen, dass wir keine mehr verloren gehen lassen, sagt sie.

Und ich bin jetzt Profiteurin dieses Opfers, ist das Erste, was ich mich frage, und bin froh, dass ich mich das nur still frage und nicht laut ausspreche.

Wir haben seitdem eine Sache beschlossen, sagt sie: Uns nicht mehr gegenseitig verloren gehen zu lassen. Deswegen hocken wir aufeinander und halten uns aus. Deswegen gehen wir zusammen.

Ich frage sie, was ich mich vorher nicht gefragt habe: Wie sie hier einigermaßen unbeschadet sein können, in diesem Ort, wo die Hundebesitzer*innen nicht nur zum Fenster hinausschauen, sondern auch zum Fenster hineinschauen. Es liegt auch auf der Hand: Sie haben die Jobs zu der Bezahlung weiterhin gemacht.

Sie arbeiten nach wie vor im Pflegeheim am Kurpark in den unterschiedlichsten Schichten und finden trotzdem immer eine Übergangszeit, in der fast alle anwesend sein können, wo im Aufenthaltsraum die Pläne für den Aufbruch weiter festgemacht und die notwendigen Vorkehrungen getroffen werden.

Sie sagt: Es reicht, das ist alles. Das ist nicht alles, aber es reicht. Es geht nicht mehr, das ist der einzige Satz. Das ist nicht der einzige Satz, aber wir müssen ihn trotzdem so formulieren. Wir können nicht mehr, nachdem wir die Jahrzehnte mit der Bezahlung unter sich quartalsweise erhöhendem Arbeitspensum unseren Job gemacht haben und dabei immer, immer, immer beäugt wurden, egal wie gut oder schlecht, faul oder fleißig wir waren. Wir haben jetzt verstanden, dass wir immerhin einen Abbruch entscheiden können, wenn wir zusammen sind, dass wir dann immerhin etwas entscheiden können. Wir haben verstanden, dass es nicht besser wird.

Wir sind nicht die Einzigen. Du kennst manche schon, einige Geschichten, du kennst sie schon von den Frauen, die du gesehen hast, von deiner Freundin, von deiner Mutter. Überall sind kleinere und größere Aufbrüche, das geht über Orte und Zeiten hinweg, das geht über die unterschiedlichsten Umstände hinweg. Es wäre genauso vermessen zu sagen, es sei eine Bewegung, wie es vermessen wäre anzunehmen, sie würden nicht miteinander zusammenhängen.

Wir stehen unter einer Beobachtung, die über uns hinausgeht. Unser Aufbruch ist einkalkuliert und zu verschmerzen. Er wird ebenso gewusst und ausgewertet und benutzt, wie die Wege von denen, die verloren gegangen sind. An der Oberfläche können wir so tun, als wäre unser Weggehen ein geheimes Weggehen, wir werden möglichst gute Vorkehrungen treffen, die jede subversive Gruppe trifft, aber es wird nur an der Oberfläche etwas bringen. Unsere Standorte und Bewegungsdaten sind Rohstoffe. Je mehr wir uns bewegen, umso wertvoller werden wir. Wertvoll, um das Vorgehen und Weggehen von anderen berechenbar zu machen. Wir arbeiten mit unserem Aufbruch automatisch an der Verhinderung oder dem Ausverkauf zukünftiger Aufbrüche. Es wird mehr davon profitiert, uns gehen zu lassen und zu wissen, wann wir wohin gehen, wo wir wann stehen bleiben, mit wem wir zusammenkommen, als uns aufzuhalten, ein Aufheben zu machen und mit einer Reaktion zu rechnen, die über uns hinausgehen könnte. Aus diesem Grund können wir uns überhaupt erst auf den Weg machen, ohne aufgehalten zu werden. Es wird uns niemand kontrollieren, und es wird auch niemand ausstehende Zahlungen einfordern. Wir sollen aufbrechen. Das müssen wir verdrängen, um überhaupt loszukommen, wir sollten es aber immer im Hinterkopf behalten.

Ich habe noch einige Fragen, aber sie sagt, ich solle mich ausruhen, so viel Alleinsein und einsames Bett würde ich lange nicht mehr haben. Sie verlässt das Zimmer, und ich bleibe allein zurück und spiele eine Angst durch, dass sie doch planen, mich hier allein zu lassen, und wie ich dann entscheiden müsste, für immer in diesem Bett zu sein und nichts anderes zu tun.

Sie haben einen ziemlich genauen Plan. Jedenfalls für die ersten Stationen. In den Rest habe ich keinen Einblick, oder es gibt noch keinen Rest. Ich bin nervös vor dem Aufbruch, aber ich weiß, ich kann mich nicht beschweren, ich kann nicht zu viel fragen, ich kann froh sein, dass ich mit darf und sie mich nicht in meinem Zimmer im Bett vor mich hin dämmern lassen. Ich bin Nutznießerin, ich bin ihnen ausgeliefert, ich habe daran gar nichts in der Hand, außer mitzukommen und keinen Ärger zu machen. Und mir gefällt diese verantwortungslose Rolle ausgesprochen gut. Mit gefällt diese Vorstellung vom Mitkommen ausgesprochen gut.

Keine hat gekündigt, sie werden einfach morgen, manche heute Nacht schon, nicht mehr zur Schicht kommen. Keine hat den Fehler gemacht, sich bei den zu Pflegenden zu verabschieden. Tabletten, Verbände, Handschuhe und Masken haben sie eingesteckt. Eine hat sogar die portioniert abgepackten Teebeutel, Nutellas, Margarinen, Streichkäse und Marmeladen mitgenommen, eine ganze Tasche voll.

Die Frauen haben sich zwei Nächte lang schon von der Pension verabschiedet, in alle vergessenen Schränke geguckt, teilweise Schubladen ausgewischt, ein Erinnerungsstück eingesteckt, die Schale mit dem Obst steht wie unangetastet auf dem Tisch.

Es gab keinen offiziellen Moment, wo ich feierlich aus dem Bett entlassen wurde, das Gewusel wurde nur irgendwann größer, und meine Pflegerin ließ die Tür zu meinem Zimmer offen stehen, nachdem sie mehrmals rein- und rausgegangen war, um irgendetwas zu holen, und ich musste den Moment abpassen, aufzustehen und mich in die anderen Zimmer vorzutasten, schüchtern zu grüßen. Meine Schonzeit war vorbei.

Keine redet mehr als nötig mit mir, ich fühle mich beäugt, ich versuche hilfreich zu sein und stehe trotzdem die meiste Zeit herum wie im Weg, eine sieht, wie ich etwas wische, was zuvor eine andere schon gewischt hat, und sie weiß, dass ich das weiß, sie erkennt, dass ich versuche eine Nützlichkeit zu performen und macht sich vielleicht gar nicht so viele Gedanken, wie ich sie mir jetzt mache. Ich versuche, mich an meine Pflegerin zu halten und habe das Gefühl, ich stehe die meiste Zeit schwer atmend hinter ihr, und sie versucht, mich zu verlassen und ein anderes Zimmer aufzusuchen. Sie kann meine Bedürftigkeit gerade nicht gebrauchen, ich fühle mich groß in jedem Raum. Ich stehe also einfach am Fenster hinter der Gardine und warte und tue so, als würde ich nach draußen gucken. Da kommt sie zu mir und drückt mich und sagt: Na, guckst du nirgendwohin? Und ich sage: Irgendwie ja, und irgendwie halte ich Wache. Wir zerkloppen unsere Devices und bekommen neue Handys ausgehändigt. Auf unsere Rücken und Schultern verteilt ist das Gepäck nicht mehr viel. Normal viel Gepäck, wie für einen Ausflug von wenigen Tagen.

Eine hat eine Abrechnung in der Nachbarschaft zu machen. Doch sie wird von den anderen daran gehindert. Alle haben ihre Abrechnungen zu machen, doch sie hindern sich gegenseitig daran. Alle haben ihre Impulse, die in dieser Sondersituation in Dunkelheit und Adrenalin, in Verlassen und Aufbrechen potenziert werden. Aber was sie trainiert haben in ihren Jobs und in dieser Nachbarschaft, in den kleinen und großen Demütigungen, ist, ihre Impulse zurückzuhalten, zu bündeln und umzuwandeln, aufzuschieben. Und ich sehe, wie sie unauffällig gegen Dinge treten, wie sie auf den Boden ausspucken, wie sie sich gegenseitig festhalten und fassen in Gesten von Aggression und Zurückhaltung in einer eingeübten Unauffälligkeit und Beiläufigkeit.

Die erste Strecke machen wir zu Fuß. Wir begegnen keiner Person. Es ist schon dabei, hell zu werden, als der dunkelgrüne Schlackeberg wieder genauso unvermittelt auftaucht wie auf meinem Hinweg, diesmal kommen wir aus der anderen Richtung, mehrere Trampelpfade entlang, die weitere Pfade kreuzen, ehemalige Abkürzungen in den Feierabend, Schleichwege zu Pausen auf verwitterten Parkbänken.

Der Pfad endet abrupt am Zaun, dahinter sind die riesigen Lüftungsanlagen erst zu hören, dann zu sehen. Es wird langsam heller. War es hier immer so milchig gewesen? Ja, war es, auf dieser Stadt war immer ein Schleier, als wollte die Stadt etwas von ihrer früheren Produktivität bewahren.

Wir stehen vor dem Zaun, unsere Hände sind eisig und schwitzig. Alles fröstelt, keine ist geduldig. Diese Art von Frösteln in Aufregung lässt sich nicht unterbinden, man muss einfach weitermachen, bis der Umschlagspunkt kommt, wo alles einmal heftig zittert, alles sich einmal kurz so anfühlen muss, als würden einem die Geräte aus der Hand fallen, als könnte man sie keinen Moment länger halten. Als müsste eine jetzt sagen, so, der Spaß ist vorbei, das war ja nur ein Scherz, und jetzt geht es zurück in die Pension und alles wieder auf Anfang, und alle Verhältnisse sind noch genauso da, und es warten dort Suppen in den Schüsseln auf uns, wir sind nur eine lustige Ausflugsgruppe, die Lust auf eine Nachtwanderung hatte.

Aber der Moment des Zögerns im Körper ist schneller überkommen, als er gedacht wurde. Die Hand führt das Gerät trotz Zittern und wird den Schnitt machen können. Es wird immer die Momente geben, wo der Körper gebraucht wird:

Ein Zaun muss mit einem Bolzenschneider durchgeschnitten werden, und genau das ist der Punkt, an dem es hängt. Nur wenn der Zaun mit einem Bolzenschneider durchgeschnitten werden kann, lässt sich der Plan umsetzen.

Eine kann in diesem Moment diesen Zaun mit dem Bolzenschneider durchschneiden. Ihr Körper ist konzentriert. Mit diesem konzentrierten Körper kann sie Schlösser knacken, Scheiben einwerfen und Nabelschnüre durchschneiden.

Wir machen ein perfektes Loch und krabbeln durch. Sie haben die Utensilien, sie haben alles schon einmal durchgespielt. Die drei Serverräume brennen in Sekunden, an allen Ecken wird vorgesorgt, wir können sicher sein, dass alles niederbrennen wird, bevor irgendwer was sichern kann.

Ich sehe, wie es brennt, und denke an die magischen Tabellen mit den Daten, die ich eingetragen habe. Dass die Namen und Adressen und Berufe und Behinderungen und Geschlechter und Sexualitäten und Alter und Herkünfte und Telefonnummern und Begehren, Kontostände, Krankheiten und Kaufbarkeiten und Gelüste, die ich dort eingetragen und nicht eingetragen habe, sicher nicht immateriell waren, dass ich sie anderen abgerungen habe, während ich saß, stand, ging. Dass sie hineinragen in meine Gedanken am niederbrennenden Serverraum.

Dass alle Daten zusammen etwas taten, was über ihren Ausverkauf hinausgehen musste.

Dass Lokalisierungsdaten Geschichten von Bewegungen, vom Aufgeben, vom Weitermachen, vom Flanieren, vom Herumtreiben, vom Zurückkommen und Verlorengehen, von Zusammenkünften und Abgesängen sind.

Dass es immer um Körper geht. Körper, die abringen und abgerungen werden.

Dass nicht gesagt werden kann, ob Daten durch Körper entstehen, oder andersherum.

Dass meine Mutter eine Zeile war, verlinkt mit anderen Zeilen in anderen Tabellen, dass ich eine Zeile war, verlinkt mit anderen Tabellen, hineinragend in Wirklichkeiten, die in den Verlinkungen entstehen.

Dass ich ein Körper bin. Dass ich mich an diesem Körper festhalten kann und er dadurch festgehalten wird, und dass dieser Körper auch ganz woanders sein kann.

Was ganz woanders überhaupt heißt, wenn es um Daten geht und dass es zugleich immer nur um woanders geht, wenn es um Daten geht. Dass meine Freundin auch irgendwo Serverräume niedergebrannt hat. Dass sie nicht wird wissen können, dass ich an diesem Brand beteiligt bin, dass sie trotzdem an mich denken wird, unweigerlich, sollte sie von diesem Brand hören, weil es die Stadt ist, in der wir beide groß geworden sind.

Die brennenden Serverräume bewirken nichts. Es gibt immer weitere Zwischenspeicherungen. Nur wenige Daten gehen tatsächlich verloren, das macht keinen Unterschied. Das Abfackeln der Serverräume ist symbolisch. Ein Zeichen, ein Gruß für die anderen Frauen, ein kleiner Gruß an eine Gesellschaft und Öffentlichkeit. Die brennenden Serverräume sind ein Exzess, der nicht sein muss und deswegen sein muss.

Nachdem alle, keine spricht auf dem Rückweg zum Zaun, wieder zurück durch das Loch gekrabbelt sind, den kleinen Pfad haben wir schon fast hinter uns gelassen, um den Weg zur Abfahrt einzuschlagen, drehe ich den Kopf, als wäre da was, und da ist was: Eine steht im Gebüsch hinter dem Pfad in der Hand eine Leine, an der Leine ein kleiner Hund, der seine Schnauze auf etwas angesetzt hat, die Schnauze wahrscheinlich durcheinandergebracht durch die schwelenden Dämpfe, und sie schaut uns entgeistert hinterher, bewegt ihren Körper nicht, ich schaue ihr direkt in die Augen. Keine der anderen hat sie bemerkt. Ich bin geistesgegenwärtig genug, den Blick abzuwenden und ohne einen Ton zur Gruppe aufzuholen. Ich drehe mich noch einmal um, sie steht dort immer noch genau in derselben Haltung, und ich weiß, erst wenn wir aus dem Blickfeld sind, würde sie beginnen zu rennen, einen Anruf machen usw. Würde sie?

Wir sind schon aus der Stadt rausgefahren, bevor ich richtig auf einem der Sitze im Fernbus sitze, den fast niemand außer uns gebucht zu haben scheint. Ich werde nicht mehr in diese Stadt zurückkommen. Ich fühle keinen Abschied und kein Bedauern. Wir erreichen die verzeichneten Ziele und Übergänge, immer weitere Umstiege und Busbahnhöfe ohne Probleme, wir gehen, wir fahren, wir machen Pausen, es ist hektisch und dann wieder langwierig, wir werden nicht gestoppt.

Wir machen Strecke, wir stecken eine Busfahrerin an, die nicht zu viel wissen will, die uns in ihrem Zwinkern und schlecht zu enträtselnden Sprüchen zu verstehen gibt, dass sie was versteht, aber nicht wirklich damit konfrontiert werden will – manche Menschen können das, wie nebenbei Komplizinnen sein für eine Zeit, Zeuginnen, die nie ausfindig gemacht werden können, von denen alle wissen, dass sie was wissen, die aber derart mit sich selbst sind, dass man nur ein Schmunzeln aus ihnen herauskriegt. Sie nimmt uns mit ohne Kontrolle, ohne Geld, ohne Weiteres.

Ich stelle mich nach und nach den anderen Frauen vor. Bei manchen bin ich zögerlicher als bei anderen. Es passiert wie nebenbei. Ich denke erst, ich muss mich noch einmal erklären, dass es unangenehm wird, weil ich so lange bei ihnen in dem Zimmer in dem Bett gelegen habe und keiner begegnet war, außer bei meiner Ankunft im Aufenthaltsraum, als ich zusammengeklappt bin, und da waren nicht einmal alle von ihnen anwesend. Und jetzt bin ich wie ein Teil der Gruppe und gehe neben ihnen her und höre ihre Gespräche und sehe ihre Geheimnisse und Vorlieben in Gesten und Sätzen und wasche etwas ab und esse etwas mit, und eine umarmt mich, und vorher war ich mit ihnen Wand an Wand wie ein Phantomgast in der Pension. Ich habe Sorge, dass ich es nur meiner Freundin und Pflegerin zu verdanken habe, dass sie mich mitgenommen haben, dass sie ein Wort für mich eingelegt hat, vielleicht sogar ein bisschen gekämpft hat und kurz selbst nicht mehr wusste, ob sie mich überhaupt mitnehmen sollten, ob es nicht auch gereicht hat, mich wieder aufzubauen, ob sie nicht schon genug für mich getan hat. Ob ich überhaupt bedürftig genug war, als eine mitgenommen zu werden, die nicht verloren gehen soll.

Aber sie nehmen mir diese Ängste. Sie lassen sie gar nicht zu. Sie sind selbstverständlich mit mir und meinem Mitkommen, als wäre es keine Frage gewesen. Manche fragen mich weniger, manche erzählen alles von sich, manche sprechen abstrakt von ihren Ängsten, als wären es die Ängste der anderen, eine spricht immer nur von man. Eine spricht von sich.

Eine lacht laut und versetzt, dass ich denke, sie kriegt sich nicht mehr ein, und ich will, dass sie sich einkriegt, dass die anderen nicht sehen, wie sie mich auslacht und von ihr angesteckt werden. Sie sagt: Schätzchen, denkst du, du bist was Besseres, so dass ich dich auslachen könnte? Und ich natürlich perplex, will ihr sagen, nein, das denk ich nicht, aber, und da will ich ihr was liefern, über mein Bewusstsein über mich selbst und über andere und über die Differenzen und meine ungenutzten Möglichkeiten und dass ich dankbar bin, dass ich mit darf, und schon als ich ansetze, über das alles, worüber ich mir im Geheimen und allein schon Jahre den Kopf zerbrochen habe, habe ich Angst, was Falsches zu sagen, und so spreche ich falsch, und sie hört zu und muss zwischendurch noch mehr lachen und meint: Deine Angst, was Falsches zu sagen, bist du deswegen so allein? Und ich muss auch schon fast lachen, sie meint es gut mir. Als sie nach unserem Gespräch weggeht, sie geht genüsslich, kickt sie alles Mögliche mit dem Fuß weg und dreht sich immer mal wieder zu mir um und lacht laut auf, und ich muss dann auch jedes Mal lachen.

Danach hakt sie sich manchmal unvermittelt bei mir ein und lacht jedes Mal laut und sagt: Analysier doch noch mal etwas aus der Einsamkeit raus.

Sie ist es auch, die mir erklärt: Du wirst in deinem Leben immer nur Hilfe bekommen von Personen, denen es schlechter geht. Du wirst natürlich nicht von allen Personen, denen es schlechter geht, per se Hilfe bekommen, aber du wirst niemals Hilfe bekommen von Personen, denen es besser geht. Und mit besser gehen meine ich finanziell. Denen, denen es finanziell besser geht, oder denen es potenziell finanziell besser gehen wird. Die, die Aussicht haben, dass es ihnen besser geht.

Und ich nage an dieser Erkenntnis und weiß, dass sie recht hat, und ich muss überlegen, was das für mich heißt. Sie hat mich gewarnt, und sie hat mich aufgefordert. Sie hat mir einen Zustand erklärt, der nicht veränderbar ist und mich aufgefordert, ihn zu ändern.

Zum ersten Mal seit langer Zeit bin ich mit anderen. Wenn ich hinter ihnen herlaufe, zwischen ihnen gehe, am Busterminal sitze, im Bus neben einer selbstverständlich Platz nehme, weil dieser Platz frei ist und wir zusammengehören, habe ich Zeit zu gucken. Und ich sehe Details. Ich sehe, dass einer alle in die Jeans integrierten Gürtelschlaufen gerissen sind, und ich frage mich, warum. Ich sehe zwei von uns die Hand halten wie Mutter und Tochter, als müsste es sein aus Gewohnheit, aber die Tochter wird langsam zu alt, und es ist die Mutter, die das zuerst merkt und sich fragt, wann ihre Tochter das merken wird, und die Tochter hat es schon gemerkt, dass sie zu alt zum Händchenhalten mit der Mutter ist, aber sie will die Mutter nicht enttäuschen, sie will nicht die sein, die den Bruch beschließt, sie will der Mutter ihr Tochtersein vergewissern, und so halten sie Händchen, geprägt von Annahmen übereinander, in der sie einander immer sonderlicher erscheinen, in der sie beide älter werden, über die Zeit hinaus. Ich sehe, dass eine sich immer über die Stirn fährt in die Haare hinein, besonders wenn es etwas zu entscheiden gibt, und sie will immer entscheiden, wie die Vorräte einzuteilen sind, sie will immer den Überblick haben, und die Haare am Ansatz sind immer fettig durch das talgige Streichen der Stirn in den Ansatz hinein, dort am Haaransatz sammelt sie den Stress, aber bald wird das Fettige von einem Wind und von einem salzigen Wasser aufgesogen und überschrieben werden, und wie von selbst wird sich dann auch die Geste der Hand zur Stirn verflüchtigen. Ich höre ihnen zu, ein Teil der Gruppe singt Lieder in ihrer Sprache, und ich sehe, wie alle anderen in der Gruppe sich jedes Mal kurz ausgeschlossen fühlen und sich dann unter den schon bekannten, unverständlichen Liedern entspannen, wie sie die Dinge, die sie zu erledigen haben, leiser und bedächtiger erledigen, wie ihre Gespräche unmerklich abebben, um den Liedern zu zuhören, und wie alle Blicke sich dann konzentrieren und wandern können, wie man sich selbst bedächtig auf die Finger schauen kann und nichts anderes, weil andere etwas tun, an dem man teilhat. Und ich sehe, wie sich die Bodenbeläge verändern im Laufe unserer Route, wie wir über die glatten immer gleichen Böden in den Einkaufszentren, in den Bahnhöfen gegangen sind, mit perfekt abgeschlossenen Fugen, und wie ich daran denke, wer sich alle Muster ausgedacht hat, die sich wiederholen, die sich auch andeuten in den Bussitzen und Bahnsitzen, dass das die meistgesehene Künstlerin sein muss, die es gibt. Und später liebe ich dieses eine Busterminal besonders, weil da alles abgestellt ist, weil da Zement abgestellt ist und ein paar Kinder wie abgestellt stehen und ein kleiner Hund tatsächlich um einen Laternenpfahl gewickelt und sitzengelassen wurde, und nur die erste Vorfläche vor dem Terminal ist gepflastert und dann wurde einfach abgebrochen, und dann ist da nur Schotter, und wie ich als Kind mal auf Schotter gerannt und ausgerutscht bin und ein Steinchen sich neben den Fußknöchel bohrte und dort blieb, und ich schon als Kind stolz auf die Narbe war, die das Steinchen versiegelte und einbehielt, und ich denke, ich brauche Staub und Schotter, ich muss an Orten sein, wo Staub ist und Schotter und Unabgeschlossenes, was sich versehentlich in meinen Körper graben kann.

Ich habe keine Ahnung, wer wusste, dass dieses Ferienhaus hier an der dritten Ausfahrt des Kreisverkehrs leer steht, wo vor einem Dead End gewarnt wurde, wo wir über Kiesel gingen und an einer automatischen Bewässerungsanlage vorbei, die immer noch in Betrieb war, vorbei an Zucchinis, wie eine Zucchinifarm, vorbei an einer Wiese, die keine Begrenzung mehr hatte, die sich unwillkürlich erstreckte, und alles ging in Dunkelgrün. Aber eine wusste, dass dieses Haus leer steht, und wir verteilen unser Gepäck wie selbstverständlich auf den auffällig unterschiedlichen Bodenbelägen wie Flickwerk im ganzen Haus, für den Abend und die Nacht. In fast jedem Raum steckt noch ein Ladekabel in den Steckdosen, vergessen oder vorsorglich. Es riecht so nach altem Haus und ehemaligem Kaminfeuer. Eine findet Vorräte im Keller, den man über eine Holzleiter voll mit Spinnweben und mumifizierten Insekten erreicht, der so niedrig ist, dass man den Kopf einziehen muss. Ich steige mit ihr runter, da ist wirklich Eingelegtes, vor allem Zucchini und Rettich. Wir nehmen kleine Zucchinis und legen sie in die dicken Spinnennetze, und das klebt gut, und ich kann nicht sagen, warum wir das machen, es liegt an der Dicke der Netze und der Feuchtigkeit und Säure vom eingelegten Gemüse, und weil wir noch irgendetwas hier unten machen wollen, weil wir keine weiteren Köstlichkeiten finden können, wir dekorieren, bis wir gerufen werden, weil die, die kocht, hungrig ist und sich nicht vorstellen kann, wofür wir so lange brauchen.

Nachts sitze ich auf der Terrasse vom alten Urlaubshaus an der Zucchinifarm, und es ist unerwartet kühl nach dem Tag, an dem die Luft stand, und ich wickle meine Beine von unbekanntem Getier zerbissen übereinander, um die Füße warmzuhalten und kratze sie mit Genuss und denke, dass ich da morgen werde weiterkratzen können und denke an die Arme meiner Oma, die das ganze Jahr über kratzte, die die kleinen Wunden und Krusten aus ehemaligen Insektenstichen und Pickelchen sozusagen immer warmhielt, immer wieder aufkratzte. Wie sie da etwas herstellte durch ihre übersäten Arme, was sichtbar war und nicht heilen durfte, oder immer wieder ein bisschen heilen durfte, um wieder geöffnet zu werden, um wieder anfangen zu heilen. Wie ich mich fragte, ob meine Oma sich besiegt fühlte, wenn eine Wunde es schaffte zu vernarben, ob sie dann Ruhe hatte oder ein sichtbarer Verlust sie erinnerte. Wie die Arme, übersät mit den am Leben gehaltenen Wunden, Verkrustungen und Vernarbungen, ein Zeichen für Eigenständigkeit und Eigensinn waren, genauso wie der Zigarillo-Geruch, der die ganze Wohnung durchzog und alle Kleidung tränkte.

Eine liegt eingewickelt in einer Decke in einem Liegestuhl versetzt von mir. Wir reden nicht, sie bekommt ein paar Hustenanfälle, ich kenne das schon und weiß, dass sie keinen Kommentar dazu hören will, weil ich mitbekommen habe, wie eine andere sie nach einem Hustenanfall besorgt von der Seite anschaute und das schon für einen Kommentar gereicht hatte, der deutlich machte, dass sie ihren Husten für sich allein wollte.

Ich habe mit ihr noch kein Mal gesprochen, ich habe auch ihren Namen wieder vergessen, so wie ich jeden Namen sofort vergesse, wenn ich neue Personen kennenlerne, als würde ich mich beim Vorstellen immer nur darauf konzentrieren können, meinen eigenen Namen zu sagen. Ich habe gesehen, wie sie mit einer anderen immer wieder lange gesprochen hat, und sie wirkten dabei, als dürften sie nicht gestört werden. Ich habe gesehen, wie meine ehemalige Pflegerin sie lange umarmt hat.

Ich gucke in die Dunkelheit, an der sich die Bäume am ehesten wie Schatten abzeichnen, und die Ahnung der Wiese dahinter, die sich morgen früh ganz anders zeigen und mir diese eigenartige Skulptur daneben als Regentonne präsentieren wird. Ich überlege, ob ich sie auf irgendetwas ansprechen kann, aber es ist nicht so leicht, wenn zwei zusammenkommen, die nicht gut darin sind, einfach mal ein Gespräch zu machen und es nicht so einfach ist, sich die Gründe dafür, warum man zufällig hier zusammengekommen ist, zu erzählen. Während ich überlege, wie ich über einen charmanten Umweg darüber, wie ich immer so aufgeregt bin, wenn ich neue Personen treffe, dass ich mich so sehr darauf konzentrieren muss, meinen Namen zu sagen, dass ich mir nie einen anderen Namen merken kann, einen Gesprächseinstieg machen könnte, gleichzeitig noch einmal ihren Namen erfahren könnte und mich selbst dabei irgendwie dusselig sympathisch charakterisieren würde, beginnt sie schon zu reden, und sie ist mittendrin, sie will meinen Namen gar nicht wissen:

Ich habe meine Kinder verlassen. Ich bin das gewohnt, sie sind das gewohnt, ich habe sie die letzten Jahre zweimal jährlich verlassen, wenn ich aus dem Urlaub in meinem Land in die Pension am Kurpark zurückkehren musste. Was natürlich kein Urlaub war, und die meiste Zeit ging drauf für Anreise und Abreise, für die Pflege meiner Mutter und die Überredung meiner Tante, meine Mutter und die Kinder weiterhin zu pflegen, wenn ich wieder ging, für die Verteilung der Geschenke und das Beteuern für weitere Überweisungen, für die Unterschriften auf Formularen, für das Anstehen bei den Behörden, für die Organisation des nächsten halben

Jahres ohne mich. Die anderen Frauen haben mir einen Betrag gegeben, den habe ich ihnen geschickt, bevor wir aufgebrochen sind. Ich habe mich damit entlassen, ich habe ihnen nicht einmal einen Gruß gesendet.

Ich habe das Gefühl, ich habe meine Entscheidung schon betrauert, um sie später nicht zu bereuen. Ich habe sie betrauert, wenn ich die Alten aus dem Pflegeheim wie Kinder behandelt habe, ihnen zu viel Aufmerksamkeit geschenkt habe, um sie ihnen dann plötzlich vorzuenthalten. Oder wenn ich zwei Monate lang mit keiner aus der Pension gesprochen habe, wenn ich immer in mein Zimmer ging, um dort meine tägliche Nudelbox zu essen, die ich über die zwei Monate ineinander gestapelt habe, sie stehen immer noch in dem Zimmer in der Pension, ich habe sie als Markierung dagelassen. Mein Wunsch, für mich zu sorgen, ist größer, als es hinzubekommen. Mein Wunsch zu verstehen, dass es so nicht geht und mich dementsprechend dagegen zu entscheiden, auch wenn das nichts ändert, auch wenn das für niemanden etwas ändert, außer für mich selbst, ist größer, als weiterzumachen.

Es ist still auf unserer kühlen Terrasse, ein Tier müsste jetzt was rufen, aber ruft nicht. Ich kratze meine Beine und Füße eindringlich, und meine Haut ist trocken, und meine Nägel sind kurz, sie reiben mehr über die trockene Haut. Während sie geredet hat, habe ich meinen Kopf in ihre Richtung gedreht, aber unsere Körper sind parallel nebeneinander ausgerichtet Richtung Wiese, in die ich jetzt wieder schaue und nicht sicher bin, ob sie mich jetzt anguckt und etwas erwartet.

Es ist schon was, sich überhaupt für etwas zu entscheiden im Leben, sage ich, ohne zu wissen, was ich sagen will. Eine Lebensentscheidung zu treffen, für ein Leben, das man einfach bekommen hat, für das man gar nichts kann, um das man nicht gebeten hat, für das man im Grunde überhaupt keine Verantwortung hat, das an sich ja immer schon eine und zugleich keine Lebensentscheidung ist.

Ich schäme mich sofort, auf ihre Geschichte mit einer halben Lebensweisheit zu antworten, die ich mir einmal einsam zusammengereimt habe und mir vorsage, wenn nötig, es ist schon geschehen, die Weisheit ist wahr, die Verluste sind wahr, es ist zugleich.

Sie sagt lange nichts. Vielleicht wartet sie auf etwas Angemesseneres, vielleicht wartet sie darauf, dass ich von mir erzähle.

Sie sagt, dass das eine ziemlich bequeme Haltung ist, sich auf das Leben und seine Wahllosigkeit zu beziehen in Bezug auf die eigenen Entscheidungen. Aber dass das auch ein guter Trick ist, das gibt sie zu und macht einen Kompromiss, und ich atme durch, weil ich damit gerechnet hatte, dass ihre Kritik an meiner lapidaren Lebensweisheit drastischer würde.

Wir bleiben weiter parallel sitzen und reden nicht mehr, ich hole uns einen Pfirsichsaft, der samtig schmeckt, und wir sitzen mindestens eine weitere Stunde in der Dunkelheit, und irgendwann hört es auf, dass ich denke, ich müsste noch etwas sagen, und die Strecke der letzten Tage geht mir durch den Kopf wie aneinandergereihte Bilder, die ich andauernd neu sortieren muss, weil ich eine Etappe vergessen habe und eine Begebenheit und noch einmal von vorn, und ihre Hustenanfälle gehören dazu.

Wir brechen wie immer nach einer Übernachtung auf. Ich gebe mein Bestes in der Gruppe, und es ist nicht schwer. Manchmal habe ich Sorge, dass ich ihnen nichts geben kann, dass ich gar kein Spezialwissen über irgendetwas habe, nur so viele verstreute oberflächliche Erfahrungen, Strategien, um immer kurz vor etwas zu verharren, mit gebührendem Abstand und einer Art, die so tut, als wäre sie trotzdem dabei. Aber ich muss einsehen, ich bin hier nicht beim Jobcenter, ich bin hier nicht bei den Behörden, ich bin hier nicht auf dem Prüfstand, das ist keine Institution und keine Effizienz der Ausbeutung, wo es angebracht wäre zu verschleiern, was du nicht ausgebeutet sehen willst.

Es werden Geschichten erzählt, so wie es immer in Gruppen kommt. Für eine Geschichte braucht man mehr als eine. Ich erzähle keine Geschichten, weil es mir vorkommt, als würde ich keine kennen, mir fallen sie erst abends beim Einschlafen ein. Ich kann dafür stundenlang zuhören, manche haben so viele Geschichten zu erzählen und Gedanken mitzuteilen, und ich sitze abseits und manchmal mittendrin, aber ich kann zuhören, ohne irgendetwas sagen zu müssen.

Man muss sich das ja mal vorstellen, sagt eine, die sonst wenig spricht und ihren Blick meist unten hält, über die Reste des Mittagessens: Dass wir wie in Miniatur sind, dass wir nur ein kleinster Ausschnitt sind von Bewegungen, die überall sind, die in ihrer Vielzahl so dermaßen privat und lokal und lokalisierbar sind, dass sie eigentlich nicht mehr lokalisierbar und privat und lokal sind, sondern sozusagen eins oder insgesamt oder öffentlich. Wenn ich das so sehe, bin ich stolz. Dann fühle ich mich als Vorbild. Vielleicht steht wirklich etwas auf der Kippe.

Eine andere mischt sich ein, als hätte sie drauf gewartet, unterbrechen zu können, um zu sagen, was schon vorher da war: Ich glaube nicht, dass wir etwas bewirken und etwas kippt. Die Zustände werden bleiben, und die Zustände werden sich verschlechtern, schleichend, bis es nicht mehr kippen kann. Alle werden weiter an der Zukunft arbeiten, an diesem unendlichen Versprechen, das die Gegenwart zugleich erträglich und unerträglich macht. Sie werden nichts von dieser Zukunft haben, denn immer, wenn man denkt, sie tritt ein, ist es wiederum nur die Gegenwart, die eintritt: Der nächste Job, das nächste Kind, der nächste zu pflegende Angehörige, der nächste Rauswurf, die nächste Kürzung, der nächste Autogewinn in der Halle des Einkaufszentrums, der keiner war.

Eine hatte ein Los für ein Auto durch Treuepunkte erhalten, mit dem Los gewann sie einen von soundsoviel Autoschlüsseln, mit dem man sich in die Reihe im Einkaufszentrum einreihen konnte, die bis lange vor die Türen ging, um zu probieren, ob der zugeloste Schlüssel passte. Sie trug den Schlüssel, der nicht schwer war, in der Woche vor der Auslosung in ihrer Manteltasche und befühlte ihn dort, und träumte fünf Nächte lang von der Schlange vor dem Einkaufszentrum, und sie träumte, dass ihr Schlüssel einzigartig war. Und sie fuhr durch das ganze Land, und sie stellte sich an und ging auf keinen Smalltalk und keine Unruhe in der Schlange ein. Und schon sehr früh in der Schlange, aber sie hatte das Auto und den Moderator und die Promoterinnen schon im Blick, öffnete ein Familienvater das Auto. Und sie fühlte relativ wenig. Und später stellte sich heraus, dass der Familienvater wenige

Wochen zuvor schon einmal ein Auto gewonnen hatte und nun vorhatte, das neu gewonnene Auto bei einem Charity-Event zu versteigern. Sie blieb dann im Einkaufszentrum und kehrte nicht mehr in ihre Stadt zurück. Sie hatte etwas ausgemacht mit den Securities und den Verkäufer*innen, die sich abends ein letztes Mal streckten und bückten, um die Sicherheitsschlösser der Glastüren oben und unten zu schließen, mit den Auszubildenden der Bäckereiketten, die ihr die Tüten am Abend rausgaben, die nicht mehr über die App abgeholt wurden. Sie erzählte ihnen die Geschichte vom Familienvater, der wieder mal ein Auto gewonnen hatte, wann immer sie sie hören wollten, sie zeigte ihnen den Schlüssel, wann immer sie ihn sehen wollten, sie versprach ihnen etwas vom Zufall und vom Verlieren …

… Der nächste Arztbesuch, der wiederum etwas anderes verspricht, die nächste Demütigung, die nächste Anerkennung, die auch nur eine Demütigung sein wird, die nächsten Jahre schon vor sich, das kommende Versprechen, die nächste Kürzung, der nächste Nebenjob, der nächste Kredit für dieses Stück Land oder für diese Zähne, oder diesen Toilettensitz mit integrierten Haltegriffen, das nächste Vorhaben, die nächste Umschulung, die nächste Umschuldung, die nächste Wohnung, schon vorausschauend im Erdgeschoss, die nächste vorübergehende Einsamkeit, der nächste Anfall, der sich im Rahmen hält, die nächste Einweisung, die nächste vorübergehende Entspannung, die nächste kurze Ruhe, um dann wieder zu …, um dann wieder zu …, um dann wieder zu …

Wo war ich noch mal?, fragt sie dann nach einer Stille, in einer gespielten Verwirrung, wie wenn man sich bei aneinandergereihten Erinnerungen verhaspelt hat und den eigenen Assoziationsketten nicht mehr folgen kann. Und alle, die kurz ergriffen und erinnert waren, lachen es weg.

Ich war eine, sagt eine. Ich wusste, dass ich es nicht mehr lange aushielt. Wenn ich auf dem Filmfestival die Klos putzte. Auf dem Festival mit den kritischen Filmen über die Arbeitsbedingungen und den Nachgesprächen, die so taten, als ginge es dabei um mehr als darum, wer die Scheiße wegmacht, als ginge es um alle. Ich war da der markierte Körper, der, wenn das letzte Publikum dabei war, das Foyer zu verlassen, begann, die Kammer aufzuschließen, um das Putzmaterial herauszuholen, um die Scheiße wegzumachen, und dabei nicht auf die schüchternen Blicke und die mitleidige Lächeln der kritischen Festivalbesucherinnen reagierte, die aussagten: Das habe ich ja gerade auf der Leinwand gesehen, ich habe ja dich gesehen, und jetzt scheiße ich hier die Schüssel voll, es tut mir leid, ich sehe dich, weil ich dich dort auf der Leinwand gesehen habe, und jetzt drücke ich mich schnell ins Klo, weil ich muss wirklich, und danach mache ich alles schön sauber, kein bisschen Scheiße wird da sein, die du wegmachen müsstest, denn ich sehe dich, weil ich dich dort auf der Leinwand gesehen habe. Und auch die Regisseurin des Films war eine, wenn sie durchs Foyer ging. Ihr wurde von den Festivalbesuchern und Jurymitgliedern zugeraunt, ob ihr das auch aufgefallen wäre, wer im Film die Scheiße wegmachte, und wer das hier täte, und dass die Parallele, diese Kontinuität kaum auszuhalten wäre, dass es schon fast so wirkte, als wäre es inszeniert und wie sie sich dadurch glauben machten, es wäre wirklich inszeniert und diese Kontinuität die kommende Woche anderen erzählten, weil es ihnen so griffig vorkam. Und die Regisseurin, die einen Film gemacht hatte über ihre Mutter, die die Scheiße weggeputzt hatte, die eine Gewerkschaft gemacht hatte, die verwundet worden war, die aufgebrochen war, von der es kein Zeichen mehr gab, und die Regisseurin trotzdem Zeichen suchte und fand, und an der Stelle wurde der Film magisch, die Regisseurin war aufgebracht und nickte zu den

Kommentaren und fragte sich, wie sie das Bankett aushalten sollte, wie sie den Preis entgegennehmen sollte, den sie auf jeden Fall bekommen würde. Sie wusste nicht, wo sie sich geborgen fühlen sollte, und sie dachte, wir, die Frauen, die anfingen, die Klos zu putzen, obwohl das Publikum das Foyer immer noch nicht ganz verlassen hatte, würden sie nicht sehen. Aber wir haben sie gesehen. Die Regisseurin hat den Preis nicht angenommen, sie hat auf der Bühne gesagt, sie nimmt das Geld, aber sie nimmt den Preis nicht entgegen, und sie wird auch keine Rede halten, die das alles aufklären wird. Und die Veranstalter*innen wollten sich dann nicht die Blöße geben, ihr das Geld zu verweigern, sie hätten es ihr sehr gerne verweigert, schon dafür, dass sie dann nicht wussten, wie sie die Moderation machen sollten, weil ihnen dann die Schlagworte abhanden kamen, die sie auswendig gelernt hatten, und sie bekam das Geld umgehend überwiesen, und sie begleitet jetzt eine Gruppe von Frauen mit ihrer Kamera, und es wird ein Film werden, den keine*r zu Gesicht bekommt.

Ich höre konzentriert zu und bin neidisch auf diese Regisseurin und ihre Rede, die sie nicht gehalten hat. Über ihren Mut, der hier weitererzählt wird. Wie oft habe ich mir Preisverzichte und pathetische Reden ausgemalt. Welcher Preis? Welche Rede?, müsste nur eine fragen, und ich wäre aus der Fassung.

Da hörst du zu, wenn es um Kunst geht, lacht sich meine Auslacherin neben mir kaputt und kneift mich tatsächlich in die Seite, bis ich quieke.

Wir erreichen eine Hütte, wie wir schon Paläste erreicht haben. Wie wir schon Einkaufszentren auseinandergenommen haben in den Nächten. Wie wir schon in vielen Pensionen waren, immer ein kleiner Jubel, wenn es eine Pension war. Wir hatten Vorstellungen von Motels und lang gezogenen Veranden an auslaufenden Straßen, fanden solche aber recht selten.

In der Hütte, die eine ausgebauten Scheune ist, die uns verzeichnet wurde, treffen wir auf zwei Freundinnen, sie sind ganz gelassen, sie kennen solche Gruppen schon, sie sind ein inoffizieller Haltepunkt geworden. Haben sie sich was eingerichtet, ist genug Platz für uns, in der Scheune zu schlafen, teilen wir Lebensmittel, teilen sie ihre Kochplatte, teilen sie nicht viele Worte, schauen uns aufmerksam an. Schenkt eine der beiden mir etwas, wie einen Handschmeichler befühle ich das harte Geschenk in meiner Tasche von Zeit zu Zeit, wenn es sich dort an die Oberfläche gräbt. Es ist natürlich ein Stein.

Wir wurden schon in unterschiedlichsten Projekten aufgenommen, alte und neue Kollektive aus Gewerkschaft und Freund*innenschaft, aus Not oder Entschluss hervorgegangen, mit Treppenhäusern in Renovierung, ich erinnere mich an Mörtel.

In einem Wohnprojekt finde ich eine selbstorganisierte Bibliothek, und als ich durch die Regale und Stapelungen schweife, um etwas zu finden, was ich zum Einschlafen in meinen Schlafsack mitnehmen kann, sind da Journals. Und zwar die Journals meiner Freundin, mindestens 6 verschiedene Ausgaben, die ich noch nicht kenne. Ich blättere in der neuesten Ausgabe, keine Poesie der Unterscheidung von Hate Speech und No-Hate Speech mehr, viele lange Abschnitte, alles Expositionen, ich lese den ersten Abschnitt im Stehen:

Die Kreuzfahrtschiffe sind verwaist. Sie sind leichte Beute. Sie werden geklaut oder sie werden ausgeschlachtet. Sie liegen wie Wale in Buchten in Abständen, wie sie schöner nicht sein können. Hobbydrohnen bringen Bilder. Manche bleiben auf den Schiffen, manche werden neu erobert. Jeden Abend um 21 Uhr, welcher Zeit? Unwichtig! 21 Uhr ist 21 Uhr, blasen sie ihre Schiffshörner. Die Konzerthallen voll mit Tauben, die zeitweise vergiftet werden, dann wieder nicht. Die Erinnerung noch in den Händen und Ohren an die Schwärme, die den Himmel verdunkelten, an den langsamen und tiefen und seufzenden Flug dieser Tiere, als wollten sie sich hergeben, oder als hätten sie nicht ahnen können, dass ihr Ausgeliefertsein derart ausgenutzt werden würde, dass sie nicht nur gerupft würden für Suppen und gutes Fett, sondern dass sie den Schweinen zum Mästen aus dem Himmel in die Mäuler fallen sollten. Martha war ein Endling. Die Brunnen in den Shoppingcentern sprudeln noch, die Geschäfte und Boutiquen sind Galerien geworden, es gibt viel Platz für jedes Werk. Viel Beleuchtung und ungewöhnlich viele Spiegel. Die notwendige Durchsetzung des Kleinen, führt zu einer anmutigen Eroberung der Fläche, die Fläche innerhalb von Gebäuden ist. Triggerwarnungen erweisen sich nicht mehr als Clickbaits. Martha war ein Endling, Benjamin war ein Endling, die Georges waren Endlinge, Toughie war ein Endling. Aber weiß man's sicher?

Weiß man's sicher, denke ich. Ich stecke das Journal ein, ich werde weiterlesen, wenn ich allein bin. Als ich dann in meinem Schlafsack liege, in dem Zimmer, in dem wir gemeinsam schlafen, neben den anderen, die schon halb in den Schlaf geschlüpft sind, obwohl das Licht noch an ist, ein paar sind noch in Gesprächen in der Küche hängen geblieben, wärmen sich dort noch einmal Reste auf, eine hat eine Freundin hier getroffen, sie war schon vorher überzeugt, sie auf unserem Weg irgendwann wiederzutreffen, und die Gespräche schwappen zu uns herüber, und halb müde lasse ich meinen Blick wandern, um mir die Banner an den Wänden genauer anzuschauen, die sich teilweise überlappen, teilweise dadurch Nischen in diesem überdimensionalen Schlafsaal herstellen, eingestickte Schriftzüge auf glänzenden Farben, manche der Banner so hoch wie die Wand, manche so klein wie ein Geschirrtuch, eingestickte Ausdrucke, auf Stoff gedruckte Screenshots. Oh, denke ich, das ist auch von ihr, sie macht jetzt verschiedene Medien. Oh, *she made it*, denke ich, weil *she made it* in Übergroß auf einen Screenshot gestickt ist, der ein Mädchen zeigt, das in einen Automaten, gefüllt mit Gewinnen, gekrabbelt ist. Ich kenne das dazugehörige Video, ich hatte es meiner Freundin während der Videojobs weitergeleitet: Ein Mädchen hat sich unbemerkt durch die Öffnung des Automaten gezwängt, aus der die Gewinne kommen sollten, aber nicht kamen; die Plüschtiere und Anhänger und Flubbers, und steckt jetzt bei den Waren, und die Mutter und die Security stehen davor, um zu beraten, wie sie das Kind da wieder herausholen sollen. She made it. Und ich bin stolz und erleichtert für meine Freundin, und das Banner ist vielleicht keine Nachricht für mich, aber ich nehme sie so, weil sie könnte eine sein, und sie ist ja eine, sie ist ja Schrift:

break the glass, choose the prize you desire and book it.

Wir färben uns gegenseitig die Haare auf der Toilette der letzten Tankstelle, wo niemand hält. Das weiße Toilettenhäuschen hat eine Bank davor und Büschel von länglichen Gräsern daneben. Das Licht ist warm und gut verteilt und bringt alle Farben hervor. Das Licht auf der Toilette ist dagegen hell und so pointiert auf die Stelle vor dem Waschbecken gerichtet, dass es in der Toilette wirkt, als wäre es draußen dunkel, alle stolpern nacheinander von den Dämpfen der Färbung und dem Licht nach draußen. Die, deren Farbe gerade einzieht, sitzen auf der Bank, stehen daneben, gehen herum, lehnen ein Bein gegen die Wand, sitzen auf dem Boden vor der Bank, im Halbkreis davor. Wir tragen Tops und Shirts in unterschiedlichen Farben, aber alle sind ausgewaschen. Ich denke an Frauen, die etwas gründen. Frauen auf einer Ranch. Von verschiedenen Generationen gleichzeitig geführt. Keine von uns ist sehr alt, aber manche nicht mehr so viele Jahre vom Rentenalter entfernt. Die Tankstellenverkäuferin kommt in Abständen zu uns heraus, sie hat viele Anekdoten parat, aber eine Gruppe von Frauen, die die Toilette hier nutzt, um sich kollektiv die Haare zu färben, war noch nicht dabei. Aber, sagt sie, wir werden keine Anekdote werden, wir werden ein Geheimnis bleiben, aber eins, das von Mund zu Mund und von Ohr zu Ohr geht. Aber, sagt sie, sie hat keinen Mund und kein Ohr in ihrer Nähe, in ihrem Alltag. Sie wird etwas ins Forum schreiben. Sie gibt uns abgelaufene Bifis und Trinkpäckchen für die Wartezeit, was wiederum eine Anekdote wird. Sie hortet die Bifis und Trinkpäckchen und manchmal auch andere Sachen, nimmt sie aus dem Regal und wartet, bis sie abgelaufen sind, weil sie sie dann mit nach Hause nehmen darf. Manchmal versteckt sie einige Brühwürstchen, damit sie am Abend sozusagen übrig sind, wenn der Monat zu Ende geht meistens. Sie erklärt uns das alles.

Sie sagt: Bis die eingeschweißten Dinge, die es in einer Tankstelle zu kaufen gibt, ablaufen, dauert es sehr, sehr lange. Wir nehmen uns auch Äpfel vom dürren Baum mit viel Ertrag, der an der Einfahrt steht, wo schon einige Scheinwerfer zu Bruch gegangen sind. Wir sehen aus wie Trolle, meine Haare sind orange und stehen ab, ich wasche die Farbe noch einmal aus und noch einmal, die Haare sind immer noch ein bisschen orange, wir lachen uns kaputt. Nicht gerade unauffällig, sagt eine, aber besonders. Sie wäscht mir die Haare noch einmal aus, es wird besser.

Die Tankstellenverkäuferin schwirrt noch mehr um uns herum, als sie merkt, dass wir bald aufbrechen, sie will noch etwas erzählen, noch etwas fragen, will uns noch etwas zeigen, führt uns um die Tankstelle herum, da ist ein klappriger Zaun, dahinter sind Schafe, am Zaun sammelt sich Weggeworfenes, Chipstüten, alle von derselben Sorte, Bifi-Hüllen und zerknüllte Taschentücher und zerknülltes Toilettenpapier, eins führt zum anderen. Sie sagt, wenn man beginnen würde, hier zu wühlen, würde man einiges finden. Sie füllt uns Wasser ab. Sie schindet Zeit. Ich denke, sie ist einsam an der letzten Tankstelle, an der keiner hält, wo sie auf das Ablaufdatum der Dinge wartet, wo sie keinen Computer hat, der steht zu Hause, sie hat ihr Device auf Arbeit, aber sie hat hier keinen Empfang, weil sie kein Guthaben hat. Sie hat nur ein einziges Mal einen zu verkaufenden Guthabencode verwendet, weil es notwendig war, aber sie will uns die dazugehörige Geschichte nicht erzählen. Sie erzählt stattdessen von der Fernfahrerin, die jetzt nicht mehr hier hält, die aber sehr regelmäßig hier gehalten hat, und sie hat immer ihren LKW hier abgestellt, um zu übernachten, und sie haben da auf der Bank abgelaufenes Bier getrunken, bis die Fahrerin in ihre Kabine ist und sie mit dem Fahrrad nach Hause gefahren. Wie eine Freundschaft kann man sagen, sagt sie, als würde sie das erst in diesem Moment so einordnen.

Wir brechen plötzlich auf, eine beginnt zu drängeln. Ich könnte noch ein bisschen auf der Bank sitzen bleiben und mir vorstellen, hier die nächsten Jahre meine Zeit abzusitzen, nach den Schafen zu gucken, die Wasserfilter auszutauschen, den Müll einsammeln, nachdenken, den Ort für eine Ranch halten, nachdenken. Aber die anderen wollen weiter. Wir gehen zu Fuß, die Tankstellenverkäuferin ruft uns lange Grüße und Versicherungen hinterher, ruft eine noch einmal zurück, weil ein Rucksack liegen geblieben war, steht weiterhin an der Einfahrt und winkt nicht mehr, aber guckt, sie kommt mir verloren vor und zurückgelassen.

Wir erreichen einen Bus zu Fuß und fahren ohne Probleme durch drei Städte durch, die vor allem aus langen Straßen und Lagerhäusern bestehen, wobei jede Stadt auf bestimmte Waren spezialisiert scheint; Reifenstadt, Pappstadt, Winkelstadt. Meine ehemalige Pflegerin hat sich neben mich gesetzt. Wir beide haben die ganze Strecke über nicht viel miteinander gesprochen. Ich habe versucht, meinen Schlafsack nicht selbstverständlich neben ihren zu legen, bei der Aufteilung der Zimmer abzuwarten, damit sie keinen Eindruck von einer Abhängigkeit bekam. Ich habe versucht, mich nicht an sie zu klammern und dann zwischenzeitlich gedacht, was, wenn sie denkt, ich meide sie. Aber dann bemerkte ich, dass sie mich manchmal beobachtete, wenn sie in der Nähe war, so als würde sie aus der Ferne prüfen, ob ich in Ordnung war. Und einmal waren wir einmal lange nebeneinander gegangen mit einer Dritten, die sehr mit sich selbst beschäftigt war und in uns zwei gefunden hatte, die zuhörten und die sich gegenseitig anstachelten mit Interpretationen und Ratschlägen über ihre Probleme. Die Dritte merkte gar nicht, dass meine Pflegerin und ich im Ratgeben und Zuhören miteinander kommunizierten.

Als ich zu ihr rüberschaue, um ihr zu zeigen, dass die Städte, die wir durchfahren, wieder allgemeiner werden, guckt sie auf ein Smartphone in ihrem Schoß. Du hast dein Smartphone behalten, frage ich. Sie antwortet nicht, sondern zeigt mir eine Reihe von Screenshots: Es geht immer um Orte am Wasser, wahlweise um Jobs, die dort frei werden, wahlweise um Investitionen in Bergbau unter Wasser, Server unter Wasser, Farmen unter Wasser, und die dicken Kabel liegen am Meeresgrund, und sind gar nicht so dick, wie man gedacht hätte, wahlweise um Urlaubshütten und Freizeitaktivitäten, die dort zu mieten sind, wahlweise um Arten von Tieren, die es zu retten gilt, wahlweise um Ambra-Sensationsfunde, wahlweise um ein Retreat, das sich keine leisten kann, deren Honeymoon-Suiten auch unter Wasser liegen.

Mehrmals hindert sie mit dem Daumen den Bildschirm daran, dunkel zu werden, damit ich die Werbungen noch einmal sehen kann.

Ich denke an den Abend zuvor, als ich in dem Hausprojekt in meinem Schlafsack lag und versuchte, unter den Bannern meiner Freundin einzuschlafen und meine ehemalige Pflegerin mit einer aus dem Projekt über den Ausverkauf der Bewegung sprach. Der Ausverkauf habe nicht begonnen, er sei längst abgeschlossen. Die Bewegung sei schon dabei, sich zu verändern, sie würde zunehmend jünger, weißer, nicht unbedingt reicher, aber potenziell reicher. Potenziell vermehre sich das Kapital, weswegen die Bewegung immer leichter zu verkaufen würde. Und ich fühlte mich in meinem Schlafsack angesprochen, obwohl ich verstand, dass es um nichts Persönliches ging. Meine Pflegerin hatte geantwortet, dass sie aufpassen müssten, nicht an den Daten verloren zu gehen. Vielleicht will sie jetzt mit mir dieses Gespräch anhand der Screenshots weiterführen, und ich drehe mich zu ihr, aber sie hat das Smartphone schon weggesteckt und sich angelehnt und ihre Däumchen im Schoß, sie erwartet gar keine Reaktion.

Sie trägt ihre Daunenjacke noch, obwohl es im Bus sehr warm ist. Auch für die Außentemperatur ist die Jacke mittlerweile zu dick. Sie ist eine Person, die selten die Jacke auszieht, als hätte sie immer etwas Wichtigeres im Kopf, als sich erstmal die Jacke auszuziehen und es sich bequem zu machen. Immer wenn sie in einem Raum sitzt, wo sie etwas bespricht und plant und dabei stundenlang die geöffnete Jacke noch anbehält, bekommen alle etwas von ihrer Energie ab, die keinen Aufschub und keine Gesten der Sesshaftigkeit braucht. Ich mache es mir gemütlich und lehne mich an ihre Jacke, sie legt einen Arm um mich, und wir gucken uns die überdimensionierten Industriegebiete an, die wir passieren wie die Berge dahinter.

Der Bolzenschneider wird nur für die frei stehenden, der ewig währenden Spekulation übergebenen Häuser benutzt. Ich bin fürs Besorgen von Essen zuständig. Das wurde ganz am Anfang beschlossen, und erst wollte ich protestieren, weil Klauen ist nicht unbedingt meine Stärke, aber ich sah dann etwas ein und hielt mich zurück und ging klauen.

Mittlerweile bin ich gar nicht mehr aufgeregt bei den Touren. Meine Freundin wäre stolz auf mich, wie ich vorwitzig werde und es mir nicht nehmen lasse, auch noch die Puddings einzustecken. Am liebsten würde ich ein Spiel machen, bei der nächsten Tour. Das Spiel habe ich von meiner Mutter gelernt. Das Spiel heißt Künstlerinnentreff, und es geht so: Man darf nur eine einzige Sache auswählen, und es muss die sinnloseste Sache sein, genau das, was am allerwenigsten notwendig erscheint, das keinen Wunsch erfüllt, was kein Ziel hat, was einen natürlich vor ähnliche Schwierigkeiten stellt, wie nach dem Praktischen und Notwendigen zu greifen, vor allem, wenn man nicht weiß, wie man den eigenen Bedürfnissen nachkommt. In diesem Spiel hat meine Mutter mir die Sehnsucht nach den eigentlichen Sachen eingepflanzt, und sie wusste auch da schon, dass die eigentlichen Sachen genauso wahllos sind wie die vermeintlich notwendigen Sachen, jetzt einfach nach diesem Kugelschreiber mit integrierter Diskokugel zu greifen, weil man sich nicht entscheiden kann, weil der Laden bald schließt, weil es genauso gut dieser Quetschie oder dieser Flubber sein könnte. Ich spiele Künstlerinnentreff bei einer Tour durch den Supermarkt kurz in Gedanken, ich lasse es gut sein, ich brauche nichts, auch nicht in der Umkehrung.

Meistens essen und sitzen wir in abendlicher Runde, wenn wir unsere Unterkunft bezogen und alles Tagesaktuelle besprochen haben, länger zusammen. Meistens hat eine wieder etwas zu erzählen oder zu sagen.

Eine macht eine Rede, sie hat unterwegs schon einige geschwungen, und wir sitzen alle um sie herum, weil ihre Reden immer so angenehm theatral werden: Es kommt nicht eins nach dem anderen. Wir können nicht abwarten, fleißig oder faul sein, schlafen gehen, aufstehen, bis zu dem bestimmten Moment, wo es sich einlösen soll. Es wird diesen Moment nicht geben, in dem eins ins andere greift, in dem es sich auszahlt. Die Frage ist eigentlich nur, was wir mit dieser Erkenntnis machen.

Was habt ihr bei der millenialen Sonnenfinsternis gesehen? Ihr hattet Angst, dass ihr euch die Augen verbrennt, weil ihr nicht die zugelassenen Brillen hattet, habt vielleicht trotzdem reingeschaut und dann Angst gehabt bis zum nächsten Tag, dass jetzt was passiert ist. Aber es hat sich nichts eingelöst, ihr seid gar nicht erblindet.

Unser Leben besteht aus Vorstellungen und den Möglichkeiten dieser Vorstellungen. Und deswegen bleiben wir anständig, machen ehrliche Arbeit und Tricks, damit sich was einlöst, was sich niemals einlöst. Eine reelle Chance haben, bedeutet so viel wie eigentlich doch keine Chance haben, aber möglich wäre es.

Wir haben alle Schulden, diese Schulden sind zugleich ein Berg hinter uns und der Aufschub vor uns. Die Schulden hinter uns und unmögliche Kredite vor uns sind ein und derselbe Berg. Der Berg birgt ein Versprechen: Gleich haben wir es geschafft, aber dann ist da nur der nächste Berg, und wir haben uns ja jetzt schon an dem einen Berg abgearbeitet, da nützt es ja nicht, diesen Berg nicht auch zu erklimmen, und so weiter und so fort. Und die Weggabelung kommt uns bekannt vor, aber sie ist keine Gabelung, da ist nur ein Weg, und jetzt denkt ihr, kommt so etwas wie, dann muss man den Weg verlassen, dann stapft man ein bisschen dort, wo die Büschel sind und nichts Ausgetretenes, aber das kommt nicht, nicht aus meinem Mund jedenfalls werdet ihr das hören.

Das Einzige, was wir machen können, ist uns in diesen Bildern, Metaphern und Geometrien von Raum und Zeit vermeintlich weiterzubewegen, ihren Überschneidungen zuvorzukommen, sie mal als Konkretes zu betreten, sie mal als Simulationen zu verstehen. Um nichts zu bitten, nichts gut sein zu lassen, sich darin zu verstehen wie eine, die was verdient hat, ohne etwas dafür getan zu haben. Sich etwas rauszunehmen, aus dem Regal, aus allen Angeboten. Die Beute mit Stolz zu tragen und wenn möglich zu teilen. Das ist alles. Vielleicht an einem Stück Strand zu sein. Das Wasser ist vieles, aber ganz sicher keine Metapher. Das Land ist vom Ozean definiert. Das Land ist eine Metapher für den Ozean, es ist für ihn eine Spielerei.

Das Meer ist in unserer Nähe. Manche sagen, man könnte es schon riechen, die Luft sei anders, aber ich rieche nichts. Ich konnte noch nie das Meer riechen, nicht mal, wenn ein echter Meereswind ging vom Meer her, auf das ich zulief. Ich bemerkte die Luftveränderung immer erst nachher, wenn ich nicht mehr am Meer war, dann wusste ich, dass etwas da war, weil es nicht mehr da war. So herum lebe ich.

Wir haben eine Nacht Aufenthalt auf einem ehemaligen Campingplatz mit einer tragischen Geschichte um die Tochter der Campingplatzbesitzerin, von der sich überall Erinnerungen finden. Ein abgesperrter Schrein mit einem Foto der Tochter. Offiziell abgesperrt, weil die Decke des Aufenthaltsraums einsturzgefährdet ist, inoffiziell, weil niemand dem Schrein nah kommen darf. Die in unregelmäßigen Abständen ausgewechselten Süßigkeiten, die neben dem Bild liegen; eine Ameisenstraße hat sich zu einem geschmolzenen Bonbon gebildet und wird geduldet. Die moderne Beschriftung der Dusch- und Klohäuschen, mithilfe einer Schablone aufgemalt, und ich stelle mir vor, wie misstrauisch die Campingplatzbesitzerin war, als ihre Tochter die neue Beschriftung einführte und wie ihre Tochter sich manchmal liebevoll über die Sturheit der Mutter amüsierte, manchmal zu viel bekam und die Mutter in die Schranken wies und dabei von der Sturheit profitierte, die sie von ihrer Mutter gelernt hatte. Und jetzt wünscht die Campingplatzbesitzerin, es würde mehr Zeichen solcher unbeendeten Kämpfe geben. Das angefangene Mosaik an der Außenküche, aus gebrochenen Kacheln, von allen Ausflügen eingesammelt, manchmal von wiederkehrenden Camper*innen mitgebracht, die so erhofften, Teil des Ortes zu werden, den sie magisch fanden. Nie kommt es der Campingplatzbesitzerin in den Sinn, das Mosaik zu beenden, obwohl noch säckeweise Bruchkacheln einlagern.

Es gibt einige unberechenbare Hunde, die sich immer nur kurz mit Essen bestechen lassen und einen eine halbe Stunde später nicht mehr erkennen. Es gibt keinen regelmäßigen Ferienbetrieb mehr, nur noch Langzeitmieterinnen, alte Frauen mit eigenen Wohnwägen, die nicht mehr von der Stelle gerückt werden. Man könnte sagen, sie waren mal reisende Rentnerinnen und jetzt sind sie etwas anderes geworden. Sie kommen selten aus ihren Wagen.

Sie tun so, als wollten sie gar nichts von uns wissen, als würden sie die ungezogenen Hunde extra in unsere Richtung laufen lassen, um uns einen Schrecken einzujagen, um sie im letzten Moment doch zurückzupfeifen und uns dann in lange Gespräche zu verwickeln, in denen sie immer noch ältere Geschichten ausgraben und dabei in ihren Assoziationen springen, die wir nicht verstehen können. Sie sind ganz aus der Übung, mit anderen zu sprechen. Sie sind in einem ewigen Rückzug in ihren Wohnmobilen. Bei einem der endlosen Gespräche, in dem ich mir vorkomme, als wäre ich ein Kind, das zu lange neben einem Elternteil steht, das nicht aufhört mit einer Nachbarin zu sprechen, richte ich meine Augen irgendwann auf den Boden und lande bei den Füßen von einer in ihren Sandalen und bekomme meinen Blick nicht mehr weg von ihren Fußnägeln, die so lang sind, dass sie beginnen zu rollen.

Ich löse mich aus dem Gespräch und spaziere ein wenig auf Spazierpfaden, die kaum als solche erkennbar sind, um das Bild von den Fußnägeln, die nicht mehr geschnitten werden, loszuwerden. Ein Hund begleitet mich, als hätte er auch mal von der Gruppe weggemusst. Ich laufe gar nicht weit, und dann ist da das Meer unter mir, und ich hatte nicht damit gerechnet. Ich muss da lange draufschauen, denke ich, weil ich noch nicht genug fühle. Das Gefühl für das Meer muss sich einstellen. Ich könnte runterklettern, aber ich bleibe einfach stehen und gucke, ich war schon lange nicht mehr allein.

Auf gut Glück gehen wir in ungebuchte Ferienhäuser, von denen manchmal selbst die Besitzer*innen nicht mehr wissen, dass sie noch existieren. Wir finden die Unterkünfte über die Plattform, für die wir alle irgendwann mal auf den ein oder anderen Weg, als die ein oder andere Subunternehmerin gearbeitet haben, für die auch meine Mutter gearbeitet hat. Die Betreuer*innen vor Ort sind entweder selbst nicht mehr da, oder sie dulden uns, manchmal begrüßen sie unsere Ankunft und unseren Aufenthalt. Manchmal bleiben sie mit uns für die Zeit unseres Aufenthaltes und zeigen uns, wo die einsamen Badebuchten sind, welche Obstbäume frei stehen, an welchen Klippen wir Muscheln pflücken können.

Und ich hänge dann an einer Klippe, und die ganze Brandung erschüttert alle paar Minuten über und unter mir. Ich kralle mich mit meinen Schenkeln und Zehen am kratzigen Felsen fest, mit einer Plastiktüte in der Hand strecke ich mich und zupfe die halb bewussten Lebewesen vom Stein, und immer wieder kommt das Wasser an mich dran und manchmal über mich drüber, und in dem Moment verliere ich immer fast die Orientierung und weiß nur, dass die Zehen mehr gebraucht wurden als sonst und festhalten müssen und die Hände die Plastiktüte festkrallen, ohne die bisherige Beute zu verlieren. Und als die eine Welle weg ist, lache ich zu den anderen, die auch irgendwo am Felsen hängen, und ich werde süchtig danach, mehr Muscheln zu finden und danach, dass noch unkalkulierbarere Wellen hereinbrechen und meine

Ernte noch mehr erschwert wird, und die anderen steigen schon wieder vom Felsen ab, und ich will aber noch 5 Stück finden, das habe ich mir zum Ziel gesetzt, und dann muss ich mich wirklich zügeln und nicht noch einmal weitere 3 als weiteres Ziel setzen, was ich schon getan habe, und da rufen die anderen mich endlich, dass es jetzt wirklich reicht, und unten angekommen, komme ich aus dem Zittern gar nicht mehr raus, und später lasse ich es mir nicht nehmen, die Muscheln nach meiner Art zuzubereiten, was auch immer das heißen soll, und in solchen Mengen aufzutischen, die dann gezählt an uns Frauen doch nicht mehr so viele sind.

Wir sind in einem Haus, eine Klippenvilla, die ist wie in Videos, alles ist sehr gerade, alles ist so gebaut, dass die Blicke gerade gehen und einen Infinity Pool vermuten. Zum ersten Mal bleiben wir für mehrere Nächte und gewöhnen uns schon ans Liegen und Gucken. Unter uns zur einer Seite liegt eine perfekt eingefasste Badebucht, am Fuß der Klippe, die so steil abfällt, dass manche von uns nicht auf dieser Seite der Terrasse stehen können. Die mit Höhenangst müssen sich sogar daran gewöhnen, in den Liegestühlen zu liegen, die nicht aus Plastik sind und mit dicken Polstern darauf, obwohl sie von dort aus die Klippe gar nicht sehen können. Sie können vor dort aus nur den Horizont sehen, und sie schauen sich dann jeden einzelnen Sonnenuntergang an.

Ich stehe am Rand der Terrasse, keiner der Liegestühle ist mehr frei, ich muss immer wieder runterschauen, dieser Badestrand ist nur 6m breit und geschützt, und die Wellen kommen und gehen daran, und ich bin wie im Sog, es muss immer etwas von außen kommen, damit ich aufhören kann, auf die ankommenden Wellen zu gucken.

Es geht bald weiter, sagt meine ehemalige Pflegerin, als sie sich neben mich an die Terrassenbrüstung stellt, wo ich ganz beschäftigt bin mit dem Ankommen und Weggehen der Wellen. Sie sagt, dass wir bald aufs Schiff können, auch wenn sie sich vorstellen könne, dass jetzt alle bleiben wollen, verteilt auf die Liegestühle, in der Badebucht, verteilt im Wasser, abends in Decken eingewickelt, wie Urlaub.

Ich denke an das Schiff, wie ein Kreuzfahrtschiff, wo ich die Dimensionen nie einschätzen kann, und dann denke ich an einen Hafen. An einen Hafenbereich, wo es meist milchig ist, weil man sehr früh eintrifft und an die wenigen Cafés, die zu der Uhrzeit schon geöffnet haben, wo eine dabei ist, die Plastikstühle rauszustellen, die für jedes Café eine andere Farbe haben, aber am Ende des Tages wird diese farbliche Ordnung durcheinandergebracht worden sein, und jede Kellner*in sammelt dann die Stühle, die zu ihrem Café gehören wieder zusammen und umschlingt die Stühle und Tische umständlich mit den Kabeln und Schlössern, und wie anstrengend das nach einer langen Schicht ist, dass die abzuschließenden Tische und Stühle bei jeder Schicht wie eine Drohung schon die letzte halbe Stunde begleiten, und gleichzeitig freut der Körper sich schon auf das Ritual, auf die letzte Anstrengung, die den Feierabend markieren wird. Ich denke bei der Vorstellung vom Hafen an eine Zigarette auf nüchternen Magen und an die frei gestellte Logistik, an Cargo, an Kräne, an Bootsstege, die einem zu wackelig und schmal fürs Einbringen der Vorräte vorkommen, aber das ist eine Sache der Übung, und in einer Woche trägt man, ohne vor dem Steg anzuhalten und die Schritte neu zu justieren, zwei Getränkekisten gleichzeitig rüber.

Ich habe plötzlich Angst. Weil eine Hafenlogistik real ist. Weil ein Schiff eine Entscheidung ist, und ich gar nicht wüsste, was ich antworten würde, wenn ich gefragt würde, warum ich mich so entschieden hätte. Ich könnte vielleicht immer sagen, ich bin auf der Suche nach meiner Mutter.

Der Hafen ist nicht weit. Wir folgen zu Fuß den Serpentinen hinab, wo einem die Kurven irgendwann sinnlos vorkommen, aber sie würden einem noch schneller sinnlos vorkommen, wenn man sie alleine gehen würde, man würde schneller Vorstellungen von Abkürzungen, Treppen, Asphaltierungen, Seilschaften haben. Ich lasse mich mal zurückfallen, um die ersten in der Gruppe links unter mir zu finden, um die Gruppe zu sehen, wie sie sich schlängelt, wie sie sich um den Berg verteilen, manche sind noch dort, manche schon dort, dann will ich alle überholen; um vom Anfang nach oben zu schauen und zu sehen, wie lange sie noch brauchen werden, bis sie hier an meiner Stelle sind. Wie eine Kette legen wir uns um den Berg, und ich bin wie voll Energie und spiele den kleinen Streuner, der die Gruppe begleitet, und mal hierhin rennt und mal dorthin rennt, um zu schauen, dass alle dabei sind, um eine Verbindung zwischen den entzerrten Körpern beim Abstieg herzustellen. Manche bleiben stehen, andere gehen weiter, eine Lücke in der Schnur entsteht. Alle werden wieder angetrieben, ich habe das Gefühl, ich könnte sogar singen, wir könnten hier gemeinsam etwas singen, aber keine wird übermütig, alle tragen eine Vorsicht in sich, schon länger als die Reise geht. Kein Singen, kein Zurückgehen, Blick muss immer mal wieder den Boden suchen.

Der Hafen entspricht einer exakten Nachbildung meiner Vorstellung vom Hafen.

Wir müssen in einem 24/7 Café warten, den halben restlichen Tag und die halbe Nacht über, bis kurz vor der Dämmerung, dann werden wir noch einmal ins Hostel ziehen, weil das Schiff noch eine weitere Nacht auf sich warten lässt. Wir spielen natürlich Karten und gehen irgendwann von süßen Kaffees zu alkoholischen Getränken über. In meiner Vorstellung benehmen wir uns wie Raubeine, in Wirklichkeit sitzen wir verängstigt, mehr auf unseren Ellbogen auf den Tischen gebeugt, als mit unseren Ärschen auf den Polstern. Wir gehen immer zu zweit auf Toilette.

Es ist nicht ungewöhnlich, dass Gruppen hier in diesem Café stranden, auf die Abfahrt von Schiffen warten. Ich habe trotzdem das Gefühl, wir fallen auf. Wir rauchen Kette. Die Gesichter sind müde, und sie sind aufgeregt. Sie sind dadurch jünger als sonst. Ich liebe die kleinen Plastikflaschen mit Wasser, ich trinke unheimlich viel Wasser. Ich esse abgepackte Sandwiches, tausche die Geschmacksrichtungen mit den anderen. Wir halten uns mit dem Sprechen zurück.

Wenn ich mir unsere Gruppe genauer ansehe, sieht man, dass da Sorge-Arbeiterinnen sitzen. Sieht man die Sorge, die sie getragen haben an ihren Rücken, sieht man die Länder und manche Kinder, die sie zurückgelassen haben, am Sitz ihrer Schulter und der Art, wie sie sich auf die Tische stützen. Ich sehe das jetzt, weil ich das weiß.

Ich will meiner ehemaligen Pflegerin die Schultern massieren, ich weiß, dass der Impuls fehl am Platz ist, ich trete trotzdem an sie heran, lasse unschlüssig meine Hand auf ihrer Schulter liegen.

Sie guckt hoch und tätschelt meine Hand, und während sie schon wieder den Blick abwendet, sagt sie, ja, mach ruhig, das kann ich gebrauchen, und ich massiere ihr die Schultern, so wie ich es von meiner Mutter gelernt habe.

Mein Blick wandert herum, alles wartet, alles vertreibt sich die Zeit, eine dreht sich noch eine Zigarette, eine weist auf etwas an der Wand hin, es ist ein altes Poster mit einer Hütte darauf im Sand, die eine Wäscheleine auf der Veranda hat, auf der natürlich nur ein Wäschestück, ein einziges Laken hängt, aber es geht kein Wind dadurch, wie man es sich vorstellt, das Laken geht straff nach unten, und dahinter sind zwei Beine zu erkennen und zwei Füße, die auseinandergehen, sehr kleine Füße, aber keine Kinderfüße.

Mein Blick geht zur Bar, und mein Blick wird gefunden. Ich sehe die Frau aus der Kneipe am Busbahnhof. Die mir die Pension betrunken vor Augen gestellt hatte, mir den Hinweis gegeben hatte, zu den Frauen zu gehen, die jetzt meine Gemeinschaft sind. Es kommt mir sehr lange her vor. Wir erkennen uns, sie arbeitet hinter der Bar, sie hat gerade die Schicht übernommen, ihr Kollege wühlt noch im Trinkgeld herum und füllt Flaschen nach. Sie guckt mich wissend und nüchtern an. Ich habe aufgehört, die Schultern zu massieren, durch diese Unterbrechung folgt meine Freundin meinem Blick, und auch sie sieht die Frau hinter der Bar, und ich merke, dass auch sie sie kennt, dass die beiden sich erkennen und da eine Freundschaft ist, und wie schnell ich vergessen bin, und ich merke, wie ich direkt eifersüchtig werde, ich massiere dann weiter.

Das Schiff ist immer noch nicht da. *Doch noch nicht* ist in unseren Köpfen. Die Ankunft verzögert sich, die Abfahrt verzögert sich. Es ist da eine Spannung und eine Lethargie, wie sie sich breitmacht bei höherer Gewalt. *Doch noch nicht* ist in unseren Körpern. Eine Art von Lustigkeit in der Übermüdung ist da, die schnell zur Lustlosigkeit abebbt und dann doch wieder lustig wird. Wir beziehen nach einer Nacht bis zum frühen Morgen im 24/7 Café das nächstgelegene Hostel für die kommende Nacht. Uns hat die Frau aus der Bar dahin geschickt, sie ist eine langjährige Vertraute meiner ehemaligen Pflegerin, sie wird auch mitkommen, am nächsten Morgen kann es so weit sein. Nicht mürbe werden, sagt meine ehemalige Pflegerin. Ich sage, keine Sorge, ich war schon lange nicht so wach, und es kommt mir natürlich vor, diesen abgeschmackten Satz zu sagen, es macht mich sogar noch wacher. Wir stehen auf dem Parkplatz vor dem Hostel abseits, wo die Müllcontainer sind, wo die Kamera drüber ist, die blinkt, und Schweinwerfer sind immer hier vom Hafen her, und trotzdem fühlen wir uns wie in einer dunklen Ecke. Einige von uns sitzen auf den Plastiksitzen auf der Terrasse mit Blick auf den Parkplatz, dort werden die Aschenbecher nicht ausgeleert, und Verpackungen lagern geknüllt in der Nähe des Aschenbechers, und höchstens die Langzeitgäste, die sich verantwortlicher für diesen Ort fühlen, erbarmen sich manchmal und bringen den Müll hier an die Container, manchmal nur, um den Tisch, an den sie sich gerade setzen wollen, frei zu räumen, manchmal packt es eine, und sie räumt alle Tische leer und bringt sogar ein paar Kaffeetassen rein und holt sich eine Dankbarkeit ab, wenn die richtige Person an der Rezeption sitzt, und dann sind sie Verbündete.

Ich frage mich, ob es möglich ist, in dem Hostel zu wohnen, wenn man hier arbeitet, ob es vielleicht gar nicht so unüblich ist, so weit draußen im Hafenbereich. Ich frage mich, wie viel vom Lohn abgezogen würde, wenn man gleichzeitig ein Zimmer bezieht.

Ich frage mich, wie viel Essen man wöchentlich noch dazukaufen müsste zu den Resten, die ganz sicher vom Frühstücksbuffet übrig bleiben, ob es Fächer in der Küche gibt für die Mitarbeitenden, reservierte Bereiche in den Kühlschränken und Ärger, wenn etwas durcheinanderkommt.

Ich stelle mir vor, wie ich die Eier brate und Aufbackgebäck aufbacke und manchmal einen Grießbrei umrühre. Ich stelle mir vor, wie ich jeden Abend nach der Schicht auf der Terrasse immer am selben Platz sitze, und manche Langzeitmieterinnen oder Personen auf Landgang, die mich wiedererkennen vom letzten Mal, ein kurzes Gespräch mit mir machen. Wie ich viel über sie wüsste, wie sie nie viel über mich erfahren würden. Wie das Zimmer, das ich zu einem Anteil von meinem Lohn bewohnen dürfte, mir zunächst falsch vorkommen würde, weil es im Erdgeschoss wäre und direkt auf die Terrasse mit den überquellenden Aschenbechern und den Plastikstühlen rausginge. Und wie ich im dunklen Zimmer manchmal auf die Rücken der dort Sitzenden schauen würde, die mich nicht bemerken würden, die erleuchtet wären von den Flutern vom Hafen und von ihren kleinen Devices, auf denen sie immer Musik laufen hätten, und die wie in einer vergangenen Geste die Kopfhörer mit etwas geneigtem Kopf aus den Ohren nehmen würden, wenn sie angesprochen würden.

Dann würde ich beginnen, das Zimmer im Erdgeschoss, das eng wie eine Kapsel wäre, zu lieben. Es würde darin kaum betretbaren Boden geben, man würde aufs Bett klettern müssen. Vom Bett aus würde ich an einem als Schreibtisch eingelassenen klappbaren Brett direkt am Fenster im Rücken der Rauchenden sitzen und schauen. Und ich würde meine Notizen ordnen und neue Notizen machen. Manchmal, wenn keine mehr auf der Terrasse wäre, würde ich aus dem Fenster klettern, um auf der Terrasse zu sitzen wie in meinem eigenen Vorgarten. Und manchmal würde ich zur Rezeption schlurfen und sagen, das Einzige, was hier fehlt zum Glück, ist ein Eiswürfelspender in diesen heißen Tagen, wie in den USA, und wir würden uns mit schwitziger Stirn anlächeln.

Ich habe mir gar nichts überlegt, ich habe gar nichts entschieden, ich habe nur diese Bilder im Kopf und kleine Entwürfe, als ich meiner ehemaligen Pflegerin sage, dass es vielleicht gut wäre, wenn eine hierbliebe in dem Hostel, um die nächsten Frauen in Empfang zu nehmen, falls welche kommen, um alles vor Ort einzufädeln, so wie ihre langjährige Vertraute hinter der Bar.

Ich sage ihr, dass ich es jetzt weiß, was ich eigentlich machen will, was die eigentliche Sache ist, und dass ich versuchen könnte, sie hier in Angriff zu nehmen, während ich mein Geld für den Monat hier im Hostel verdiene, wo ich meinen Schreibtisch hätte in dem Zimmer im Erdgeschoss, das ich bewohnen dürfte für einen zu hohen Prozentsatz vom Lohn, aber es würde trotzdem immer für den Monat reichen, insbesondere wenn ich die Reste vom Frühstücksservice dazurechnen würde, und nebenbei könnte ich eine Ankunft und ein Weiterkommen der Frauen organisieren wie ein Ehrenamt, und dabei mit ihr im unregelmäßigen Kontakt stehen. Und vielleicht, wenn es scheitern würde, weil mir ebenfalls klar ist, dass das Hostel mit halbem Bein in der Insolvenz steht, aber so etwas zieht sich, dann könnte ich nachkommen. Ich bin mir in diesem Moment sicher, dass das eine Entscheidung ist.

Sie schaut mich lange von der Seite an, bevor sie mir antwortet, und ich stelle mir vor, dass sie dazwischen noch elegant und bestimmt die Zigarette prüft, ob sie ganz runtergeraucht ist, um sie dann auf dem staubigen Schotterboden, der Mülltonnen und Schuhe matt macht, auszutreten. Ich habe sie noch nie vorher rauchen gesehen, ich kenne sie noch gar nicht genug. Ich vermisse sie schon.

Vom Schiff aus wirken die Hütten in perfekter Abzählung wie Spielzeug. Gräulicher Ozean geht in gräulichen Strand über, geht in gräuliche Wüstenlandschaft über. Nur die Hütten und die verteilten Personen im Sand und auf den Veranden, die zusammengelaufenen Grüppchen und die einzelnen unterbrechen die Flächen, keine schwimmt im Wasser. Die Kapitänin macht ein Foto, auf dem Foto wirkt das Grau noch flächiger und die Übergänge verschwommener, wie ein Screenshot. Das Schiff wird festgemacht, es ist noch eine Strecke vom Schiff bis zum Land.

Eine beobachtet die Kapitänin, die ihre Kleidung ordentlich zusammenlegt, ihr Telefon darauf platziert und ohne Ankündigung von Bord geht. Sie hüpft einfach rein, als bräuchte ihr Körper eine Erfrischung und Bewegung. Sie bewundert den Sprung der Kapitänin ohne Vorwarnung und sieht, wie auch die anderen aus der Gruppe beeindruckt sind. Sie hält die Kapitänin für frei in ihren Handlungen. Eine, die einen Impuls hat und ihm nachkommt, wodurch der Impuls richtig wird. Sie selbst dagegen produziert nur Impulse ins Endlose, ohne ihnen körperlich zu folgen, denkt sie, wie sie viel denkt, im Vergleich. Auf dieses Schiff zu gehen, war das kein Impuls? Und im selben Moment sieht sie sich der Kapitänin hinterherhüpfen, und sie hüpft ihr dann tatsächlich hinterher, nur, dass sie keine dabei sieht, und sie denkt sofort, das war ein Fehler, das war ein großer Fehler. Sie geht viel tiefer unter Wasser, als sie angenommen hat, und sie spürt viel, als sie wieder auftaucht und prustet und vergisst kurz, dass man sich nicht an der Wasseroberfläche festhalten kann, und die Hände mit den Armen werden hektisch, weil der Körper sich versucht, festzuklammern an diesem Element, bevor sie wieder weiß, wie ein Körper im Wasser funktioniert. Keine schaut über die Reling, weil keine sie bemerkt hat, und sie überlegt kurz zu schreien. Und sie überlegt, sich am Boot festzuhalten und abzuwarten, und sie weiß, wie glitschig und gefährlich es wäre. Sie überlegt, einen großen Bogen zu schwimmen und dann später zur Crew zu stoßen, wenn sie alle angekommen wären, im Gewusel hätte niemand ein Auge dafür, warum sie nass wäre, sie würde trotzdem lachen und erzählen, sie hätte es nicht ausgehalten und sich im Ozean erfrischen müssen, und ihr Lachen wäre ein bisschen zu laut und bliebe ein bisschen zu unkommentiert. Da dreht sich die Kapitänin im Ozean um und sieht sie, wie sie seitlich vom Schiff auf der Stelle schwimmt, und sie winkt ihr, zu ihr zu kommen, und die Unschlüssige beginnt auf sie zuzuschwimmen. Die Blicke der Gruppe suchen nach dem Grund der Kapitänin, sich umzudrehen, wandern das Deck ab, bis sie sie sehen und rufen ihr etwas zu und lachen und sind vielleicht neidisch, aber sie hört nicht die Inhalte, schaut nicht hoch, schwimmt auf die Kapitänin zu, schwimmt im Abstand hinter ihr her.

Meine Mutter sitzt am Strand. Wartend, mit den anderen Frauen, aufgeregt, was da jetzt kommt, wer hierherkommt. Sie steht auf, um besser zu sehen, hat zwei Flaschen Wasser, die sie immer mal wieder mit einem Arm an ihre Brüste drückt, um mit dem anderen die Sonne abzuschirmen, um die beiden Schwimmerinnen zu erkennen, die Geste oder Haltung ist untypisch für meine Mutter, und sie scheint es selbst zu bemerken, nimmt die Flaschen wieder in beide Hände, ganz oben am Kopf, lässt sie herunterbaumeln, steht still, legt die

Flaschen in den Sand, hockt sich, es knackt im linken Knie, wie immer, wenn es gebeugt wird, bei ihr wie bei mir, wartet, schiebt den Gedanken beiseite, wer da on board sein könnte, hält es nicht mehr aus zu warten, geht zur Hütte, beginnt eine Frucht zu schälen, lugt aus dem Fenster, säubert etwas, winkt den anderen Frauen zu, dass sie gleich wieder rauskommen wird, obwohl sie gar nicht nach ihr geschaut haben.

Wenn wir uns in die Arme nehmen, haben wir die perfekten Größen füreinander, dass ich sie einschließen kann in meine Umarmung, wie ich es selten bei anderen Personen habe, so klein, aber es ist nicht nur die Größe, es ist, dass unsere Körper aus der gleichen Weichheit sind, und mir wurde oft gesagt, ich würde nicht richtig umarmen, als wäre ich reserviert oder begrenzend, als wollte ich nichts hergeben, und meine Mutter umarmt immer fest und drückt noch einmal mit den Händen nach, und ich umarme sie auch fest und drücke mit den Händen nach, und sie weiß es.

DANKE

Ich danke Lucan Friedland, für deine ganze Arbeit mit dem Buch, für diese Zeit aus Text und Arbeiten und alles vom Fenster aus sehen. Dass es für dich keine Frage war. Ich hätte das ohne dich nicht geschafft. Ich danke Miriam M'Barek und Laura Bleck, für eure Freundschaft und Unterstützung, fürs Auffangen, für alle Kritik und Ideen und 2in1 Stipendien. Ich danke Marina Schwabe für die Gespräche und die Arbeitswochen und die ganzen Jahre. Ich danke Christina Harles für die Inspirationen aus deiner Arbeit und alle Aufmunterungen. Ich danke Anna Behrend, Zoë Martin, Sarah Hoemske, Nora Brünger, Hanna Barthelmes und Hannah Chodura. Ich danke dem Aufbau Verlag und Friederike Schilbach, dass du »Mirmar« immer in Stapeln gefunden hast.

Ich danke meinem Vater und Martina und meinen Geschwistern.

Ich danke meiner Mutter, das Buch ist für dich.